單讀

时间的仆人

蒯乐昊 著

上海文艺出版社

目 录

001 / 异 物
009 / 黑水潭
037 / 开满鲜花的果园
127 / 白大褂情人
137 / 玛丽玛丽
197 / 双 摆
221 / 时间泡泡
301 / 慈云喜舍
347 / 无花果
361 / 平安夜 夜安平

异物

忍一忍，再过两个街区就到了，脚上的高跟鞋，是不适合走路的。年轻的时候，幼琳扬言说，时尚史上最反人类的三大发明：胸罩、高跟鞋、丁字裤。说归说，一点都不妨碍她那个时候天天踩着高跟鞋走得飞快，包里装着创可贴。

好像是生完孩子以后就没再添置过高跟的鞋子，她的生活裂成了两半：实用的和表演性的。在实用的部分，她不化妆，不穿高跟鞋，身上是既没有性别也没有尺码的衣服，常常连头都不梳。而在另一部分的状态里，则是报复性的用力过猛：珠宝、名牌手表和手袋，仿佛铠甲，披挂上阵。她穿设计感的衣服、女性化的裙子，喷香水，脸上所有需要弥补的地方都得到了弥补：过于短的眉毛，突兀的颧骨，苍白无色的嘴唇和脸颊，和这些年来日渐增多的斑点。

今天就是一个表演性的场合，她刚刚从一个活动上下来，手里捧着收到的一大把鲜花。芍药和桔梗，外面包裹着厚重彩纸和缎带，像盛装和服的日本女人，花瓣上被喷洒了金色的闪粉，这会缩短插花的寿命，但这花也是表演性的。

午饭的时候，她稍微喝了一点酒，也说了一些让自己觉得肉麻的话，然后提前离场，要去附近的房子里睡一觉。这是计划中的，接受邀请的时候，她就发现会场离她海月居的房子只有几个街区的距离，步行可达。

孩子五点多放学，她只有几个小时，于是她加快了脚步。海月居她不常来，这个城市新兴的部分，离她家很远。当时他们一时冲动买下了这所房子，打算用作所谓周末度假的第二住所。可是，实际上，除了房子刚刚装修完毕那半年里借着新鲜劲他们来过几次，这套房子始终处于闲置状态。城市变得太大了，大过了他们穿行的渴望。

她不是没想过要把房子出租，但是，心疼她搬进来的那些家具、瓷器、进口的锅碗瓢盆、书和字画，那是通往想象中幸福生活的道具，她很难信任让另外一些不相识的人来享用它们，她也鼓舞不起力气再把它们重新搬走。

她阅兵似的，每个房间欣赏了一圈，东西都在，积了一点薄薄的灰尘。一间没有人住的房子，就像一个太久没有被碰过的女人，有点被弃的幽怨。踢掉高跟鞋，脱掉汗渍渍的有点黏在身上的真丝衣服，她半裸着，把花插进花瓶里，调整了一下位置，一朵搭配用的矢车菊骨朵掉了下来。这样就很好看了，她打开墙上所有的射灯，又想去厨房拿块抹布把家里擦一擦，但很快放弃了这个念头。她的时间不多了。

感应杆认出了车牌，予以放行，车子滑进坡道，他熟练地停好了车，向电梯走去。地下停车库的空气不太好，浓重的困意阵阵袭来。上个星期，公司的总经理因为心脏病猝死了，留下一堆棘手的事情，他想，自己是不是也应该随身携带速效救心丸呢？

来这里纯属临时起意，他中午有个应酬，经过附近。这是笔不错的投资，三年前的这套房子，已经翻了五倍。他不是没带人来过这里，很偶然的，有过那么一两次，但感觉总是不好，浑身不放松，总像是有人在身边看着，还不如去酒店开房呢。

后来他就没来过。但钥匙插进锁眼的时候他还是觉出了异样。门没反锁，这不正常。他警惕地停下来，想了想，莫非她在？不可能。她从来不会大白天跑来这里。

他放低声音，悄悄拧开门锁，停顿了下，推门进去，客厅里没人，没有动静，桌子上的花瓶里，插了一大捧耀眼的鲜花。门口有一双猩红色的高跟鞋，是幼琳的，他认得，那是他某次去意大利她让他给买的，不便宜，地上还随意放着几双拖鞋，和一双男人鞋子。

他脑袋里嗡了一下。有一瞬间，他想再悄悄地退出去，他可不想撞见这种场面。不过，他又想了想，干脆撞破了，也不坏。以后万一闹得凶，要离婚也有口实了。他不见得想离婚，但是拿到想离就能离的主动权不是坏事。他咳嗽了一声，很随意地跺了跺皮鞋，以比正常略大一点点的音量，关上门。他要给房间里的人，留出足够的穿裤子的时间。

还是没有动静。他于是顺着走道，向主卧室走过去，他有点紧张，比自己带人来的时候还紧张。路过沙发的时候，他看见有条薄薄的裙子被扒下来胡乱掷在沙发上。

真够猴急的哈。那就不要怪我不客气了。他狰狞起来。喊了一嗓子，"幼琳！"

没人答应。不可能听不见吧？他走到卧室门口，心跳得很快，推开门。大床上有且只有一个女人，睡得很死。床头柜上放着摘下的耳环和一瓶安眠药片，是幼琳常吃的那种棕色小瓶子。她嘴巴张开，脸上妆也没卸，像个美艳的溺水者，头发乱七八糟，半张脸磕在枕头里，如果起床的时候，这半边浮肿的脸上压痕要留很久很久，然后她会心情很坏。他太熟悉她刚起床时的样子了。

不用检查阳台上、床底下和柜子里了，他想。他很失望，但同时也松了口气。他又瞥了一眼床上的女人，像没见过似的，打量因为熟睡而放弃了防守的人。她不会是死了吧？他看看她的肚皮，要确认那里还有起伏。睡裙洗得有点旧了，下摆撩了半边上去，两条白腿恬不知耻地铺张，从他这个角度看过去，正好可以看见她大腿内侧三角形的暗影，他盯着那里看了一会儿。因为突然的放松，倦意再次袭来，他想爬上大床，在她身边躺下，但是他忍住了。

他走回客厅，走到玄关，拿起那双男鞋看了看。这是我自己的鞋子吗？他想不起来了。尺码似乎合适，可他压根不记得自己有过这么一双皮鞋。午后很好的阳光照在沙发上,显出幸福的模样。他感到模糊的幸福,于是他放弃了当侦探的欲望,伏身倒在沙发上,只一分钟就跌进了睡眠。

黑水潭

黑水潭公园在城市的西面，围着黑水潭有几家大医院。一家胸科，一家脑科，一家肿瘤，外加一个全科的人民医院，这奠定了黑水潭周边的生态：快餐店、寿衣行、廉价小旅馆、鲜花水果档……公园不收门票，有个卖金鱼的天天来，一天也卖不出几条鱼。街面上，一天24小时里头，16个小时交通拥堵。

公园的西北角，常年聚集着一帮老头老太，有遛鸟的，有打毛衣的，有下棋的，有反剪着手在人堆走来走去眼珠子逡巡的。城市大了，凡事就得有个专门的去处，不然无从抓挠。买婚纱，去婚纱一条街，买珠宝，去珠宝一条街，买日杂，有小百货批发城。就算挑棵葱，也得知道投奔哪个菜市口去挑。黑水潭公园大名鼎鼎，本地人都知道，这里是老头老太太吊膀子的地方。

老姐妹一般都相跟着，一个人站在这算怎么回事儿？又不是买卖。老大爷很少有结伴的，反剪着手的居多，看着像干部，主要也是手没地方搁。也有买菜归来顺路来瞅一眼的，手里拎着一兜水芹几颗土豆。

龙大爷得天独厚,他上班就在对面的肿瘤医院。他是陪夜的护工,偶然白天也要陪个化疗啥的,没事的时候,就来公园来坐着。这儿都是熟脸,要是有了新来的老太太,他第一眼准能发现。

公园的这个角落装了一些简易健身设备,也有大妈搁这儿锻炼的。有个爱穿白色练功裤的老太太在这里跳剑舞,每天到了点儿,雄赳赳就来了。腰身怪俏的,扎个宽绸带,背上背着宝剑,一抖开来,还是雌雄双股。一开始老大爷们都以为她来秀才艺,比武招亲,还起个哄,有脸皮厚的,竟想凑上去摸摸她的剑开刃没有。后来发现人家真格的是来练功,正眼不看男的,刀光剑影,唰唰唰舞完一气,收势,擦擦汗,水也不喝一口,背起剑就走了。

几个长期蹲点的老大爷,没事也议论议论,不晓得她知不知道这里是相亲的地儿,怎么就专跑到这里来练?练了,又不找汉,这不是浪费表情么?没人知道老人家姓甚名谁,是否鳏寡孤独,搭茬问过,老太一概不理。后来他们就给她起了个名,叫"浩然正气"。简称"正气"。

"正气最近胖了,是不是又发育了?"

"正气今儿换了条真丝的白绸裤,我瞅见她裤衩子了,花的。"

"正气下腰挑剑的时候闪着了,明天不定来不来。"

正气就是黑水潭的天气预报,虽然没什么花头,每天也得在大爷们嘴边播报五分钟。龙大爷顶喜欢正气，他每天在医院里进进出出，他看得出来，正气身体好，耳朵粉红粉红，印堂明亮。

"挑病人都得挑个身体底子好的，不然，深更半夜的，折腾死你。一般，癌症病人，能撑大半个月，还是小半年，不用医生说，我瞧瞧面皮颜色，再闻闻身上那味儿就知道了。"龙大爷跟旁边的顾老头吹牛。

"还闻味儿？你属狗的？"顾老头不以为然。

"是人就有味儿，小孩有奶味儿，男人汗大，女人体骚，年纪大点就开始有老人味儿，快走道的，死之前大半年，身上就开始飘死味儿了。"

"去去去，说这干啥，不吉利。"

"你不信？你怕死？怕死你让我闻闻？"

"去你妈的！你怎么不闻闻你自己，我看数你最臭，一股医院味儿。"

龙大爷还真抬起腋窝闻了闻，他有自信，医院澡堂子便宜，他爱干净，天天洗。医院里头那股酒精味他也喜欢闻，那是可以跟腐烂抗衡的味道，酒精是病人的香水。

当护工，没什么技术含量，能熬夜，有把子力气就行，毕竟要把病人架来架去。不过癌症病人一般都越治越轻，最后剩下一把骨头。有时候得扛轮椅，但医院也都有电梯。再就是得有眼色，最好跟医生护士都套得上话，抽个血、B超什么的能加个小插。大多数人不爱干这伺候病人的活儿，久而久之就形成了卖方市场，价格噌噌地上去了，重症、逢年过节还得加钱。人手不富余的时候，家属也就不便挑三拣四，是个活人，能守夜，突发情况知道给家属拨电话就行。毕竟久病床前都无孝子，一个雇来干活儿的护工，还指望他肝脑涂地不成？

像龙大爷这样手脚麻溜、腰板瓷实、脸上没有丧气的护工，大家都排着队想要。一个病区里，张家刚得了手，李家就默默盘算，巴望着张老汉要么赶紧出院，要么赶紧死球，好让龙大爷空出来。他们管龙大爷也不叫龙大爷，省了个"大"字，叫"龙爷"，听着好大的体面，像社会人里不露声色的大哥。龙爷就像三甲医院特护病房的床位那么紧俏，上一个刚刚抬了出去，床单一卷一换，姓名卡一拔，下一个就躺了上来。

龙大爷今年五十八，跟主家说自己四十六，看不出破绽，跟洗得勤也有关系。老人味儿，他在自己身上也闻过，有时病人半宿半宿地折腾，熬了夜，第二天醒来就闻见自己身上的酸腐气息，嘴巴也像食堂里隔了夜的潲水缸，他就赶紧去洗澡，一通搓。皮肤吃饱了水，皱纹撑开来，又年轻两岁。

讲是讲陪夜，其实大多数时候晚上还是有觉睡的，单人病房里有陪护床，三人病房就睡行军躺椅，反正挨哪他都照睡不误，他觉得这份工作挺好。

"就是欠点体面，这活不赖，不比你在北京屙风吃屁的强？"

"你才吃屁呢!"儿子一句话给他堵回来。

其实他也是说说,他没指望龙小虎能从北京回来。儿子年轻爱俏,能干这?儿子在北京风光过一阵子,最近这几年,游手好闲的,也不知道在干啥。不过,真要在北京混不下去,回医院来临时找口饭吃总是不愁的。一天净赚150,连租房的钱都省了。食堂管做饭,洗澡有浴室,白天时间全归自己,也不影响孩子找对象,慢慢再找别的工作。经济再不景气,医院的大门总开着,何况这还四家医院,每年总有这么多人要死掉。坐在黑水潭公园用眼睛品咂着过路大妈的龙爷踏实得很,他心里有底,医院就是他的底。

"个老不死的骚胡子。"小虎挂上电话,骂了一声。

龙小虎继承了龙爷的身板,相貌跟龙爷是两回事,龙爷是个红脸膛,小虎皮肤白,穿得邋里邋遢,留个披肩发。

"不男不女的,像什么样子?"每次龙爷都这样说。他倒不怀疑儿子取向有什么问题,不过是图个艺术家风度,导演必须留大胡子,搞音乐的披肩发,画家最好剃光头,龙爷什么没见识过?

龙爷不知道小虎最近也变成光头了,临演的活儿不好找,钱虽然不多,优点是日结,而且管盒饭。大头跟他一说,他收拾收拾就来了。不上班的人日常连洗漱都省掉,牙膏瘪塌塌得挤不出货色来,他寻了根一次性的筷子,像擀面杖那样在牙膏皮上来回碾着,才碾出一截来,赶紧用牙刷接着,搁到嘴里去漱。出租屋里唯一的一面镜子也早碎了,不过这好办,他顺手拿起一张废弃光盘,哈口气拿袖子擦擦,就亮得可以当镜子照。看见自己的时候吓了一大跳,镜子里的人面如死灰。

"选得上吗?"他心里有点没底,问大头。

大头看看他,"没事,抗日神剧,没那么讲究,最好让你去演饿殍遍野的饿殍,连化妆都省了"。

到底是当了几天编剧,大头说话都文了,小虎嘎嘎嘎地坏笑起来,笑得像只被人掐住了脖子的公鸭。"饿嫖,你说得倒轻巧,饿了还有力气去嫖?"

小虎十六岁就到北京混,想当歌星,但是一开始只能在夜总会当小弟,负责跑堂送酒。夜总会里的小姐姐穿得太少,走来走去的,他没经验,火气又足,看一眼就硬邦着。刚开始的两个星期,每天都得自己撸一发才敢去上班,就这样,上班的时候还是管不住裤裆,吃不消了只能弯腰跑厕所。小姐姐们看破他是只嫩鸡,还特为要挑逗他,拿他取笑寻开心。强刺激之下,不到一个月,他就麻木了。女人穿再少,他都淡定得很,像看一块肉。

后来在酒吧驻唱,那是他的好时光,客人里有不少捧场的,男的女的都有。也因为他那副淡漠的样子,又生得干干净净,很多人猜他不喜欢女人。银蓝色灯光转啊转,他只管垂着眼皮唱歌,头发挂下来遮住半张脸,倒确实像是集浪子和处子于一身。

　　唱了两年多，演出费快涨到了酒吧驻唱行当里的顶格，然后，就停那儿了。知足的时候，他想，他一农村孩子，混到这个田地也该满意了。可还是不知足的时候居多。小虎读书不行，电影倒看了不少，电影里，主人公到了这种被透明天花板挡住、内心极度苦闷的时候，就该有命运的使者来破局了：要么是被资深的音乐制作人或星探相中，"你的歌声太迷人了，这是我的名片，打给我"，要么就是他主动找上门去，"这是我录的demo，你听一听"。对方耸耸肩，不置可否地接过去，最后彻底沦陷在他的歌声里。他常常发着这种白日梦，可惜，这种电影桥段从来没在小虎身上发生过。客人主动找上门来的情况时有发生，但是想包养他的人有，想包装他的人没有。

　　没有包装，小虎的弱点就很明显了：他缺乏专业训练，全凭天生的一条嗓子在拼，也没创作能力，只会唱别人的歌，市面上流行什么就唱什么，唱也是模仿原唱，谈不上个人风格。整宿整宿的真嗓子唱，加上喝酒、抽烟、熬夜，吃辛辣的烧烤，有时候还被客人引着，一起抽些不明不白的东西，三年下来，他的嗓子彻底倒仓了。

　　北京那些玩乐队的，主唱不唱歌了，还能给人当吉他手、贝斯手啥的，小虎不行，他没那本事，他拿积蓄开了家小披萨店，很快亏了个干净，这时六宝找他，他转行去给六宝当了助理。六宝以前也一起走过穴，唱得还不如他。但人家能写歌，尤其歌词，写得贼溜，好几首歌都成了网络神曲，又参加电视综艺节目，呼声很高，很快就发达了，当年就上了春晚，从此身价倍增，到处有商业演出抢着请。小虎想，这就是命，人家有那个明星命。自己还是不该一到北京就去夜总会当小弟，头没开好，定下了伺候人的命。跟唱歌似的，一开头调门就起错了，现如今也只好硬着头皮往下唱。

小虎确实点儿背，六宝也不是个省油的灯，人一红就烧得慌，吸毒吸得凶。小虎劝他收着点儿，他还满嘴理由。一会儿是说，要找灵感，没有这玩意儿，新歌就算能写得出来，也他妈不炫。一会儿又说，当偶像压力太大，绷不住了，得按摩按摩神经。小虎稍微说多两句，六宝就拍拍他肩膀，"兄弟，你没红过，你不懂"。

小虎只好收声。六宝待他不薄，他见过别的明星，气头上骂助理骂得跟孙子似的。也算识于微时，虽然他干的也是碎催活儿，六宝起码还总是喊他声兄弟。

所以六宝出事的时候，他没太犹豫就帮六宝顶了包。艺人吸毒是大忌，六宝房子里搜出来的量够得上判刑了。一方面是哥们义气，另一方面也是算得过来的账：关了龙小虎，不耽误马六宝招财进宝，可要是六宝的人设塌了，小虎也得跟着喝西北风。

龙爷新交了个女朋友，正在热乎头上，女方五十三，原是连锁超市的收银员，新近下岗了。超市安装了几十台自助扫码结账的机器，一开始还让收银员站在机器边指导顾客使用，三个月后，就陆陆续续开始裁员，余姐这个年纪的首当其冲。

"你说我这命，以前当营业员，结果商场没生意了。还以为超市收银总是不怕的。"

"还不都是马云坑的。"龙爷有点心不在焉。

"哎，你说，我要不要去开滴滴？"余姐用胳膊肘顶了顶龙爷凑过来的腰窝子。

"你还会开车？"

"学过，好几年了，有个本儿，回头再练练呗。"

"这么大能耐，怪不得胳膊那么有劲儿呢。"龙爷悻悻地缩回了手。

"可还得买个车吧，最不济也得十来万呢。我手头凑凑，恐怕也还不够……"余姐今天是真没心情。她望望龙爷，龙爷不吭声。

"你说句话呀。你觉得开滴滴咋样？来钱不？"

龙爷想了想，"不好说。太吃苦，司机都有老胃病，还有腰间盘突出，我们病区，胃癌，好几个都是跑车的，你一女的，我可不放心你"。

"你不放心，你不放心你养我？"

"没问题啊，走，我请你吃饭去。"

"请我吃饭，稀罕，太阳西边儿出来了，你不是开房都要自带盒饭的吗?"

"我那是爱吃医院食堂的饭,干净!说吧,你想吃啥?要不我领你吃地锅鸡?"

余姐也不客气,走,吃就吃,天塌下来也得吃饭。跟这老头认识才两个多月,也不是什么阔佬,自己又何必刚才心凉一下。再不济,以后到医院看病总还能帮衬着找个医生。这么想着,她就又把龙爷的胳膊拐了起来。

余姐年轻的时候长得好看,到老了还留有一些剩余资本。以前在百货公司的服装柜台,什么时髦穿什么,营业员也是商场的门脸儿呢。后来当收银员就没那么讲究了,超市发一个大红背心,上面印着超市的Logo,一只大胖鸟,料子滑叽叽的,连个腰身也没有,两个腋窝处一缝就是一只面口袋。主要是她也没那个心气儿打扮了,老公之前做建材生意,在建材城有个摊位,想让她去看店,她闻不了建材城里那个味道,头昏。老公不算什么大老板,一开始生意还行,后来说是货款难收,几家长期供货的房地产商那里都拖着钱,一年倒有一半到处催账,好些年没往家里正经拿过钱,也不着家。后来才知道,生意亏损是假,在外头跟人又生了个儿子是真。那个女的,年纪比余姐的闺女也大不了几岁。

离婚没什么废话,民政局两个人见面还透着客气,确实也是陌生人了。余姐那天重点打扮了一下,头发焗了黑,盘起来,脸上化了淡妆,还穿条裙子。签完字一起往外走的时候,没忍住,还是问了一句,"你怎么早不告诉我?早点离了倒好，耽误我这么些年。"

男的一脸无辜的样子，"还不是怕伤着孩子，现在女儿成年了，都快找工作了。"

余姐正从台阶上往下走，一时没缓过神来，到家之后才被这句话打在地上坐了半个小时，大放悲声。

走出民政局的时候她看见有个女的在他车上等他，坐在驾驶座，手扶着方向盘。只看到一个侧脸，梳着丸子头，好多碎头发掉下来，看上去也就是个普通女子，并不是什么妖媚的狐狸精。听说那个男娃十岁出头了，推算起来，这姑娘跟了自己老公的时候还未成年，多半也是苦人家的孩子。她对她谈不上多恨。做小做了十几年，没闹过，也不容易。坐在车里，那个气定神闲，倒比自己更像老婆。她只恨自己为什么要盘这个老气的发髻。

后来的人生就一路走低，就像下坡路上刹不住车。她急于在彻底色衰之前抓住一个男人，结果陷入了几段更加不靠谱的肉体关系。她怀疑自己选男人的眼光，开始接受别人介绍。这是另一重羞辱，因为事关他人对自己的估值。眼看着相亲对象一个不如一个，就像看见了自己身上贴着跳楼大甩卖的标签，每次相亲都是可以量化的贬值：一个价格被划掉，写上更低的一个。

这样一晃，又是好几年过去了。

离婚的时候老公没给什么钱，把房子留给了她。她卖掉房子，买了一个更小的住处，只有原来一半大。反正女儿在外地工作，过年才回来几天，一个人五十平米尽够了，再大了晚上反而心慌。拿到房款的那天，她去驾校报了个名，她也想坐在驾驶座，把方向盘捏自己手里。剩余的钱便存了起来，她打定主意，不到万不得已，绝不动用这笔钱。

驾校教练是个油旺旺的中年大汉，眼乌珠凸得像个甲亢。每次出车都是四个学员，对年轻女学员尤其上心。大油手一包，就擒住了小姑娘握在变速杆上的嫩手，来回摩挲地演示："这个是一挡，这个是倒挡，这个是一挡，这个是倒挡。"余姐在后座看着他槽头肉上剃出的两个豁口，心里好一阵冷笑。教练从副驾驶伸过手去，捏住女学员的耳朵，"我刚才讲的你都没得听见？！啊？"

轮到余姐开，就简单多了，教练手抱臂着，"朝左打！朝右打！"或者猛一脚踩下副驾驶的刹车，甩得全车人脑袋集体朝前一冲，"你开的什么屌车子哦，你都要开到树上去了！"

第一次路考，余姐没过，全程脑袋是懵的。只有一次补考机会，人家给她出主意，给驾校教练拿上两条烟，老酒也行。她想了想，最后啥也没拿，直接把教练拿下了。

薅着教练槽头肉上的发楂子，她竟有种报复的快感。

补考的时候，眼看过单边桥她的轮胎又要掉下去，坐在旁边的教练突然一只手伸过来帮她带了一把方向盘。

反而是在黑水潭公园她找回了一点自信，她才去了两次，就引起三个老头为她争风吃醋，其中有一个还是退休的大学教授。陆先生夏天穿的短袖衬衫都是烫过的，据说家里有保姆，条件应该不错。但她最后还是跟龙爷好上了。说不出为啥，可能这些年来，她已经习惯了往下找，这样心里没那么慌。

龙大爷优点还挺明显，起码是永远有个笑模样，腰身板正，讨人喜欢。有些男的，找老伴就像做买卖，翻来覆去调查对方经济情况、子女家底儿，还美其名曰，我们是要正经过日子的。有的满嘴养生经，可是你觉得他已经死了半拉了。还有的好吹牛，整天就是自己当年那点事，来公园不过是为了有个地方口头发表回忆录。龙爷倒还有股子谈恋爱的劲头，直勾勾的，这点很招余姐喜欢，她缺。龙大爷越害馋痨，余姐就越相信自己依然是浪花一朵。第一次带余姐去看电影，工人影城多年没装修，地毯都秃噜了，又是白天档，活生生把一个大厅电影看成了包场，龙大爷的毛手毛脚就伸进了余姐线衣里头。

两人处得久了，也说些体己话。余姐把积蓄计划一五一十讲给龙爷听，偶尔也说说前夫，说自己在三十如狼四十如虎的年岁竟然蒙在鼓里，本本分分守了十来年活寡，龙大爷并不答腔，只把她裹在身子里头反复揉搓，像大冷天捉住一个尚有余温的汤婆子，也搞不清到底谁暖和了谁。龙大爷喜欢讲医院的逸事：医闹在医生办公室里突然亮出把刀子，把整容医生的脸给划拉了，刀口很深，一地血，整容医生后来飞去了韩国整容，就像理发师没法给自己剃头一样，整容医生也很难出手给自己缝脸；太平间晚上少了一具尸体，东找西找找不到，值班人员都打算作为事故上报了，尸体竟然又回来了，尸体上的头发不翼而飞；有位高干已经靠机器维持了三年，家属早就不来探望了，只是不同意拔管，老头子在名义上还活着对所有人都有好处。

"上次医护给他擦身，喊我去搭把手，那个前列腺肥大，都快耷拉到这了。"龙爷比划了一下膝盖的位置。老干部上面吊一只盐水袋，底下挂个尿袋，两个袋子长得几乎一样，就一个里头是白水，一个灌的是黄水，上头冷的滴进去，底下热的漏出来。"手像个柴火棍，个尿袋摸上去还是暖和的。你说，人活到这分上，再有钱还有个屁用？"

龙小虎出狱之后回过一趟家，他说的家，其实是龙爷租来的房子。离医院不太远，老房子瘤子一样挤在一起，道路曲里拐弯，几年前这里就说要拆迁，于是各种违章建筑像雨后蘑菇一样东一团西一团地生发出来，这里大多是外来人口，迁入户口没戏，都想着多占点地，拆迁条件好谈。但不知道怎的，拆迁迟迟未见启动，这些蘑菇就很尴尬地杵在那里。

好多年没回家了，按照记忆，从红星裁缝铺往左，连续拐两个弯，有个铁皮顶的平房就是龙爷的住处。小虎狐疑地左看右看，裁缝铺已经不见了，左右的门脸换了主，一家福利彩票店和一家串儿店看着都像是裁缝铺转世。拐角处站着一个四五岁的小男孩，正拿扫帚往树上扔。小虎抬头一看，树上挂了一只飞机。扔了两下，都砸不到，小虎走过去：我来。

他像投飞镖那样把扫帚投了上去，树枝被猛一撞，飞机掉了下来。小男孩捡起飞机，也不道谢，看都没看小虎一眼，撒腿跑了，扫帚都忘了要。

这种小巷子里问门牌号码有点徒劳，小虎想了想，选择了彩票店，往左，再往左。

倒还有个房子是印象中的样子，房前养了几盆花，都是好活的，鸡冠、凤仙、小辣椒，还搭了个南瓜架子，几根秧子在上头龙飞凤舞地爬着。小虎不记得龙爷爱种花，他敲敲门，出来个汉子，不认识。

你谁啊？

你谁啊？

你找谁？

我找龙明传，他不住这？

汉子想了想，哦，你说龙大爷，他把房子转租给我了，里面有一间屋子是他的。

我能进去等他吗？

汉子踌躇起来。他那屋锁着呢。而且他也不常回来，要不你去医院找他吧？

小虎没去医院，他在市里转了转，一个人吃了顿火锅，点双份毛肚，双份羊肉，一个小二，吃得满头大汗，然后坐车去了长江边。他点上一颗烟，风大，点了一会才点着。他觉得自己这趟回来得莫名其妙，他其实一点也不想见他爹。

这个世界上他最不想去的就是医院，医院吸干了他的家。为了给他妈做透析，他们卖掉了农村的宅基地，进城在大医院附近租了房子住下来，都说这医院的医生厉害，老家看不了的病，都往这里转。可医院是怪物的巢穴，有的人被吃进去，嚼一嚼又吐了出来，有的人就彻底不见了。他妈几次寻死，说不治了，都没死成。几年下来，积蓄耗尽，他妈也被吸干了，变成了一张纸。他想不通为什么他爹还能情愿继续在医院里当孙子，还以为自己从此就算城里人。

他的感官变得无限敏锐，吃得过饱会有微醺的感觉，血液向胃涌去，大脑微微窒息，就像小时候游泳，跟人赌赛，把脑袋埋进河水里憋气，一点点小声音，都在耳膜上敲钟磬，又近又远。抽了点东西，人放松下来。他解开皮带，对着江面手淫。他爹真没出息，好色的人都不会有什么大出息。女人算什么，自己动手，丰衣足食，有什么女人能比自己更了解自己呢？这一套他已经很熟悉了，重要的是节奏，起承转合，欲扬先抑，在接近终点时反复引吭，就跟唱歌一色一样，在他十几岁时早已无师自通。

强制性戒毒对他没什么用，他瘾头原本不大，出来之后，反而抽得更猛了。人不能枉担了虚名啊，既然当了流氓，就得有个流氓的样子。

出狱以后，工作就不好找了，这行圈子不大，大伙都有点躲着晦气。他是在监狱阅览室看到六宝的死讯的，心肌梗塞，猝死家中，已卖出数百万元的演唱会门票无法兑现，歌迷自发为偶像守夜……报纸上用了整整一个文娱版，六宝在照片里笑得德艺双馨。他赶紧翻看报纸的日期，已经是一个多星期前的旧闻。

江面上远远有一艘轮船，汽笛鸣了一声，像抽了他一鞭子，让他很兴奋。人对着虚空自摸是件极度无聊的事情，最好有他人在场，才称得上娱乐。他目力甚好，看见船身上写着"东方之星"几个字，船舷上竟有人遥遥对他挥手，于是他也把另一只闲着的手举起来，颇具风度地挥了挥。船上的人来了劲，更多的人把手伸过头顶，朝岸上摇着。在他看来，他们像一群欢天喜地的溺水者。不知道从他们那个距离，看不看得清楚他在做什么。他感觉自己即将冲着他们燃放一发礼炮，或者开启一瓶摇足了气泡的盛大香槟，于是大喊一句，台下的观众你们好吗？然后嘎嘎狂笑起来。

警察打电话来的时候龙小虎还以为自己又被盯上了呢，结果是龙大爷出事了。"你们爱怎么关就怎么关吧，这个老不要脸的跟我没关系。"龙小虎说完，就挂上了电话。

其实也不太方便关，也只能批评教育，吓唬吓唬，毕竟不是多大的事。虽然眼前这位大娘哭哭啼啼，非说龙大爷意欲强奸。警察有点不耐烦，像龙大爷这把年纪的骚动分子，最好的办法就是推给子女，让子女教育老子，用羞耻感约束他们要点脸。

没想到这个儿子这么不配合，讲话还不客气，真是有其子必有其父。没辙,挂上电话,警察对大娘说,"您家住哪?警车送你回家。"

他急于了掉这桩破事。今天还有一大堆的社区走访任务,马上就要片警考核了,其中一个指标就是电话抽样调查,看辖区里的居民能否喊得出片警的名字,对出警速度、态度等情况是否满意。因为事关先进派出所的评比,所里很重视,每个片警的照片和手机号码都被打印了贴在辖区所有小区的楼道里,派出所还订做了许多指甲钳套盒,盒子上印着片警的姓名电话,让他们走访时发放,尤其是那些有可能帮他们美言的重点居民。片警的职能是各种鸡毛蒜皮,安抚了这个,得罪了那个。他想,辖区里最大的不安定因素,他妈的,就是黑水潭公园这帮意乱情迷的老家伙。大娘还在嘀嘀咕咕地想要说什么,他赶紧站起来挽着她胳膊往外走,一边走一边把一个指甲钳盒子塞给她。

"您记住我名字了吧?我叫戴凤起!"

龙大爷做了一个梦,梦见小虎坐在船板上,肩膀一耸一耸的,像是在哭,他走过去,扳过他的身体来一看,竟然是自己死去的老伴,脸上根本没有眼泪,反而诡异地笑着。死老头子,你怎么不来帮我搬家?她问道。

搬家?龙大爷很奇怪。你搬到哪块去?

家里淹水了,你快来帮我搬家。老伴说完,站起来就往前走。使不得，前头是水。龙大爷想拉她，一个没拉住，人就不见了。他一惊，醒了过来，四周漆黑一片，病人床上发出匀称的鼾声，龙爷自己倒是有点内急了，他看了看钟，才六点不到。

白天他还在一直回想这个梦，咋回事呢，老太婆死了以后，他还从来没有梦到过她。要是余姐还在就好了，他想找个人讲讲这个梦，也没人可讲。打电话给小虎就更自讨没趣了，自从他妈死了，小虎就没给过自己好脸色。

这梦啥意思呢？莫非老太婆怨我？龙大爷想。

上次的事情之后，龙大爷好多天没去黑水潭公园，他有点没脸，他没想到警察非要给小虎打电话。

他手头正在照顾的这个病人已经是三进宫了，每次都是治疗出院了一段时间又被送进来。叫他好好休养，偏要作呀！傅教授的女儿恨恨地说。

龙大爷倒是很喜欢傅教授，他一点都不像个病人，虽然瘦得两个颧骨全部凸出来，但是两只眼睛明亮明亮的。坐在病床上，还要纸要笔，要画画，要写字。化疗已经褪光了他的头发，他戴一顶大红色的贝雷帽，据说是他女儿的，他觉得颜色漂亮，抢过来戴，"戴着这个才像个新郎倌儿呀，冲冲喜！"

傅教授写字的时候龙大爷就在旁边看，曲里拐弯的，很多字不认得。好在傅教授常常一边写一边念，而且大声自我表扬：这个字，写得太好了，神来之笔呀，简直是，满纸烟霞！

他不但右手能写字，左手也能写字。有一天，画了个大胖裸女，自己得意，让龙爷给他找点糨糊，贴在单人病房的墙上欣赏，嘻嘻而笑。

龙爷，你说我这个美女画得好不好？他问龙爷。

好！好！就是，嗯，胖了点。龙爷也笑了，看着画面上那两条骇人的大粗腿，他是真不懂画，墨怎么能用那么浓？乌七八糟的。两条大白腿胖得像个萝卜，到了脚腕子那里又突然收成一小点。勾的粗黑线，墨全部都晕出去了，像长了浓重的腿毛。这哪是美女哟？怕是个黑熊怪吧。龙爷心里想，没好意思说出口。傅教授可是文化人，电视里头都请他去开讲坛的。

胖才好嘛。傅教授很满意，他倚着靠枕，两只手交搭在肚子上面，歪着脑袋玩味新鲜出炉的美女。可惜没有朱砂，这个乳头，还是要有一点点朱砂色才对头。龙爷，你打电话，让我女儿马上送点朱砂过来。

又过一秒，傅教授想起来：医生写病历不是要盖戳子的吗？医生办公室肯定有印泥，你去，现在就去，赶快，跟朱大夫讨一点印泥来我用用，红药水也行。

等龙大爷跑腿借了印泥盒子回来，发现大胖裸女的乳头已经有了，粉嫩的一点玫红，极小，画得翘翘的。傅教授得意得鼻头都快翻过去了。看出来没有？老龙？这是小周护士的口红！

傅教授每次住院，都把住院部搅得人仰马翻。医生给他定的治疗方案，他兴之所至就要推翻。常常拍着床板叫他女儿火速给他办理出院。还哄龙爷帮他偷偷去买香烟。他在空八宝粥罐头上挖一个孔，把香烟插在里面抽，烟都飘在罐头里，不让查房的护士闻见，抽完把罐头冲着龙爷摇摇，一脸坏笑：你要不要把这个罐头扔到对面妇科楼里去？我这就是催泪弹。护士来给他量血压，他趁机就要拉护士的手。小周护士明明瘦得像棵南瓜秧子，他非跟人家说：你看看我画的这个美女，我画的时候，脑子里的原型就是你呀。人小周护士还是个姑娘家，面皮薄，当场闹了个大红脸，恨不得夺门而逃。

　　两个星期前，龙爷在傅教授的病房里碰到了熟面孔，公园里那个衣服永远挺括的陆先生。他跟傅教授在同一所大学任教，好像傅教授还曾是他的上级，所以前来探视。陆先生看见龙爷，不知怎么竟不好意思似的，急着告辞走了。傅教授哈哈笑着告诉龙爷，看不出这个老陆，平时闷声不响的，像个老实人，上个月新续了弦呢！哈哈，他走得太急，我刚才应该写一幅字贺他的，眼前新妇新儿女，一树梨花压海棠。

　　龙爷心里倒是一抽，余姐，他也好久没看见余姐了，打电话过去，一直是停机。公园里的露水情缘可不就这样？说断就断了。这个人就像从来没有过一样。没办法证实，他可没勇气追出去问陆先生。

　　傅教授的女儿给龙爷加了钱，让他白天也在医院候着。

傅教授虽然笑声朗朗，常有掀翻屋顶之势，病情其实一路恶化，他的鼻咽癌已经扩散到了肺部。有时候，鼻孔里插着管子，还让龙大爷扶他起来写字，写着写着，笔就掉了下来。他哈哈大笑的时候，龙爷开始闻到那种名叫死的气味，但他总觉得傅教授会是个例外，他会永远生猛下去。

黑水潭公园是不去了，黑水潭公园里的人却约好了似的径自往医院里来。又过几天，龙爷推傅教授去做检查，在外面等叫号，看见旁边一张推床上躺着的人雪白裤子十分扎眼，定睛一看，竟是正气，闭着眼睛像在昏睡。旁边一位个子很高、气宇轩昂的老先生陪着，原来正气的老公是这等漂亮人物。他忍不住要去攀谈两句，您老伴儿？也做核磁共振？

老先生看他一眼，往旁边让了让：我妹妹。这里。他点了点脑袋。

长东西了？

还不确定，医生说再看看。

我好像见过您妹妹，对面黑水潭公园，她经常去锻炼的。

哦。老先生点点头。

他看出来他话不多，便又逗着他讲。她舞剑舞得可好了，每天在公园舞剑，好多人围着看。

老先生还是点点头，又过了一会儿。说，我这个妹妹命苦，一辈子没嫁人，她耳朵听不见，不然，绝对是专业舞蹈演员的料。

你他妈的坟到底在哪呢？龙大爷有点急了。他没想到自己的梦竟然应验，几天之后，他接到陵园管理处的电话，下个月河流改道，让他赶紧前来迁坟。他急急打电话给小虎，这次小虎倒二话没说，买了张票就回来了。

小虎娘死的时候，他为把她葬在城里还是葬回老家费了半天踌躇，最后决定还是葬在城里，毕竟自己也不太可能回乡了，这样祭扫起来方便。说是城里，其实也是郊野荒山，那里墓地便宜些。

可自从进了这个林子就像是鬼打墙，他记得真真的，从红杉林的侧面上一个坡道，有半拉砖墙，然后绕过一个小池塘就是，怎么竟会找不到了呢？坟地的东边有一处沼泽，里面接连淹死过几个小孩。都说那里就是以前日本人屠城时的万人坑，直到现在还闹鬼，每次来上坟，都得避着走，那里的树木和草都比别处长得盛，高出一大截，隔老远就看见了，可是现在四下里张望也瞧不着。他不敢多说，只小声嘀咕着，咋回事，咋回事。小虎的眼神又凶又冷，越看越不善。天渐渐暗了，说起来是亲生的儿子，可看着完全像个陌生人，如果这会儿真走到那片沼泽地，他把自己往里头一推都有可能。

小虎从小胆气弱，月子里哭个没完没了，像只羔子，给他起名叫"虎"，也是为了添些男儿霸气。龙大爷心想，还是北京厉害，甭管啥样的崽，是绵羊，是兔子，是小猫小狗，小鸡小鸭还是小乌龟，只要到北京住几年，全能给变成狼。

我前年清明还给你妈上坟的。他像自言自语，其实是在对小虎解释。真奇怪，走熟了的路，咋变了呢？

路上零星看到一些墓碑，有的修葺完好，有的东倒西歪。那些夫妻合葬的，一方死了，名字泥金，另一方活着，名字也已经提前刻在碑上，只是填红，提前把坑占了，只等一死，便可前来，生同衾死同穴地相聚。

龙爷是不大相信死后有灵这一说的，但小虎妈这一场明明白白的托梦，又让他胆战心惊，自己是不是太荒唐了些？小虎妈，你活着的时候，我可没有对不起你啊。他在心里辩白。

我们好像又绕回来了。小虎指着旁边两截树茬子说道。四周的辨识物并不分明，所谓的路也不过是前人走过草迹略稀疏的小径而已。偶有几堆牛粪，见人走过，惊起一滩鸥鹭似的，哄飞起一群绿头苍蝇，附近有人散养了几头花牛，体格比乡下的牛大，龙大爷以前来时见过，据说市里的牛奶企业每天都会来收牛奶的。

龙大爷踢了一脚树桩子，一屁股坐下了。算了，歇会，心焦走不动道。他摸了摸口袋，问小虎：有烟不？小虎嘴巴歪向一边扯了扯，要笑不笑地说：我的烟，你抽不得的。

龙大爷又饿又渴，气急败坏，正在擦汗，突然头上一大片乌云也似的东西笼罩，竟是许多许多蚊子从四面八方嗡嗡地来了，每只都体型巨大，自带轰鸣声，像是一场蓄谋已久的埋伏终于等到了猎物。哎呀妈呦！小虎跳了起来，脱下衣服挥打着，两个人撒腿就跑，蚊子的巨阵不依不饶地在身后穷追不舍。

两人终于跑到一处开阔地，零星仍有跟来的追兵，身上开始发痒，细看已经起了不少疙瘩，通红，摸上去硬硬的。小虎打死了两只，仔细一看，花腿，腿奇长无比，简直是蚊子界的走秀模特儿。

还他妈的是毒蚊子！小虎骂道：敢喝老子的血，他妈屌蚊子比苍蝇还大！

这夏天都快过了，哪块来这么多屌蚊子？龙大爷也骂。他四下里一瞧，感到前所未有的紧张，血向脑壳冲去，他突然明白过来，自己和小虎怕是已经闯进了沼泽丛生的地方，周围那些高大的树大概叫什么人给砍了。他们必须尽快离开这里，在夜幕来临之前。

小虎，你站好了，你千万不要乱动。他去拽儿子的袖子：找到这里就好办了，我们要往西边走，你妈会保佑我们的，你下脚要当心，一定要踩实，踩实了再走。

父子俩前后跟随着，眼睛盯牢脚下，一步一探，每一步都是虚惊，狼狈里竟有几分滑稽，小虎已经忍不住笑出来声了。我怎么会在这个地方？他想，这难道不是嗨大了之后的另外一个幻觉吗？黑夜来得十分突然，好像就是一分钟的事情。一分钟之前的光线被吸进黑洞，然而无数的星星漂浮了起来，忽上忽下。爷俩被四周景象惊骇得作声不得，星星跟长腿的蚊子一样大小，近身在他们侧畔，随风跳舞，轻盈得如同呼吸,被他们的动作和气息拂动,不知道到底是萤火虫还是磷火。夏夜的巫灵和童鬼开始了例行的庆典,静默的喧嚣如同合唱,歌声噬骨,钻进了他们每一个毛孔,为了人世间极度的欢乐。

开满鲜花的果园

"把裤子脱了。"

"两腿分开,抬高一点。"

妇幼保健医院的生殖中心,照例人头攒动。这里从早上五点开始就有人排队,脸上带着急切的表情,不耐烦的表情,逆来顺受的表情,没有表情的表情。妈妈带着女儿,妻子领着老公,有些从郊县赶来,小声讨论着某个颇有名气的主治医生。女人有时会互相攀谈,"你什么情况?"男人们不屑于跟病友做这类谈话,他们表现得似乎自己并不在场。

天稚提起裤子,任何介入性的检查都让她感到紧张。那只白色塑料鸭嘴伸过来的时候,她绷得像个烈士。医生不耐烦地敲着她的髋骨,叫她放松。一只皱巴巴的袜子不知道什么时候从裤腿里褪出来,掉在地上。

"右侧,1.7厘米。"两个护士一个负责报数据,另一个在病历上走笔如飞,两个人头都不抬。

穿过走廊,一个男人扯着嗓子开玩笑,"这叫我怎么弄啊?有没有护士辅助一下?护士?"根本没有任何护士搭理他。人们瞥他一眼,没有人笑。来这儿的人各有各的问题,没人觉得这里面有任何笑点。

天稚瞥了一眼那间窄窄的房间,一张简陋的桃红色沙发上面不知道坐过多少尴尬的光屁股男人,沙发上劣迹斑斑。沙发对面的地上,斜靠了一幅半裸少女捧着水罐的印刷画,算是用科学态度鼓励这种想入非非。

"我不在这里,"大毛只扫了一眼房间就马上声明,"医生,我家就在对面。"

"这个取样要马上放冰箱,时间长了会影响化验结果的。"医生脸上没什么表情。

"很快,我很快,五分钟。"

家当然不在对面,结果是大毛一个人跑去医院对面的酒店,花钱开了间房,再百米冲刺回医院。掐住那只白糊糊的透明塑料小盅往医院冰箱里搁时,天稚想,自己的男人还是脸皮薄啊。

化验结果是密密麻麻的一张纸,真长见识。原来精液不但要看总量、颜色、气味、黏稠度,还要看活力、游动速度、游动方向、畸形率、头部畸形、尾部畸形、双头精子(不知道双头精子生出来的孩子有几个头)……有那么几个指标不太理想,但大毛基本过关,无罪释放。

大毛来做这个检查,无非是在道义上力挺老婆。每个月排卵期前后,天稚都要站在这个沮丧的走廊里排队,隔天一次。医生用笔敲打着病历说,最好,再做个输卵管造影吧,毕竟，腹腔做过手术，术后再次粘连的可能性还是比较大的。输卵管造影比较痛苦，女同志受罪，所以，啊，建议，男同志先做一个精子检查，先排除男同志的问题，啊。

于是男同志站在了这里，不相信自己有问题，却也不宜流露出"肯定是你的问题"，克己奉婆，仁至义尽。

辜鸿铭说，中国人最大的宗教，是生育。个人无论多么渺小，多么平庸，多么失败，一旦生育，他便成了家族链条中承上启下的一环，宗祠香火得以延续，天地人神各安其位。要是再年轻三岁，天稚无论如何也不会想到，自己会成为走廊里那些愁容满面的女人们中的一员，她一向以为自己生育能力旺盛。

"我都流产多少回了？"她对钟小河说，"戴套，吃药，安全期，体外……就这样我还能怀上，我就是一沃土！"第一次，她刚毕业，大毛马上要被派驻国外进修两年做访问学者，觉得都太年轻，要孩子的时机不成熟。第二次，天稚在水上世界玩滑梯，尖叫着一头冲下来，血从腿上淌下来，晕染在池水里，还以为自己来例假了。第三次，她吃了某种副作用比较大的药物，咨询优生科的医生，说了一连串胎儿畸形的概率，吓住了她和大毛，回家哭了又哭，还是没敢留。

"总比我好，多囊卵巢综合征，连有没有成熟卵子都不知道。"钟小河一边开车，一边斜她一眼，不过也有可能是在看右侧的后视镜。小河几年前有过一个孩子，现在广东某座寺庙里，供奉着这个孩子的长生牌位：汤门钟氏亡婴永登极乐。

小河跟董天稚是旧同事，刚毕业来到这座城市，天稚租了两室一厅，房租比想象中高，工资比想象中低，想寻个人合租。天稚工作的集团里年轻人很多，五湖四海，无家可归，最简便的方法就是在办公大楼的一楼大厅贴征租启事。天稚拿着打印好的征室友启事下楼，恰好小河也在楼下张贴寻租启事，对视一眼，攀谈几句，两张启事团掉往字纸篓一扔，天稚把小河捡回了家。

天稚打小身体不好，三天两头半夜被送进医院挂水，最后认了儿科医生当干妈。医生的亲生儿子，每次看到这个挂名妹妹又被送来就出言相讥：痨病鬼子。天稚病猫一样，恹恹匐在大人身上，并不回嘴。她很小就学会了逆来顺受，又粗又长的针管在脑门上找血管，发烧发到口吐白沫，也一声不吭。长大了，还是药不离口。但越多病的女人越容易怀孕，生物的补偿性，脆弱的动物往往生仔一大窝，自然规律要让它们在短暂的生命之中，寿终正寝之前，多快好省地完成传递基因的使命。

没想到，这三次之后，一晃好几年过去，天稚再没怀孕，到了三十好几，这事成了她跟大毛的一桩心病。大毛常常掐着手指头算：老大，要是生下来吧，今年该八岁了吧，是个男娃子吧；老二吧，要是生下来，今年该五岁了吧，你当时犯困犯成那样，肯定是个闺女；老三，要是生下来，这会儿也上幼儿园小托班了。大毛不是多愁善感的性格，唯独在此节上儿女情长。天稚去药房，买回排卵试纸，从此把房事当成精密火箭发射。小区门口的药店里，测怀孕的试纸进货多，测排卵的试纸进货少。好不容易再有货，天稚一下把整个药房里所有的试纸都买了，回家放在糖果罐头里。

"你说，有良家妇女会买两百条排卵试纸么？那些店员会怎么看我啊？要不就是特殊职业，特怕怀孕。要不就是想生娃想疯了，套住富老头！"

大毛埋头扒饭没搭腔，过了一会才说：这试纸管用么？

晨起，抽一条试纸；起夜，抽一条试纸。一次半夜三点，头发蓬乱，睡眼惺忪，突然看到一条无比坚定的排卵线。大毛上班远，那天住学校没在家，到了六点，天稚已经背着一个大包裹坐在凌晨第一班地铁中千里寻夫去交配。

包裹里是一枚婆婆特制的、绣着麒麟的红枕头，软硬适中大小合榫，垫屁股用的。

"我第一节有课，来不及了。"大毛被一把薅住，毫无心理准备。

"很快。咱们很快。五分钟。"

于是，这天上午第一节上国际金融管理的学生，就有幸看到了一个满面通红，头发微微凌乱，不太淡定的毛老师。

钟小河长得很美，而她自己对这种美并不自知，在她想要放大这种美的时候，这种美就消失了。她刚刚搬进合租的房子时，天稚知趣地什么也没说。后来熟了一点，成好朋友了，她才忍不住开口：我好想把你那一柜子衣服统统扔掉。

后来小河终于开了窍，成长为一个风姿绰约的女人，男人们看见她，就想要和她发生点什么。在她和天稚短暂的同居生涯中，天稚看见她带回来不同的男朋友。如果是白天，天稚就出门办事，把整间房子留给他们，如果是晚上，她就缩回自己房间，轻轻关上房门，拧开音乐。她从来没有试图去结识小河带回来的这些人，小河不给她介绍他们中的任何一个，这似乎成为她们友谊的某种界限。"你昨天晚上带回来的男人跟上上星期不是同一个人。"对此她们心照不宣地噤口不谈。直到天稚跟大毛结婚，搬出了那间房子。

小河一直没有结婚，她总是一而再、再而三地爱上相似的男人：已婚的男人、幼稚自私的男人、生意破产的男人、陷入诉讼官司的男人。照顾惹上麻烦的男人，是她的特长。有时候去开房，男人连身份证都被警方盯死了，只能小河出面去开，手机上发出房号，男人悄没声息地尾随而至。

天稚结了婚，小河换了工作。她们不再是室友和同事，这解除了她们之间的某种禁忌，两人开始无话不谈起来。基本上还是小河在谈，她的恋爱信息量太大，掰着手指头都谈不过来。

在一起的时候总在吃东西，有时候是深更半夜开车去觅一碗甜品，黑影幢幢的老城区，有些铺子灯火灭得特别晚，天稚喜欢陈皮红豆沙，小河喜欢芋头花生。有时候吃素，很细的蔬菜手卷，上面撒了密密的豆粉。料理里最喜欢海胆，鲜甜又清润，入口一抿，几乎可以仰脖喝下去。常常在吃云吞，天稚喜欢鲜虾云吞和螺味捞面，于是迁就她。还买了脆的鱼皮，在嘴里嘎吱嘎吱嚼着，生吞活剥，打草惊蛇。不知道是什么鱼，皮剥下来炸成笔直一长条，似有无限冤情。冬天打边炉，话都懒得讲，埋头苦吃，各种手工打的丸子在汤锅里翻滚。不知道为什么广东人对丸子的弹性充满执念，牛丸要有会撒尿的汤心，鱼丸要用刀背剁到能像乒乓球那样跳起，这些都是天稚无法理解的诉求。小河擅长趸摸吃的，看上去平淡无奇的路边小铺，她一眼就分辨得出哪家好吃哪家不好吃。有一年她们结伴去澳门，天稚穿的坡跟鞋底太硬，半天下来，已经寸步难行，闹着要去买鞋。小河选的路边食肆，好吃得让人忘记了这茬。鱼翅捞饭，便宜又量足，金黄色浓汤，裹着粒粒分明的米饭。黑椒猪扒包，一口咬下去，芝香四溢。天稚把鞋子踹在一边，晾着起了泡的光脚，吃得大呼小叫。路过一个身材挺拔的老外，一看就是天涯浪子，眉眼间纵情的痕迹，见两个女孩吃相忘我，不觉莞尔，径自走上前来，阔手一揽，给她俩一个兄弟式的拥抱。

"这几天例假又延迟了，胃口不如以前。"小河的牛腩粉吃到一半，把筷子放下，开始揉肚子。

"你怀孕了。"天稚头也不抬，笃定地说。她在朋友中间有半仙之称，有点小直觉。

"怎么可能？"

"我觉得肯定是，你赶紧去医院查查。"天稚一点都不意外的样子，专心对付面前蒸笼里凤爪下面埋着的花生米，花生米蒸得胖胖的，肥白又圆满。

她们两个刚从医院出来，小河陪天稚去做检查，上午的妇幼医院人照例很多，抽血结果半天也出不来，于是就去旁边的牛腩粉小店吃粉，吃完了抹抹嘴，再进医院打探。小河看天稚言之凿凿，内心也不免狐疑。等着也无聊，那就抽个血看看好了。又过了半个小时，两张化验报告单一起打出来了。HCG人绒毛膜促性腺激素超标，孕酮指数超标。两个人捏着单子面面相觑，饱餐了一顿牛腩粉的肚子微微腆起，竟然双双怀孕了。

都说女性经期跟月亮、潮汐有隐秘的关联，但城里既看不见月亮也看不见潮汐。月经最顽强的关联方，是闺蜜，这是女孩子们信奉不移的身心感应。常在一起玩的女生，到最后生理期都会同步。大学同寝室互相传染，一个来，个个来。体育课上，例假的女生可以免跑步，呼啦一下，半数的女生全部站到一边休息去了。

医生计算预产期，是根据怀孕前最后一次例假周期来推算的，末次月经的第一天为起点，加上四十周，整整二百八十天，终点那天就是预产期。小河和天稚常在一起厮混，几乎每个月例假都同步，所以医生给她们算的预产期也在同一天：第二年开春的2月9号。很少有人能正好在预产期那天生产，这个日期只是一个参考。

"不能同年同月同日出生,只好同年同月同日接生。"天稚说。

"不要告诉我你们俩是同年同月同日受孕的,我会怀疑你们连孩子爸爸都是同一个人的啦!"佩佩打趣她们俩,她嗓子很尖,尤其急着要说一句俏皮话的时候。

小河看了天稚一眼。糟糕,连孩子的爸爸是谁都不知道。

佩佩是天稚的大学同学,毕业后又去意大利学了几年艺术史和油画修复,交了个很帅的男朋友,名叫加利亚诺,还带来给天稚看过。加利亚诺满头金色漩涡,一双大长腿,笑起来仿佛文艺复兴壁画里的美少年。

"他连腰上的汗毛都是金色的。"佩佩得意地说,"金色永动机。"

几年后,金色永动机失去了动力,佩佩跟一个比她大二十八岁的藏家老隋结了婚。老隋年轻时热爱艺术,八五艺术新潮的时候,参加过黄山会议。后来做房地产生意发了财,又收了不少艺术品,命好,房地产业的井喷和艺术市场的井喷都被他踩到了点上。

"老隋就是有收藏命,以前不是有个女画家叫夏彦娜吗?红得不行,老隋在画廊订了她的画,结果被一个香港藏家掐了尖儿。画廊老板看老隋不高兴,说,隋哥,不好意思,要不您换这几幅,我另外再送您张别的。你们猜怎么着?老板送了他一幅曾梵志!当时没名气,现在什么价?他就老有这种歪打正着的命,之前捎带手买的那些人,现在一个个全成大牛了。"

老隋收藏的当代艺术,足够一个美术馆的体量了,这时他的审美趣味却突然发生了变化。他也是在这个时候认识佩佩的。他去意大利小镇看湿壁画,高端定制之旅,佩佩是随团的主讲老师。两人好上之后,老隋私下里对佩佩说,我已经烦透当代艺术了,too much!当代所有的把戏都没办法再让我惊喜,一眼就看光了。

这话公开不能说。他一向以眼光前卫著称,不能唱衰自己的收藏,但他在慢慢地出货。他悄无声息地卖出自己拥有的当代作品,逐渐替换成古代收藏:文艺复兴早期木雕、大师油画、宋元水墨、魏晋石雕……只有时间能淬去火气,他用大油手摩挲着一块汉代的老玉。自己不便出面,他让佩佩替他去拍卖会上举牌。那时候,他还没想到,自己有一天,会跟这个女孩结婚。

他们的婚礼像夜游博物馆,宾客们在老隋精心设计的大厅里宴饮,满墙鲜花,大团的粉色绣球,清汤狮子头似的。筒灯烘云托月,照着错落的古物。小河擎了支香槟杯,用胳膊肘顶了顶天稚,"哎,你说,这些玩意儿,不会都是真的吧?"

佩佩高鼻深目,甚是明艳,穿一件深V的奶油色缎袍,不戴首饰,连结婚钻戒都不戴,她嫌俗气。只有手臂上端像罗马女祭司那样箍了一个金臂镯,老隋送的古董。老隋腰板笔直,但毕竟是老了,两个人过来举杯敬酒的时候,小河说了句什么,老隋仰脸哈哈一笑,佩佩看到他鼻毛都白了。她心念一动,马上想到金色汗毛永动机。

佩佩曾经试图给金色永动机生个孩子,当时他们的感情已经出现问题了,而佩佩还在一心想结婚。有个孩子,可能金色永动机的心就会定下来。她回家问她妈妈,是不是有了孩子,男女之间就有了纽带?就可以从爱情顺利过渡到亲情?她妈妈鼻子里哼了一声,说,那可不见得!孩子是个放大器,你们本身感情好,有了孩子会更好,你们本来感情差,有了孩子就更差。

有一年小河的单位组织出游,农家乐,大巴车开去郊县的火龙果农场。每位同事有一个携眷名额,单位买单。钟小河没有固定的"眷",于是把天稚携了去。说是火龙果园,其实果树品种不少,几乎都在成熟季。荔枝,黄皮,累累垂垂,摘下来就可以填进嘴里。摘的时候也不是一颗一颗摘,而是连枝带叶,一把扯将下来,这是热带的慷慨。

天稚是北边人,以前没吃过黄皮,对火龙果也敬而远之。到广州之后吓一跳,在她老家卖得很贵的芒果在这里是马路两边的行道树,相当不稀罕。初夏,自然成熟的芒果半青黄,吧嗒吧嗒直接掉在人行道上,路人走过,捡都不捡。

摘火龙果没什么技术含量,她们俩只顾在果园里拍照,"像在跟拖把合影,倒插在地里的拖把"。天稚持住一根拖把,对着小河的手机镜头咧了咧嘴，"这树也太丑了吧。"

她没见识过这等相貌古怪的树，矮墩墩，一人高，光秃秃的杆子，到了顶上，突然冒出一丛三角棱状的仙人掌，毫无道理，胡乱支棱着，美杜莎的绿色蛇发。红通通的火龙果就在这堆乱发里东一个西一个地冒出来，胖果子上还有鳞序的齿须，如同怪物的毒瘤。第一个吃火龙果的人，简直跟第一个吃螃蟹的人一样勇敢。

"你话树麻麻滴，花就几靓。"一个童花头女人在跟小河敷衍。她斜背了一个帆布包，眼皮有点单薄，很精干的样子，T恤不容置喙地勾勒出腰身。身旁跟了一个童花头的小姑娘，很黏人，软趴趴的，斜靠在妈妈的腿上。这是小河单位另一个部门的女领导，小河一时也不知回说什么好，只弯腰笑着去逗那个孩子。孩子一别身躲到了妈妈身后。

"叫阿姨，讲礼貌啊。"妈妈又把她从背后拎了出来。

"阿姨好。"孩子细细声，眼睛拧开去，不看她们。

姜总似乎谈兴很浓，还在说火龙果的事情。她老家也种过，对习性很熟悉，比划着一个海碗口的大小："花噶大，好似昙花，仲系又白又香，佢花期就好短。我嘀都系用火龙果花来煲汤嘎，女仔饮，好清补。"广东人反正一切都拿来煲汤的，这也不算什么。

蔫了的火龙果花，也像拖把头一样耷拉下来，花蒂部位渐渐肿胀，变红，成为果实。这是很划算的经济作物，因为全身都可以被利用。果农会趁花朵开放不久，仔细把花瓣完整地环切，采摘下来，只要不伤及中间的花萼花柱，就不影响结果子。真是取卵而不杀鸡。环切下来的花瓣晒干了，可以泡茶，也可以作为食材或者入药。当天中午，她们在农家乐的饭桌上就吃到了一桌以火龙果为主题的菜，不但花朵和果实拿来煎炖熘炸拌，连美杜莎头发那部分都切片，炒成了绿叶菜，放点豆豉，滋味很像海南的龙豆。

姜总不在她们这一桌，小河趁机跟天稚咬耳朵，大谈姜总的八卦。姜总大名姜美丽，她先生曾是电视台的摄像，据说是个才子，平时不苟言笑。同事们大师大师地叫着，久而久之，也就把自己当成了大师。去年主动辞职，去西藏拍纪录片，不但没了收入，还常常需要姜总掏钱支持他的拍摄。姜总能干，很会挣钱，一个人把孩子也带得井井有条。有一天大师突然丢下摄制组跑回家来，跟老婆忏悔，说他的初恋女友婚姻不幸，刚离婚了，回过头来找他。他总也放不下她，一时把持不住，好上了。大师好像重新被点燃一般，他又变成了二十啷当岁的莽撞少年，无所惧怕，不计后果，那正是他眼下创作所需要的雄心。他们好了又好，反复确认，想清楚了，现在，他要跟姜美丽离婚。"他把跟女朋友做爱的细节都一五一十地跟老婆交代了，为了证明他们那种干柴烈火是姜美丽给不了的。"小河撇撇嘴，"你说这个男人得有多幼稚？"

姜总要强，一口答应离婚。某次出差，喝多了酒，把心事告诉了同行的小河，还掉了眼泪。从那以后，她们俩再见面就有点尴尬。"出轨其实她过得去。就是老公说的那些细节她过不去。"

  天稚一边喝汤，一边点头。一个人把自己的做爱细节告诉别人，别人又总会再告诉别人，到了最后，这场做爱里边站满了围观群众。姜美丽前排观看，而她们看着姜美丽在看，姜美丽混杂了痛苦和羞辱的表情，也天然是这场性爱里的一部分，不可或缺。年少总是轻狂，以为自己的爱情普天之下独此一份，他人不过是苟且偷欢。后来渐渐生出同理心，再听别人的故事，会有代入感。姜美丽的老公小有名气，她在网上见过他的照片，长得不能算丑，只是眼角和腮帮已经倒挂下来，一望而知是那种表面默默无语而内心百转千回的人。喜欢穿立领中山装，有几分儒雅。那是在某个国外的小众电影节上，他拍的纪录片获奖了。算他有良心，知道军功章里有姜总的一半。姜美丽在照片上穿雀灰色小礼服裙，挽了他的手一起走红毯。虽然不是明星，但是气质得体，是她自命的那种独立、知性的形象，非常拿得出手。他给了她最后的光辉时刻，她算是他的半个投资人吧，也许还是半个妈。她所有的文化虚荣心在那一刻都得到了满足，仿佛诰命夫人，按品大妆，上朝觐见。其实他们两人刚刚领完离婚证，只是还没对外宣布。颁奖礼和庆功宴结束之后，两个脸喝得绯红的人儿回到酒店，也只是按下电梯按钮各归各房，临别连句晚安都没说。礼花散尽，如此盛大的孤独。

  小河发现自己怀孕的时候，很奇怪，她第一个想到的念头，竟然是姜美丽。她眼前浮现起那个小女孩软绵绵地粘在妈妈腿上的样子，像两株共生植物，还有姜美丽刻意维持的腰身。她问天稚，"你还记得你是哪天怀上的吗？"

怎么可能不记得？所有旨在生殖的性交都像一场紧巴巴的双边会谈。监测到左侧卵巢有卵子即将成熟的那天，天稚在外地出差。医院走廊里全是人，闹哄哄的，她打电话给大毛，喂来喂去听不见，最后她把头从护栏上伸出去，用了很大力气喊，"我要排卵啦！"

大毛指示，马上买张时间最近的飞机票回家，甭管多贵，只剩头等舱了也买。她奔向机场，好像身体里马上有什么东西要漏出来，据说圣杯的形状就是女子倒置的子宫，一杯快要泼掉的酒。

天稚到家是下午三点，大毛已经从单位提前下班回家。两个人都疲于奔命，满面烟尘之色，但还是抱着一种愚公移山的态度拉上窗帘合力耕作，尴尬得快要哭出来。愚公说，子又生孙，孙又生子；子又有子，子又有孙；子子孙孙无穷匮也。靠的就是一代又一代人被生活操了又操的无穷耐心。

卵子像一个水泡，长到直径1.7厘米左右，就随时有可能破裂排出。测出排卵之后的48小时都是受孕期，而精子一旦排出，在女性体内的存活时间是72小时。受孕，就是这个两个时间段的交集。天稚在公务中挤出的回家交配时间，精确到小时，算得将将好。有医院卵泡监测的医疗记录和飞机票为证，白纸黑字，一查便知。她很确凿地告诉小河，她受孕是在5月17号下午3点之后的48小时内。小河就没有这种幸运了，她苦着脸翻日历，拿出手机查往来信息记录，又抱着脑袋冥想，还是不能确认受孕时间。

不能确认受孕时间，就不能确认娃娃的爸爸。小河回忆了半天，才把上个月性生活的时间在日历上圈了出来：5号以及6号，有过两次，是跟……我们姑且称作A吧。16号有过一次，对方姑且称作B吧。然后30号又有一次，也可能是两次，那个男人姑且称作C吧。她对天稚说，"我这是《妈妈咪呀》前传上演了？"

这一年小河三十四岁，目力所及之处看不到婚姻。很久之前她有过一个固定男友，异地恋，天稚没有见过，只看到照片。一个相貌平实的男人，年纪不大但已经有了肚子，看上去并不有趣，因此显得格外值得托付。那是小河离结婚最近的一次，但男的还是在婚期到来之前变了卦。

很快小河怀上了老汤的孩子。毫无意外，老汤是有妇之夫，在广东做面料生意，所以衣衫格外时髦，能把一条暗绿色格纹裤子穿得好看的男人真不多。广州男人通常长得比较实用，汤如冀的相貌文艺得近乎冗余：混血儿似的大眼睛，鼻梁挺拔，头发烫着卷，脚蹬雪白的高帮运动鞋，像八九十年代的港星。跟小河隔着咖啡桌两两相望，你惜我，我惜你，倒是一对璧人。小河是少数民族女子，有股彪悍之风，对名分、伦常和他人的口水都看得极淡。只要有爱，她是真不怕替汤如冀把孩子养下来。

跟很多婚外情的套路一样，老汤在这个时候犯了怂。但是他的理由跟人家两样。老汤患有肌肉萎缩，难以治愈的疑难杂症。在广州这么炎热潮湿的地方，他常年穿着厚厚的高帮运动鞋，不惜闷出香港脚，不是为了耍酷，而是指望那个耸立的鞋帮撑住脚腕，提供一点助力，不然，他走路会脚软。

家里有钱，但治不好他的病，于是早早地张罗他结了婚。有个女儿已经在读初二，功课之余，每日学画。指望高中就送出国去，大学最好能念商科，修国际经贸，要是成绩不够，第二选择是读服装设计，或者时尚管理，都是为了将来回国，接手家族生意。按这几年病情的发展，汤如冀等不及地想要交班。

小河骑在床上起伏，俯瞰闭着眼睛的老汤。如同暗夜里着急赶路之人，无所依凭，不得不扬鞭抽打自己身下那匹尽忠的老马。要不是他卷曲的毛发上沁着细汗，嘴巴里间或哼哼两声，她微微惊心他已经这样死了过去。

他们总是女上位，其他姿势老汤没办法支撑。偶尔老汤心疼她，可是心疼完她马上又心疼自己。他把她拉下来，脸埋在她的肩窝里，委屈地说，这是我现在身上唯一还能硬的地方了，指不定哪天就没了。

他这副此恨绵绵无绝期的软样，让钟小河更想替他生孩子了。

老汤只有一个闺女，跟老婆关系也一般。小河想给他添个儿子，她对自己的肚子有信心。广东人传统，很重男丁。要是有了儿子，老汤的人生就从此改写了。意外怀孕之后，小河想，老汤经济上不成问题，她没指望他离婚，她希望能做他终生的亲人。只要他把孩子认下来，而她则永远是他孩子的妈妈。

听到这个消息，老汤的反应出乎她的意料。小河对已婚男人没有那么高的期待，并不奢求他们会为突如其来的孩子欢喜雀跃，她设想过他可能会尴尬、惊慌、退缩。但是老汤脸上，最初的惊讶过去，剩下的全是悲怆，嘴唇可笑地半开着。给他们俩斟水的服务生一退开，他就马上伸手穿过桌面，兜住她的手，犹豫着要怎么开口。

小河只知道老汤有肌肉萎缩症，却不懂这种疾病属于 X 连锁隐性遗传，致病基因位于 X 染色体。通俗来说，就跟红绿色盲一样，传男不传女。

如果老汤生男仔，生下来的男孩百分之百患病，如果老汤生的是女儿就没事，但女儿会成为致病基因的携带者，将来她生育的孩子有百分之五十的几率得病。

当年妻子怀孕到第四个月，他们私下托了好几个医生帮忙 B 超看男女，确定怀的是女儿，才大大松了口气。

你听我的，不要冒这个风险。像我这样的人，是没资格生崽的。他对小河说。

你知道这是什么意思吗？小河事后转述给天稚听，这件事情里面，唯一让他高兴的，是他发现自己还有让女人怀孕的本事，可他不想再要任何孩子了。

是的，孩子对老汤有什么用呢？如果生的是男孩，他一生下来就注定是个病人，终身难以治愈。如果生的是女孩就更没用了，老汤已经有一个女儿了。现在这个初中生他都嫌她长得太慢。他恨不得女儿一夜之间成为女强人，把他的生意接过去，好让他舒舒服服地躺下。他哪里还有耐心等待另一个女婴从零开始地长大？如果他死了，留下两个异母所出的孤女，两个彼此敌视的寡母，和一大笔家产……天哪，那意味着官司和无休止的争斗。老汤作为广东生意人，从小到大耳濡目染的八卦，不是明星绯闻，不是政坛风云，而是香港、澳门商贾的豪门恩怨，几房姨太太如何各挟子嗣，争宠，争家产，彼此斗法，在这方面早已练就了极强的避险意识。

久病成医的汤如冀还在那里絮絮叨叨，解释染色体的遗传机理，小河生怕眼泪夺眶，站起身掉脸就走，悲伤不知怎么转为一腔怒气。她撂下话来，我凭什么相信你说的话？我告诉你，不管是男是女，这个孩子我生定了！

老汤这段时间魂不守舍，他的妻子宛平是心知肚明的，但她并不担心。她晓得老汤骨子里不是一个花心人，因为他怕死。就算在外面偶有风流，哪怕动了真情，也改变不了他的身份：一个病人。

任何深刻的、难以疗愈的疾病，一旦长期相随，就覆写了宿主的性情和命运。汤如冀少时起就是病孩子，肌肉乏力，进而蔓延到心灵，家境的富裕反而强化了这种软弱。纵然相貌生得好，但在任何一段情感关系中，老汤都是劣势的一方。他因此很懂得讨爱，再多的爱也填不满他的自怜之海。那些花边故事，在宛平来看，不过是一个随时会死之人的及时行乐。跟一个病人还有啥可计较的呢？老汤不敢抛家，因为他对长期稳定的照顾极度依赖，他也不敢散财，因为他的钱要拿来治病或者续命。就凭这两点，她许宛平的位置今生不可撼动。

小河打定主意保胎，老汤力劝她去打胎，上演了许多苦情戏码。两个人拉锯一样来来回回，时而抱头痛哭，时而摔盘子砸碗，最后小河一气之下再不接老汤的电话。老汤如释重负，也就不再打来。

小河赌气一样，她总觉得老汤还会出现。独自死撑到两个多月，一次重感冒，半夜发烧到39度，咬牙爬起来去医院。刚刚挂完急诊号，胃里翻江倒海，大口大口的酸水不受遏制地向上顶。她之前孕吐并不严重，这个晚上却加倍折磨，来不及跑去厕所，哇的一声，吐在医院的走廊上，衣服鞋子上也沾了许多。跟医生诉病情的时候，闻见自己嘴巴里食物发酵的污浊气味，像隔夜的酒糟。

夜班医生倒也没有流露出嫌弃的神色，简单问了问情况，开了单子，让她赶紧去缴费验血。抽血窗口咚咚敲了半天，里间走出来一个打着哈欠的化验员，白大褂的扣子也扣歪了一个锁扣，把单子接过去就开始备针，一针下去，没找准血管，针头在里面左右捣刺，还是不见血，只好拔出来再重扎一针。她歪在医院的长椅上等待化验结果，冷得浑身发抖，就下了决心。

夜班医生是个戴眼镜的小年轻，理着利索的平头，眼睛毛茸茸的。没有病人的时候，就捧了本医书在温功课。见她拿着化验单回来，赶紧把书合上，接过单子来看。

血相这么高了，不过你现在怀孕，有很多抗生素是不能用的。

能挂水吗？小河有气无力地问。

一般我们不给孕妇挂水，你现在这个情况，还是建议先口服药。医生不看她，在电脑上的药品名录里挑挑拣拣，应该是在选药。

就给我挂水吧，怎么快怎么来，明早还要上班呢。她态度有一点生硬，忍住没说，反正这孩子我也不打算要了。

医生很惊讶，抬眼看看她，怕是没见过这么没心没肺的孕妇。她想，真是新医生，一个大肚子女人家，深更半夜看病都没人陪，这还有什么可说的？

退烧之后一个星期，天稚陪小河去做流产手术。进手术室之前，小河想知会一声老汤。手机摸出来几回，想想算了，还是不打，就让他从此悬着心。人流手术室生意兴隆，大开间里，八九台刮宫术同时在做。明晃晃的大灯，架在手术床的尾端，照向人类幽微的巢穴，女人们呈 M 状打开着。流水线一样，做完一个，马上就要给下一个病人腾床。在手术台上从右往左把一次性垫单一抽，顺势就把一个光着屁股、下身还在潺潺流血的女人从手术台囫囵翻转到了旁边的移动推床上。

胎儿已近三个月，手术很伤元气，出了不少血。麻药过去之后，小河躺在床上想，天稚这人有一点好，从来不会对她说，早劝你你不听，现在吃苦头了吧。她强撑着坐起来，好像有人在扯着她的下小腹，明明是虚空，头发芜乱，出了汗，粘在脖子里。天稚掏出一个灰色保温杯，底盖掀开来就是只碗，倒出一碗枸杞乌鸡汤，说，今天着急过来，来不及炖，瓦罐鸡那家买的现成的，趁热喝，明儿我帮你炖好的。鸡油明晃晃地漂在上面，小河饿了，咕嘟咕嘟，喝下去多半碗，定了定神。那天晚上在医院，烧得昏昏沉沉，她看见自己独自抱着一个男婴，手足无措地站在医院走廊，站在那摊呕吐物的中间。下一秒钟，她自己就成了那个被她生下来的病孩子，歪在长椅上，因为恐惧而伸不直腿，四肢像达利画的那面流淌的钟，正在向椅子下面坍塌，马上就要融化掉了。一辈子都在等待医生下达通知，这样的人生，对他来说，未免太不公平了。

小河没想到她还能继续怀孕。上次流产后，在一次复检中，医生跟她说，她有多囊卵巢综合征，内分泌和代谢异常，这是常见的女性内分泌疾病，但是会导致"慢性无排卵"，影响卵子的成熟和正常排出。

在未婚夫和汤如冀之后，小河的感情生活就进入了乱纪元，有点漫不经心。天稚问她，你也是大意了，就不用套的吗？

我不喜欢用嘛。医生都说我怀不上的。这下怎么办？

想生下来？

真有想过。上回那个，我都想生下来，哪怕我得一个人带大他。

上回不一样，怕是病孩子。

我现在身边这些个男的，没一个能谈得到结婚的。这辈子就算没婚姻，我认了，可我挺想有孩子的。小河低头胡噜了一下自己的肚子，现在一点不显，她的孩子还只是一粒豆芽，哪里摸得出来。可她已经开始穿宽松衣服和平底鞋了。她本来个子就不高，不穿高跟鞋凭空又矮掉一截。

我今年三十四岁了，要是再打胎一次，以我的卵巢情况，你觉得我什么时候还能再有孩子？

你自己想好就行。就算没爸爸，大不了多认几个干妈，孩子照样长大。

那我们就一起生吧？

那我们就一起生吧。

说是说一起生，两个人住的地方相隔太远，根本没办法在同一个定点医院。天稚两个多月的时候有点见红，医生说，怕是先兆性流产，让她每天到医院打黄体酮，七天一个疗程，随时复查。小河陪她去打过一次针，望见她气色虚浮，穿一条粉红色竖条纹泡泡纱的裙子，远看就像一道道很细的血流正在淌下来，配上天稚毫无血色的脸，两股瑟瑟，走路都夹着腿。

打了两个疗程的针，孕酮只回升了一点点，还是没抵达安全区间，小腹隐隐坠痛，医生也直摇头，只好住院，卧床，保胎。其时已近8月，天热得要命。住院洗头、吹头都不方便，想想后面漫长的孕期，长发据说还占着营养，办入院手续之前，天稚去理发。发型师一再问她，你可想好了？确定？不后悔？然后给她推了个板寸。

怎么样？像不像刑满释放人员？她问小河。

释放？想得美！你这刑期才刚开始吧。

住院之后，她跟小河见面更少了，但是两个人时常通电话。一拿到检查报告，就沟通各项数据。小河还是不能锁定谁是孩子的爸爸，每次都试图在化验数字上看出端倪。既然她跟天稚是同一个月经周期内受孕的，那么孩子的各项数值都应该趋同。如果高了一点，那就可能是受孕时间早于天稚，如果低了一点，那就是受孕时间晚于天稚，如果数值一样，那就是受孕时间跟天稚相似。

列成等式，是这样的：

数值高于天稚 = 受孕时间早于5月17日 = A的孩子
数值低于天稚 = 受孕时间晚于5月17日 = C的孩子

数值等于天稚＝受孕时间约等于 5 月 17 日＝ B 的孩子

这套推算，颇不谨严。不过她也没别的招儿了。孕早期检查很多，各种数据雪片般飞来，有时候比天稚高，有时候比天稚低，不知道到底该采信哪一个，心情也随之起伏不定。

天稚是侦破小说迷，热衷推理，陪小河反复沙盘推演，听她分析来分析去，发现生一个人的逻辑，比死一个人的逻辑难多了。生父远比杀手隐藏得更深。你就不能等到孩子生下来，直接去做亲子鉴定吗？她瘫倒在沙发上，气馁道。

从受孕第十二周开始，胎儿颅骨初步成型。在 B 超影像上，能看到一轮清晰的颅骨光环。从这一周起就可以测双顶径了。双顶径又称头部大横径，指的是胎儿头部左右两边最宽处的直径长度，是医生用来观测胎儿发育程度的重要指标。

你看，你现在双顶径才 2.53，我已经 2.81 了，小河说，看来嫌疑人还是 A。

脑袋大也不一定就是受孕早啊，没准儿孩子的爸爸就是个大头呢？天稚还在卧床保胎，每天越睡越困，有气无力地提出了这项推理中的一个逻辑小漏洞。

小河在电话那头不响，脑中并列浮现三颗男性头颅，嘶嘶转动着：正面的，侧面的。比较起来似乎还是 C 的脑袋偏大一点？B 看起来头大，但其实都用力在了长度上。B 超上的黑白图片并不清晰，仿佛一扇向下打开的扇面，里面隐约有一处水泡，反复辨认，水泡里似乎蜷着一个浅白色的逗号，逗号的脑袋很大，下面敷衍了事的一短撇，才是婴儿的身子。她想，要是现在能把三个嫌疑人叫来测量一下脑袋就好了。如果她分别打电话，开玩笑式的，让他们各自量量头围，报个数据过来，会不会有点奇怪？

就说要给他们买帽子？

她还没有告诉他们三个中的任何一个。非婚怀孕的消息像个定时炸弹，会炸出男女关系中最不堪的部分。她有点怕了。

妇幼医院依然人满为患，收费柜台前面，几条队伍像褶皱一样。大腹便便的女人一个人占着两个人的位置，在走廊里横着挪来挪去，像充气到了极致、随时都会炸掉的气球，旁边跟着一个丈夫。有时分工合作，一个人站在收费的褶皱里，一个人站在取药的褶皱里。大毛麻利，捏着就诊卡和化验单跑前跑后，天稚心想，小河一个人怎么办啊。

换了她可做不到，光是看见别人产检有老公陪而自己没有，她就要哭了。

再见小河的时候，小河已经换了车子，一辆深蓝色的SUV。看着还挺新吧？她说。二手的，上星期刚拿到。

你原来的车呢？

卖了。那车太小，后备箱放不下婴儿推车。早点换了我还得磨合磨合，不能都等到最后几个月。小河把车拐进一个小巷子，靠边停好，下了车。她屁股好像大了点，走路还是很轻捷，穿条松松的中裤，手指头套在钥匙环里面转啊转。

鱼蛋粉，两碗，勿该。小河对店老板说。鱼蛋很快端上来了，粉白的清汤，芫荽被剪成极小极小的星星。

还那么能吃。天稚笑了。

我没什么反应啊，你怎么能天天抱着马桶吐的？

最近也不吐了，就想吃高热量的，一到晚上，火烧火燎，饿得像狼。

你平时不也挺能吃的？

平时是猪，有的吃就一直吃，现在是狼！吃不到要拼命的，母狼，懂吗？昨天晚上，半夜两点，饿醒了，就想吃个麦当劳，双层牛堡，别的都不行，非得马上吃到嘴，麦当劳现在不是有24小时餐厅了嘛，我把大毛摇醒，撵他赶紧出门，去给我买，大毛那脸，苦瓜似的。我跟他说，不是我想吃，你儿子饿了！

天稚说出口就后悔了。不该说。显摆自己有老公，还随叫随到。小河倒好像没啥。

你不早说，早说我就点牛腩粉了。快吃，吃完我带你去买腊肠，我一个朋友开的食品厂，广式腊肠，切片放在电饭煲里，跟饭一起煮，吃的时候拌一拌，猪油都吸到饭里去了，特别香。你要是不怕麻烦，加酱油和葱花，烧煲仔饭也可以，我一口气能吃两大碗。

广式腊肠里是不是放好多酒？

安啦！风干那么长时间，早挥发了。

孕妇稍微喝点也没事吧,你们广东人不是还红糖酒卧鸡蛋吗?那个酒是煮过的,酒精估计也煮没了。

那是月子里吃的,现在吃早了点,还有猪脚姜。我妈妈做猪脚姜最拿手,里面还要放卤蛋,回头让她多做一点。

吃下去不要胖死了。你胖几斤了?

七八斤总好有了,这个时候胖不怕的嘛。生完再减。你裤头买没?

买了,以前的穿不下了,肚子那里好勒。等下要不要顺路去买衣服?我的衣服上身全走样了。

别买。现在反正穿啥都不好看,随便穿穿,等肚子再大点,实在没办法了再说。我看你的肚子,像男孩儿。

这哪看得出来?

能看出来,尖的。男孩会打扮妈妈,你皮肤有变好哎。

白白胖胖而已啰。吃胖了皮肤都好,胶原蛋白就是肥肉。你呢,你觉得你生男生女?

男孩儿吧,我买了好多大眼睛宝宝的图,贴在房间里,怀孕的时候多看,小孩出来就俊。

长相也能胎教啊?

意念很重要的嘛。

你不是指望生出来之后,靠长相认爸爸嘛?真要长成海报上的洋娃娃,线索不就断了?

天稚卧床的这大半个月里,小河办了不少事。她在自己租的小区楼上又租下一间房。后面要请月嫂,说不定还得把母亲从老家接过来帮忙。她的房子太小，住不下。婴儿床、婴儿澡盆、婴儿手推车这些大件，也得提前买好，趁现在手脚还灵便。她大学念经贸的，算没白念。发现自己需要独自一人应付这件事情，她第一反应就是算了一下自己手头的钱，以及未来三年内所有可能的开销。她可没时间哭。

她当然也想过向男人求助，可她又不愿撒谎。跟任何一个男人一口咬定他就是孩子父亲都是危险的，万一生出来货不对版呢？三个人都不肯认这个孩子固然很糟糕，但更糟糕的是，万一三个人都愿意出面认这个孩子呢？那时她又该怎么圆场？

大毛每天到病房点卯，他怕天稚营养不够，不让她吃医院的饭。这一天，他拿了洗好的保温饭盒回病房，对天稚说，我刚在楼道里看到一个人，好像你那个留学回来的同学，佩佩。

天稚卧床卧出霉来，马上站起来，趿着拖鞋就往外走，被大毛拉住。说，你别去，她老公也在。

我还怕她老公？又不是不认识。

不是，好像有点奇怪，我看他们脸色不太对头，吵着架似的。你别去了，还是歇着吧。

天稚想了想，又坐回床上，闷闷不乐地抓起枕头边的一本书，胡乱翻着，一本《西尔斯怀孕百科》，粉红色的封面，有一本字典那么厚，跟怀孕有关的一切都是粉红色的，但这个厚度消解了粉红营造的温馨感。医院的床单洗得勤，粉白相间的宽条纹已经褪色，每周护士来拆换一次，床单被套虽换，里头衬的棉絮是不换的。在褥子外面，先包上个一次性的无纺布罩子，然后再铺床单。护士动作娴熟，呼啦一下。天稚眼尖，还是看见垫褥上影影绰绰一摊血，脑中马上浮现出上一个或者上上个病人躺在这张床上，刚做完手术，下身污糟，流血流脓的样子，顿时浑身刺痒起来，一千只虫子躲在皮肤的毛孔里齐声窃笑。

现在每天三顿送饭已经够折腾的了，总不能连床褥都从家带吧？你别挠了，越挠越痒。大毛表示很为难。

天稚想想也觉得没法，又去套上两条裤子，算是给屁股戴两层防毒面具。她得出院，再这么躺下去，没病也要憋出病来，她常常白天穷极无聊就盹了过去，夜里又半宿半宿地睁着眼睛。听病人的咳嗽，隔壁病房抽水马桶的吞咽：咕嘟，咕嘟，有时候突然呛了一口，然后又囫囵吞枣，轰隆隆咽下去了。走廊上几个护士跑动起来，平底鞋急促的碎步跑，移动床的轮子骨碌碌滚着，有女人嘤嘤抽泣。这医院不知死过多少人，可能就死在这张床上，当然在这里出生的人肯定更多，毕竟是妇幼医院。

天稚把手举起来看，手背上几个小窝，生命线倒长，从虎口直到手腕，但是一路杂纹无数。病房门上方的小窗，透进彻夜不息的灯光，照在她的手上，手指肿胖，在黑暗中是肉白的一朵，像佛陀菩萨们肉嘟嘟的拈花手。她来回变了几个手势，试图回忆起"与愿印"和"无畏印"是怎么结的，她在画册上看过。许多影子在空中飘来飘去，像烟一样，淡白色，有形体而易散。

昨天这个病区刚刚收治了一个十六岁的女孩，她听见三个妇人立在病房的开水间闲谈。

一直不来例假，家人还以为她发育得晚。

这个人工做不做得出来？

说是能做，不过做了也没得办法生小孩哎？

活受罪！听宋主任讲，要拿直肠上面的皮做，直肠的皮子跟那个地方最像，疼得不得了，前前后后，分好几次手术，还要把那个地方撑开来，起码要做一年多。

19床啊？是不是19床？我等下去看看。

怎么做了还是不能生呢？

人工做的是那个噻，子宫又做不出来。

啊？子宫也没有？

连子宫都没得，那还做阴道干么事？

你这个话讲的！

将来还能结婚啵？

这种，这种假的，那个的时候，还能有感觉？

这哪个人能晓得呢？

你没问问宋主任？

这怎么问啊？你开得了口你去问哎。

她妈讲，要是早点儿发现就好了，早晓得她这个能算残疾，就能再生一胎，现在生不出了，被乡里头抓去结扎过，还刮掉一个男孩。

这种是不是就叫石女？

要我讲，干脆将来不嫁人还好点儿，何苦来？没得例假就没得例假，没得男人就没得男人，一辈子，乐得干净呢。

手术要一大笔钱，还不定做成功做不成功。

天稚默不作声地从她们中间穿过去，但她好奇心收不住，经过19床病房的时候，忍不住往里多看了几眼。每个病房里有两张床，一张床上躺了一个中年妇女，方盘子脸蜡黄，另一张床空着。一个年轻女孩正在走道里走来，一团孩气，笑嘻嘻在那儿说着什么。她扎个独辫子，额头低矮，头发极多，眉毛眼睛都黢黑，长得不难看，但是腰身直上直下，看不出发育的痕迹。牛仔裤的喇叭又长又大，拖到地上，显得膝盖以上都是腰身。旁边的妇人面无表情，一手拎个塑料袋子，里面全是零食，另一只手里是只翠绿的塑料脸盆。乡下女人见老，应该是她妈，看着倒像外婆。天稚走过去，掉头回看一眼，母女俩已经拐进那间病房。

佩佩其实也看见大毛了，但当时那个情况，她没有上前相认的心情。又过几天，她选了个上班时间去看天稚。走进那个病区，她眉头皱了起来。

天稚胖了不少，配着推上去的头发，看起来很怪，她穿一件大嘴猴睡衣，大嘴在肚子那里，被撑得更大了。好像大嘴猴把孩子一口吃了进去，并且鼓起了腮帮。

我妈买的。天稚自己也笑，是不是很土？料子倒是舒服。

你现在好点？

憋死了，跟坐牢差不多，又喝又挂，羊水只上来一点点，过几天我想出院了。

你看着挺精神的，也没胖多少。佩佩有点言不由衷。

你从背后看。天稚站了起来。看我的背影，看！像不像怪物史瑞克？她自己也奋力扭头向后看，但啥也看不见。

佩佩笑了。小脑袋，大屁股，囫囵吞枣的绿睡衣，从后面看，大鳄梨似的，还真是像。她把两瓶妊娠油放在了床头柜上。给你带的，抹肚子。

我没妊娠纹啊，一点都没有。

等有了再抹就来不及了。佩佩床边坐了下来。

前几天大毛说在医院看见你。怎么？你跟老隋也打算要孩子啦？

别提了。佩佩说。前几天，她正在一个画展的开幕式上，突然手机上一个陌生电话过来，她想多半是快递和广告，就掐了没接。没想到活动一结束，手机上二十多个未接来电，全是这个号码。

她一回拨过去，电话马上通了，一个女的在电话里很神经质地喊：我要生了！孩子是老隋的！

你怎么一直不接我电话?

我怀孕了。

电话那头突然哑了几秒,然后笑起来。真的假的?

你看见就知道了。

我的?

百分之九十吧。

电话那里哑了更长的时间。什么叫百分之九十?

那我说百分百肯定是你的,你乐意吗?

你搞什么?

逗你玩儿。

你吓死我了。我回来了,给你带了礼物,晚上一起吃饭?

不吃,没胃口。

钟小河在餐桌边坐下的时候,男人才发现,她好像真有了。一开始他以为她只是胖了,但她朝圈椅里坐下去的时候扶了一下腰,那个姿势让他警醒过来。他吓得忘了点菜。

你来真的?

不是说请我吃好吃的吗?小河把菜单从男人手里拿过来,自顾自翻了几页,扬手叫来了服务员。

深井烧鹅,椰子鸡,酿豆腐,再来一例西洋菜谢谢。

深井烧鹅很快端上来了,小河低头吃起来,一块接一块。烧鹅的皮脆脆的,焦糖色的鹅皮上一格一格菱形小方块,像小时候吃的华夫饼干,在黄梅子酱里点一下,一咬下去,油脂在嘴里爆开来。她开始嗜酸了,把鹅皮更深地压进黄梅酱里。知道男人在目瞪口呆地看着她吃,她反而自若起来。其实她心里没那么笃定,来之前还刻意打扮了一番,几件勉强能穿的衣服轮番上身,后悔前几天为什么不跟天稚去买衣服。她不知道自己为什么要打扮,她并不想冲谁献媚,但好看也是一种铠甲。一个女的只要还好看,看上去就不至于太可怜。她背上了她最贵的一个包。

知道自己怀孕之后,她差点在闲鱼上卖掉这个大牌包,她只用过几次,小票都没丢,应该还能卖些钱。

我真服了你了。男人把身子探向前,压低了肩膀。之前怎么一句话都不说?多久了?

三个月了。我也是一个多月前才知道。

为什么不告诉我?

怕你让我去打掉。小河抬眼看看他。头这么尖,不像大头爸爸。

服务员又端来一个菜,男人等了等,确定服务员走得听不见了才说,你疯了?你知道我不会跟你结婚的。

小河笑了,你要不要吃块豆腐?这个酿豆腐好好吃啊。

男的喝口水,果然搛了块豆腐,语气缓和下来,我也是为你好,这样下去,吃苦头的是你自己。

你看,所以我不想接你电话。

你是吓唬我吗?你想怎样?

大佬,能让我好好吃顿饭吗?我说过要跟你结婚了吗?我说过孩子是你的了吗?我说的是百分之九十好吧。

好，你厉害，你牛，你多吃点。男人看着面前滚烫的一锅椰子鸡，汤水清甜，这是他爱吃的，她替他点的，他想端起来泼她脸上，这帮自以为是的女的！

但他们并没不欢而散，道别的时候甚至还互相抱了抱。她腰粗了，抱起来像一棵树那么瓷实，他鼻子一酸，赶紧走了。

你跟每个人都说百分之九十吗？天稚问小河。

那不然怎么说？

四个多月的时候，小河把她的父母从老家接了过来，她妈一看她就明白怎么回事了。小河支支吾吾的，事先想了几套说法，事到临头，舌头还是打结。她爸爸性情和顺，是个无可无不可的人，跟她说，出来了就没事，在老家不行，亲戚那么多，跟人家怎么说？还是城里好，邻居之间互相都不认识，谁管谁啊。后来他在小区里每天跟人下棋遛弯儿，说自己的女婿在美国。

我妈妈说，女仔就这点好，起码你能确定你肚皮里的崽是自己的，男的可就不一定了。"伲个崽佢系你格，就得个啦！我啲都认。"她这么说的。小河告诉天稚。

爸妈来了之后，小河像回到了学生时代，每天睁开眼就有现成饭吃，吃完也不用洗碗，偶尔她蹾进厨房，想帮帮忙，妈妈总是攥开她，"你走你走啊，冇么嘢事，你去忙你个嘢。"她只好回自己房间。从上初中起就是这样，那时候她耳朵里总是塞着耳机，吃完饭就借着做功课把房门关上，只是现在这个学生大着肚子，像不良少女。她爸爸把眼光瞥向她的肚子，她就有点不自在。

她考上大学之后，每次回到老家，总觉得房子里有一种特别的气味，那是某种被你抛在身后的味道，像灰尘和啫喱，像反复使用的竹编蒸笼。把爸妈接来广州同住之后，她在房子里又闻到了这股味道。诡异的孕妇嗅觉。这种气息叫人生出安全感，比香薰还让她镇定，她的孩子也将在她熟悉的气味里生长，那是不会被改变的旧日生活。

回房间也没什么功课可做，孕期瑜伽总是半途而废，她新添了一个爱好，看小时候的相册。那时照片真少，每一张都用力过猛。五岁之前仅有的几张，眉头紧锁，腮帮子上的肉虎着。有一张是过周岁，奶奶抱着她，她在打哈欠。后来她妈妈老说她，"影相都唔会笑，唔笑以后唔俾你影佐，费佐钱。"终于有了一张咧嘴的照片，那时候已经大了一点，两个手拘谨地放在膝盖上，笑出一粒虎牙，她只有一边有虎牙，另一边没有。果绿色的泡泡袖裙子，剪了个童花头，刘海是她妈妈给她剪的，显然剪坏了。

她有时候看看自己的照片，再抬头看看墙上贴的英俊男童，好像凭视觉就能杂交出一个酷肖自己但又更加好看的婴孩，正是眼前这对童男童女所生。海报上的男娃明显笑得比她轻松。

罢了，她可生不出这样非我族类的深眼窝，无论孩子爸爸是三个人里的哪一个。

她一路看下去，看到好几张她跟丁济的合影，儿童节诗朗诵的时候老师拍的,两个人嘴巴都大张着,大概正拖长了腔调,抒情着一个"啊——"。白衬衫,红领巾,涂着血盆大口,眉毛和胭脂下手太重,导致表情惊悚。丁济脑袋扁扁的,外号小扁头,跟她住得近,天天放学一起走回家,算是青梅竹马。那时他们才一年级,有天她被老师叫上台去给大家讲故事,她识字比同学多,已经可以独立看很厚的《三百六十五夜》。故事太长,她尿急起来,十分憋不住,两只脚挪来挪去,像在裤裆里挤一只酸柠檬。好不容易讲完放学,丁济背着书包走上来,跟她说,"大臣,大臣!不是大巨!"

她反应过来,她不认识"大臣"的"臣"字,讲的故事里念了错别字,别的小孩儿没听出来,可是瞒不了丁济,他识字儿也多,已经能看《三国演义》。她理都不理他,后退两步,掉脸就跑,一个人跑回了家。

丁济以为她在赌气,其实她只是尿在身上了,不想被发现。她像只气球那样被戳破了。幸好是冬天,毛线裤吸饱了水,没有滴下来。初中之后他们就失去了联系。丁济的小扁头好使,考上了市里最好的中学,丁济家是外省人,又过两年,听说调回了北方。那时没手机,家里有电话的也不多,小河再没见过他。倒是最近梦见他一次,梦里他还是头扁扁的,细眼睛老在笑,手里拿了一本挂历,跟她说:我已经结婚了。然后就开始翻那本挂历,用手指头点住一个日子,说,喏,你看,这天,我就是在这天结婚的。

她惊醒后膀胱一紧,赶忙起身去卫生间,心里觉得好笑,小扁头，在她的意识深处，永远跟尿急感联系在了一起。

她没开灯，坐在黑暗里，怎么也回忆不起他郑重指住的那个日子是几月几。小河闭上眼睛想，闭上眼睛，时空出现褶皱，也许就能重新跌回梦里。好像是10月，不然就是11月，反正肯定是在秋天。可能丁济真的结婚了，他是前来报告这个喜讯的，他的终身大事，告诉小时候最要好的朋友，他想过邀请她，可惜怎么都联系不上，他甚至连她在哪个城市都不知道。小扁头喜欢过她吗？一瞬间她也想马上找到他，像小时候那样，摇着他的膀子问：你是不是结婚了？你是不是在秋天结的婚？

他肯定会很惊讶，细细的小眼睛瞪着也瞪不大，说：你怎么知道？

女啊，你把工辞佐，得唔得啊？母亲又在操心。

那你钱够用吧？天稚会这样问。

不是每个男人都像A那样落荒而逃。B就往她卡里打了一大笔钱，他本来会更积极一点的，但也是被她那句百分之九十伤了自尊心。总的来说，B是个老派的男人，十分欺负女人的事情，他还做不出来。

有困难你就同我讲，等细路仔生咗来，去做埋亲子鉴定。B说。

B是个矮墩墩的男人，其社会配置，几乎是老汤的翻版，也是经营着企业,家里有老婆,并且早早地生了女儿。但老汤属于二世祖,B全凭白手起家,拼样貌、拼浪漫,拼殷实,他都不是老汤的对手,可是一路摸爬滚打,反而对自己的实力更自信。年岁渐长,家业渐大,他想要儿子,罚款也得要。干吗不要?又不是罚不起!老婆自然生产无望,他们去做了试管,已经第二次移植了,还是不成功。

你说受精卵这个东西也怪,放在冰箱里冻着的时候还是一级,一解冻,就变成二级的了。质量一下子就下降了。怎么还能变来变去的?B之前跟小河抱怨过。年岁不饶人,他跟他老婆,一把年纪的人了,还大费周章,去医院掏精掏卵。女人尤其受罪,有时候不打针还没卵,像一只被人捏住屁股非要挤出蛋来的高龄母鸡。前前后后,折腾大半年,培育成功的八枚受精卵,里头质量达到一级的,只有两枚,一化冻,还要衰变。成功率低,得省着用,一次往肚子里放两三个,还不一定能着床,就算着了床,后面还有可能胎停。每移植失败一次,相当于流产一次,女方起码得将息六个月,才能进行下一轮移植。现在已经有六枚子弹哑膛了,老婆连续流产,面如苦瓜,早已斗志全无。还剩最后两枚,冻在医院生殖中心的冰箱里,按月缴纳保存费。

有时在宴席上,阿B哥用贝母小勺,舀着满满一盅鱼子酱,玄黑见紫,粒粒饱满,含进嘴里,舌颚为之一凉。心想,还是鱼好,这么多。

为了求得男丁,B看过不少房中术的书,看来看去,技术都是末流，至要紧还得是妙龄少女。种子不怕老，土地不能老。老夫少妻还出圣人，比如孔子。他在生意场上应酬不少，夜总会没少去，总体还算把持得住，欢场女子再妙龄也不宜当他孩子的妈。他已经过了贪欢的年纪，积年的喝酒、熬夜、操心，也没有贪欢的体能了，强行寻欢，等于自取其辱。不能生孩子的交配，在阿B哥看来，统统属于不务正业，属于不良资产，属于非生产性损耗，他是做企业管理的，视效率如生命，也向生命要效率。

回头如果他真要做亲子鉴定，把你家孩子的样本借给我吧？小河对天稚说，我查过了，头发或者唾液都行，不一定现场取样，也可以自行提交。

你不想是他的？

万一是的话，会很麻烦。他太想要个男丁了，肯定会控制我们的生活，或者把孩子要走。

你觉得你一定一举得男？

作为妈妈的直觉吧。

那你直觉一下孩子是谁的。

这个很难，有情感偏向，会干扰。

你是不是希望孩子是A的？

小河不响。A是三个人中唯一一个单身汉，但他麻烦在身，欠了一屁股债，前段时间还去了国外避风头。

我现在生死关头，一步都不能走错，你懂吗？他说。

都是独木桥，一腔孤勇。A有时也会说说自己手头这笔烂账，一会儿银行，一会儿政府，股权要怎么拆分，投资人要怎么摆平。她毕竟学经贸的，并不是傻白甜，见他着急上火，老试图帮他捋捋思路，给点建议，但多问两句对方就急。听得多了，她渐渐疑心，他跟她也没都说实话。

她帮不上他，他也帮不上她。怀孕十二周建小卡，提交的资料里面，第一项就得单位开具初婚初育证明，加盖公章有效，然后拿上夫妻双方的户口本、身份证、结婚证，以及单位的初婚初育证明，再去社区开生育证明，所有这些都齐备了，才能到社区医院建小卡。她们公司的行政大姐斜她肚子一眼：结婚证呢？冇结婚证我点俾你开初婚初育证明？

你就证明我未婚未育就得个了。我问咗社区医院，未婚也可以建小卡，只要单位俾证明。

我点知你系唔系真未婚未育呢？你嘀平时又唔坐班，你在外头生没生过我点知啊？

她看看行政的鼻子。当地人里面有一大堆这种鼻子，鼻梁塌，鼻翼外扩，鼻孔不朝下而朝前。好像是橡皮泥捏的，捏完又被人恶作剧地迎面拍了一掌。幸亏她没长这样的鼻子，她的鼻梁挺拔，侧面有一个好看的弧勾，继承自她爸。不知道她的小孩会不会长这种塌鼻子，C好像鼻子就有点这样。

行政大姐见她表情涣散，以为她要得失心疯，赶紧指她一条明路：你去埋你住个街道社区，开个证明来，证明你未婚未育，拿过来，我根据这个证明再帮你开。

小河笑了。我就系要拿咗个单位的证明，才能去社区开证明，而家你又要我先去社区开证明先？

她应该就是在那一瞬间下定决心的，工作不要了。先全力以赴把孩子生下来。老跟猪鼻子打交道，孩子不可能好看。一旦横出这条心，反倒简单了。她麻利地办完了辞职，直接跑去跟社区的人说，我无业，未婚，未育，现在已经怀孕快四个月了，要生小孩，要建小卡，没有单位证明，要么你们自己去调档，去查公安资料。社区人员愣了愣，二话没说，赶紧给她开了证明。

佩佩也在跑手续，她跟老隋已经把孩子认了下来。老隋对孩子早没兴趣了，他跟前妻的两个儿子一个在国外上大学，另一个已经毕业，明年都要结婚了。他可不想再添一个跟孙女一样大的闺女。

给笔钱算了。不要管。他跟佩佩说。

不管？不管她将来就变成她妈！

事情来了之后，佩佩气得搬了出去，但老隋天天给她送花赔罪，婚礼上那种粉色绣球，一天一捧清汤狮子头。一开始她还把花插瓶，后来家里所有的容器都用完了，连汤碗里都斜着两把花。再有花来，她包装都懒得拆，就让花靠底下包的那点营养花泥活着。一个月后，佩佩租的房子里堆满了花，盛放的跟残了的混在一起。她心软了，女人的花期太短。

孩子的妈妈比佩佩还要年轻不少，她和老隋一起去医院看过她，她从病床上慢吞吞地坐起来，一脸受害者的表情，倒像是她和老隋在合伙欺负一个少女。她长得好看，皮肤白净，星星眼，不说话的时候像一块玉，但一开口就变成石头。

没办法，没读过书。老隋说。

他在夜总会里认识玲玉的，见她好看，也乖觉，不招人烦。一头乌黑的长发直披到腰，现在哪还有女孩留这种过时的发型？他倒忍不住遐思起来，这把好头发，必得披拂在一丝不挂的奶油色光身子上，才能既清且腴，手感的层次也才够滋味，仿佛鹅肝配苹果。于是每次都点她相陪。她从十六岁就跟了老隋。问她，说是老家在伊春，出来了就没打算再回去。老隋离婚多年，这辈子没想再结婚，总要定期解决生理需求。觉得她是苦人家的女儿，新出来混的雏，还算干净，也没有城市里艺术女青年那一身惯出来的毛病，省心，就固定下来。"其实就是看她可怜，租套房子，按月给钱，让她别上班了。"老隋跟佩佩讨饶说，以前他还常去，后来年纪上来了，对男女之事，需求渐淡，只是这姑娘，跟了他十年，算是个旧人。念书念到初二，没有一技之长，又吃不得苦，他不能踢她走。她就像早年他买过的画，也合眼缘，也贪过拥有，但是画家没红，不增值。眼光上去之后，现在也不怎么打开来看了，就裹起来在仓库里撂着。

"你年纪还轻，才二十六岁，大城市里好多你这么大的女孩儿，书都没念完，男朋友都没处过，三十几岁还没结婚的，大把！没必要跟我这个老头耗一辈子，你再找一个。找个好的，我就当嫁女儿。"决定结婚之后，老隋做过姑娘的思想工作，他要发遣散费了。

玲玉有点懵。她对老隋谈不上爱，老隋明确说过，不会娶她。她跟了老隋的第三年，老隋带一批藏品去巴黎参加中法文化年的交流活动，有一系列的展览、沙龙，打算在法国住一段，顺便周边玩玩，把她也带了去，照顾他的生活起居。他嫌住酒店不舒展，租了栋三层的小洋楼，洗衣、做饭、宴客的空间就都有了，据说还是一八几几年的老房子。那年老隋心情特别好，生意上也赚了不少钱，想带她见见世面。"你有什么要好的小姐妹，你想邀请一起去的话，费用我出。不过她们不能住在我们的房子里，我帮她们订好酒店。来回机票，吃的用的，都算我的。"

她有一种忐忑的雀跃，她在城市里没啥朋友，在夜总会待的时间太短，并没交情深的，出来之后，老隋也不许她跟夜店小姐妹再有来往。老隋朋友的太太团，她混不进去。她去做美容，做指甲，能跟美容小妹聊好久。想来想去，玲玉邀请了她在初中时的同学，喜琳和万瑾。虽然高全梅才是她最好的朋友，可高全梅后来辍学嫁人了，她老公在伊春开地下赌档，兼放高利贷。而喜琳刚考上中央民族大学，她初中是语文课代表，还写诗。万瑾长得漂亮，职高一毕业就结婚了，老公是当地的机关干部。相比起来，她们是更拿得出手的朋友。

老隋的法国之行春风得意马蹄疾，但对于玲玉却并非如此。在公开露面的宴会上,她穿着老隋喜欢的麻纱袍子,盘髻,耳环垂丝的末端,水滴形状的白玉,是大颗固体的眼泪,晃啊晃,就是掉不下来。她温驯而沉默,像一枝清供的折枝花卉。她知道老外都在看她,打听她是谁,神秘禅意的东方美人。一次在大皇宫里的晚宴,连总统都来了,她不认识,但隔着长餐桌,她认出坐在她斜对面的是个电影明星。她起身找不到厕所,过道里一位高大英俊的金发侍者马上把胳膊端起来,示意她搭着他的手臂,几个拐弯,把她引到了卫生间门口。她出来的时候,他还站在外面等她。玲玉脸一红,对他说:Thank you。小伙子马上又递上膀子,咕噜咕噜,殷勤地对她说了一串子,她一句没听懂,连他说的到底是英语还是法语都没分辨出来,只好报以微笑。他又带她回去落座。

老隋的社交胜利不是她的。她很快发现了,所有跟外国人的宴会老隋都把她带上,反正她不必开口,只负责出尘入画。但如果是中国人聚会,他就会把她撇开。我们几个大男人喝酒谈事,挺无聊的,你还是跟你的小姐妹去玩吧。

喜琳和万瑾没想到玲玉现在混这么好,都有点瞠目。玲玉能想象,关于她的描述很快会在熟人中传开来,这就是她的胜利。她绝不再回去了,但她将成为传说,在故人们的口头衣锦还乡。

她带她们去逛老佛爷,一层一层逛过来,看她们什么都不敢买,格外慷慨地嚷着要帮她们付账。必须买,买大牌。

可真等她们选了，她又嫌她们眼光太土，忙不迭地否定，她英语不好，自己说不来，非要喜琳去跟营业员说换这换那，几个来回下来，大家就不大开心。有天她们包了车要去凡尔赛宫，老隋临时传唤，说有个重要的法国策展人来访，让玲玉换身旗袍待在家里泡茶，给老外见识见识东方茶道，玲玉马上放了她们鸽子。喜琳比较文艺，为了去凡尔赛，提前做了好多功课，一赌气就非去不可，结果来回车费贵得很，换算成人民币叫人浑身肉疼，她和万瑾分摊着付了，她们都指望玲玉事后会想起来，结果她完全忘了，提都没提。

如果老隋不愿意结婚，玲玉就希望他永远别结婚。"我们家老隋，独身主义呀。"她跟人这么说。她偶尔跟老隋出去，大家也认她是老隋的女人，这就够了。

她有点后悔带了同学出来，她们太笨了，也没见过世面，她说的好多东西她们都不懂。她要她们妒忌她，可她们真妒忌了，她又觉得孤独。每次她们在一起嘀嘀咕咕说话，老隋会很快走开去。如果老隋跟朋友聊天，她借着泡茶送点心，想凑在旁边听一会儿，老隋就不动声色地挥挥手。她通常就知趣地退下了，但还是觉得那个手势很像赶苍蝇。

法国之旅让她看清了自己的所在，喜琳她们以为她在老隋那个世界里，但在老隋看来，她依然在喜琳们的世界里。其实她哪边都不在，在这两种世界之间，有一个被折叠起来的透明夹层。

大概也是法国之行以后，老隋渐渐淡了调教玲玉的心。

有些东西她学得很快，比如茶，比如酒，她很快就能上手做西式早餐，会给老隋泡地道的手冲咖啡，知道怎么挑选西班牙火腿和五花八门的奶酪。但有些东西却怎么也教不会。老隋在拍卖上入手了一幅林风眠的油画，是林风眠最典型的那种斜挑眼梢的美人，剑襟扇袖，环鬟天真，正抱膝而坐，痴望面前摆着的几张扑克牌。老隋心下得意，不由得问玲玉，如何？

玲玉说，嗯，挺好看，一个人怎么打牌呢？

老隋马上没了兴致。粗鄙！怎么是打牌呢？美人明明在占卜，多半为了情事，你看她腮边两团蒲公英一样的绯红，还有眼角眉梢的春意。但他懒得多言了，没读过书就是没读过书，教不出来的。

玲玉并不是很有心机的女人，这也是老隋能跟她长期相处的原因。她接受了老隋的遣散，房子归她，再给一笔钱。她只是默默流泪，并不吵闹。她明白自己完全没有可以相胁的筹码，她能得到多少未来的保障，全在老隋一念之间。惹恼老隋是毫无意义的，她不是他的对手，从来不是。

发现自己怀孕，她觉得是老天爷看不过去了，又偷偷塞给她一张底牌，让她放手一赌。老隋已经很久不沾她了，说完让她再找个小狼狗，他就当嫁女儿，他反倒来了邪兴。爬在她身上，吃不着似的，狼吞虎咽。

她做了她能做到的最有心机的事，九个月里不找老隋，直到孩子生下来。幸亏老隋是铁了心要和她断，这九个月里，他也没找过她。

佩佩的电话号码,她早就打听到了,这一点不难。她在时尚杂志上看过佩佩的采访,照片上一个大额头大嘴的女人,光脚坐在一幅大画前面。画上什么也没有,只有用刀划的几道口子。这女人身材娇小,但是身上什么东西都比别人的大,戴的首饰也大,眼睛鼻子都大,胸,她仔细看了看,这么大不知道是不是真的,老隋不喜欢大胸的。她连两个眼睛之间的距离都比一般人大,看起来很有主意。老隋是被她拿住了,号称永远不结婚的老隋。

佩佩没想到老隋居然连孩子都不想认。老隋是为了向她表忠心,但这一动作并没取得她的原谅,反而激起了她的反感:这男人竟凉薄至此。

老隋的解决方案永远是钱。他打听过了,马耳他比较简单,给母女俩办个永居,如果考虑语言问题呢,菲律宾也是个选择,菲律宾毕竟华人多些。他对佩佩是认真的,他不想中间夹着个孩子,搞得佩佩每天不开心。为了佩佩,他可真是煞费苦心,他都快被自己感动了。没想到佩佩竟然不领情。她对着老隋骂回去,你有没有想过,你现在不管这个小孩,等到十六年后,她可能就在夜总会里,被一个色眯眯的老头带走,就因为那个老头像他爸爸!

天稚的肚皮已经有一只西瓜那么大了,肚脐部分被顶出来。洗澡的时候,她想,终于知道胖男人看不见自己的小鸡鸡是什么感觉了。

睡觉怎么睡都不舒服,翻过去,翻过来,没有一个姿势是对的。身上像扛了一只煤气包,硬邦邦,煤气包里还突然擂出一拳,或者踹出一脚,好像嫌谁碍着他的事。囚犯一天天地长大了,而牢笼渐紧。有一天大毛刚把手放在她肚子上,里面马上精准地在他落手的位置飞踢一脚,就像能看见,而且很生气。大毛猝不及防,吓得跳了起来。"我操!"他说。

天稚吃完饭就摊手摊脚地躺着,要么在沙发上,要么在床上。大毛推她,"起来,后期要爬楼梯,老这么躺着不行的。"

天稚看过一集分娩呼吸法的视频,刚看几秒就吓得关掉了,一个汗漉漉的外国女人在镜头里用力地喘着。

她已经出院了,并且恢复了上班。工作让她夜里睡得踏实。同事们见她还穿高跟的鞋子,健步如飞,都说,这就是婆婆相啊,看来要生儿子。她愿意工作,不愿意爬楼梯。她得把自己假想成给人送煤气包的工人,才能完成每天爬八趟六楼的量。一边爬,一边玩味着身体里正在发力的部分到底哪一块叫盆底肌。

据说盆底肌像一张吊床,兜住了女人下小腹里的一切,这张肌肉织就的网需要紧致和弹性,大到生儿育女,小到拉屎撒尿,全靠肌肉吊床来兜底。生育对这张网是一次大破坏,所以必须提前练。

一侧输卵管被切除之后,她问过主刀的主任,输卵管不是连接子宫和卵巢吗?输卵管切掉,那这一侧的卵巢不就在肚子里乱跑了?

医生白她一眼说:你以为卵巢是断了线的气球呢?还能飘到你胳肢窝去?这不是还有肌肉牵着嘛。

小河问天稚,要不要一起去影楼,拍孕妇照,露肚皮的那种。天稚摇摇头,我一个连婚纱照都不拍的人。

她看过不少这样的照片,女人撅着滚圆的肚皮,乳沟半露,有时候还在肚皮上画卡通,丈夫也出镜,耳朵贴在肚子上,露出一脸讨好的蠢笑。但她还是拍了几张,在卧室里,让大毛拿手机随便摁了几下。没露肚子,只是一个穿着黑色高领衫的短发女人端盘子一样端着那只瓜,表情严肃,背景是大团大团的花窗帘。

天稚不肯去拍孕期写真,小河也就没去。一个大肚子女人独自去拍孕照太奇怪了!要有天稚陪着还好点。

她转念一想,不对。天稚如果去拍,她家大毛还不得跟着?她要是跟他们两口子一起去,不就成了一个男人带着两个大肚子女人拍孕照?这他妈更怪!

小河发现自己老是在下意识里把大毛排除在外,她总觉得她跟天稚还是两个单身女孩,并且会永远单身下去。即使生了孩子,也不会沦为妇女。

拥有孩子不会让女人自动变成妇女,稳定地从属于一个男人才会。小河想,自己暂时还没这个机会。C前几天到她家里来了一趟，她有点冷淡，倒也不是故意冷淡，只是因为尴尬。从父母的反应来看，他们大概都把 C 当成是孩子的亲爹了。他们越是这样，她就只好越冷淡。

母亲给他们切了盆杨桃就出去了，关上房门，让他们在房间里自在说话，小河连百分之九十是你的这句例行台词都没说。

房间小，小河让 C 坐。C 拉开椅子坐下，发现这是卧室里唯一一把椅子，又站起来，让小河坐。小河说，我坐床上好了。C 凑过来，想坐一起，小河又站起身，去坐椅子。两人扯了这一阵，男的笑了，你怎么这么倔？

他一笑，小河倒心软起来，她看着桌上那盆黄绿色的五角星。他没有百分之九十，肯定没有。虽然安全期不见得安全，但相比之下，他几率肯定最低，反而一听到消息就颠颠地说要来看她。她让他别来，说我爸妈都在，他忍了两天，还是来了。手里拎着点心，倒像是乖女婿。

你哪里哪里都变大了。男人玩味着她身上徒然深陡的曲线，不认识了。女别三日，当刮目相看。她像一枚饱满的浆果，熟透挂枝，手一碰就会爆出甜浆。

嗯，心大。她知道他的意思，不接茬。

你可真能瞒啊，你还瞒了我多少事？男人问她。

小河哑然。她其实可以跟每个男人都坚称孩子就是你的，演一出苦情戏，然后看看谁肯接盘。但她知道自己演技不行，天生不会装。这种事情，一装就得装很久，自己心理上过不去，对别人也不公平。有意思的是，她跟男的说，谁说是你的了？都跟你说了，不一定。男的反倒越觉得事情不只这么简单，哪有女的会这么悍然？一定是在赌气。她越坦率，他们越心虚，生怕她后面还埋着什么大招。

你是不是怪我不肯离婚？你也知道我情况的啦。C拉着她的手问。她生活里并无男人的痕迹，进门的时候，他看见她母亲对她父亲使了个眼色。他们很客气，近乎殷勤，但克制着什么都没问。

眼前这一颗头，很大，毛发甚多，如果不是剃得勤，应该有点连腮胡，鬓角星星点点白，现在男人怎么回事，白头发来得这么早。距离近了，小河看见他鼻子上的黑头，忍住伸手去挤的冲动。C长得不算帅，但是忠厚相，小孩要是像他倒也不错，除了这个鼻头。

她最怕男人问她：你后头有什么打算？她撅着这么大一个肚子，一意孤行，好像主意起码也应该有这么大。总不至于糊里糊涂就生了，她又不是无知少女，她三十多了。但她能有什么打算呢？她现在的打算都无比具体：大后天她得去把张琴专家的号挂下来，提前预约才能避免排队，这号太紧俏了，她定了闹钟，掐着点在网上抢，抢不到的话，就得去找黄牛了。餐后血糖必须尽快降到正常水平，她的预警打分已经上去了。现在再不生，一过三十五岁，高龄产妇打分咣当直接加十分。这不是生孩子的最好时候，但哪有什么最好的时候？她能安排的就是这些实际的事情，月子怎么坐，月嫂哪家靠谱，进口奶粉从香港一次只能带两罐，奶粉得算好时间开始屯才能保证既不过期又不断档……至于她自己，从她决定要孩子开始，就抛给了随机。

最后的几个星期，天稚一直被奇怪的梦折磨。她梦见自己在非洲大草原上骑着马，一匹玉花骢，皮毛雪白，微有浅色斑点，四只蹄子是黑色的。马儿本来是低着头悠然踱步，马蹄嘚嘚，不知怎么竟生出了翅膀，腾空而起，像旋转木马那样转起圈来。旋转木马的圆形顶篷，走马灯一样，在播放着什么，她无暇细看，只知道是累生累世的剧情变幻，上一世，上上世。叮叮咚咚的音乐，像远方的泉水，一个瞎眼的和尚，敲木鱼一样，笃、笃、笃，敲着她的头，说：时间没到呢。

还有一次她看见自己躺在冰岛的悬崖峭壁，山壁上像悬棺一样，被凿出了仅容一人的凹槽，她就躺在里面，冰冷，坚硬，翻身不得。一翻身，下面就是大海，海面正自下往上地整体倾斜过来，跟自上而下倾斜的天空形成一个尖锐的角度，天上的星星像要被倒出来了，全部泼进海里，而海里是墨蓝色的万仞寒冰，闪着银光。为了看清这危险的美，她吸着气把身体侧过来，背脊贴紧悬崖，那冰凉让她尾骨一紧。她发现悬崖也是向内倾斜的，作势要把她泼进海里。她是这个世上仅剩的一人。天、海和山峦组成一枚奇特而硕大的三角形，正要从内部坍塌，缩成一个奇点。它们此刻还保持着倾覆前最后的平衡，危如累卵的一瞬，静止里蓄满了势能。

她惊醒了，发现自己正在试图翻身，怎么也翻不过去。心脏泵一样一缩一张，血液向全身涌出，心脏却空空荡荡，流出的血液都不再回流，这只泵拼命地挤着，它在自救。熟悉的惊惶袭来，就像之前每次心脏病发作时一样。

大毛睡得正香，发出嘎吱嘎吱的匀速磨牙声，在很多个失眠的晚上，这就是她的夜之绞刑。他长期磨牙，上下牙彼此咬合的地方都被锉得平平的，仿佛以己之矛，攻己之盾，最后两败俱伤。天稚没有推醒他，她彻底醒了就冷静下来，不慌不忙地捶着左胸胁，按照脉搏跳动的节奏，同时把身体的其他部分缓缓放平。还没到需要喊醒大毛的时候，床头柜里有速效救心丸，不用开灯就能摸到，尽量不吃，里头大量冰片，会流产的。她冷静地估算了下最坏的结果，三十三周了，现在早产的话孩子也能活。

天稚回想着刚才那个梦，梦一直是她的引路人。两年前，她做了一个古怪的长梦。梦见她跟佩佩一起在上中世纪艺术史的课，佩佩刚刚从希腊旅行回来，给老师带了一幅很大的古旧壁毯，老师把它张挂在黑板上，正在给同学讲解壁挂上不同的图示，各自有什么象征意义。天稚坐在佩佩的后排，佩佩转头递给她一卷小小的壁毯，说：我给你也带了一份礼物呢。

天稚打开一看，蓝色锦缎的壁毯上，一个女人正抱着一个婴孩。天稚哈哈大笑，问佩佩，这是送子观音吗？希腊怎么会有送子观音呢？这时铃声大作，下课了。天稚用力蹬着自行车，向家的方向骑去，前方正要落下的太阳，给两棵如盖相连的树勾出一道金边。少年们纷纷骑着单车，按着铃铛从她身边超过。

刚回家就有人敲门，她开门一看，一个不认识的男人，穿着一件淡紫色的T恤衫，白白胖胖，脸上板板的，没有表情，自我介绍说是设计师，房东要装修，他受房东的委托前来量尺寸。天稚是租户，只得配合，让他进来。他这里那里地量了一气，说是房东要添孩子，打算把其中一间房间一隔为二，做成婴儿房，然后掏出一份合同，对天稚说：这是装修合同，麻烦你签字。

我怎么能签？不是应该房东跟你签字吗？

房东现不了身的，她说委托你签。

天稚狐疑地接过合同，又问：我不知道你们之间是怎么谈的，报酬那些，我又不能替房东做主。

设计师指着房间角落的一只箱子说：她答应给我这个作为报酬。

可这是我的箱子。天稚更糊涂了。

房东说给我一辆车子，就在这箱子里面。设计师说着竟自己动起手来，他把箱子只一拉，箱子就倒了，里面的东西滑落出来。最上面是一条紫色的格子连衣裙。

这里面都是女生的衣服，你一个大男人，要女生衣服做什么？天稚有点生气了,她讨厌别人这样翻她的东西。

衣服下面有一个信封,信封下面有一辆车。设计师坚持道。房东答应给我一辆车。

天稚伸手一摸,果然。她拿出来一看,是一辆汽车模型,流线型的白色轿车,车身两边嵌着金色的线条。天稚突然毛骨悚然,她知道了!房东是鬼,所以她无法现身,眼前这个设计师也是鬼,所以他不需要开真的车子,车模就可以了。

这时房间前门被人挤开了,无数的鬼魂,烟一样从前门涌了进来,天稚赶紧跑去,拼命把他们攮出去,试图拴紧房门。然后她跑回后面的房间,设计师已经不见了。她的床上坐着一个女童,正面向她,女孩儿穿着淡紫色的T恤,白白胖胖,脸上没有表情。

从女童身后的窗子里,无数的童鬼飘了进来,原来设计师就是这个女童鬼。天稚吓到尖叫,她手里不知道什么时候多了一把手枪,她对着这些童鬼一通乱打。

突然,天亮了。所有的鬼在天光进入的一刻消失不见,房间里一派清净。天稚松了口气,她推开房门,外面春光明媚,太阳正好,岂容鬼怪。她心情大好,决定出门去散步。

室外芳草萋萋,草长了半人高,她走过去,看见前方一道关着的铁门,门上贴着彩色的蝴蝶和花朵,童趣鲜艳的图案。大概是个幼儿园吧,天稚心想,她走过去,透过铁门,朝里张望。

铁门里面,密密麻麻全是坟,小孩子的坟墓。里头不是幼儿园，是一家妇幼医院，太多婴孩曾在这里死去。天稚吓了一跳，醒转过来。

那天上午她忙忙碌碌，来不及吃午饭，切了一只木瓜，挖掉瓤，把牛奶倒进去，权当一顿。MSN上看见佩佩上线了，天稚心念一动，想起这个梦来。

我昨晚梦见你了。她写。

我梦见你从希腊回来了。我们一起在上中世纪艺术史的课，你给了我一卷蓝色的壁毯，上面有一个女人抱着孩子，我以为是送子观音，可是希腊怎么会有送子观音呢？她又写。

网络那头佩佩惊呼了半声。

天呐，我是出国刚回来，你等等。佩佩说，我给你看张照片。

天稚等了一会儿。佩佩的照片发过来了，她站在修道院的走廊里，笑得有点矜持，背后墙上一张旧壁毯，已经褪色了，不像梦里那么簇新，但仍然看得出是蓝色的，画面上是圣母抱着圣子，依稀就是梦里的样子。

好事儿啊，看来你要有喜了。佩佩说。

天稚心头闪过不祥的感觉，佩佩不知道后半截，这分明是个噩梦，关于夭亡的童鬼。

大概只隔了三天，天稚发现自己怀孕了。看到试纸上确凿无疑的两条红线，她竟一屁股坐在自家楼梯上嚎啕大哭起来，无法自控。大毛在电话里不知所以：怎么了？你怎么了？

佩佩一点没想好她要拿玲玉这个孩子怎么办。之前她跟老隋吵架,骂老隋寡情,连自己亲生的孩子都能不要。冷静下来想想,真认下这个孩子,玲玉就得永远在生活里出出进进。

我就当她是你另外一个前妻好了。她对老隋说。

不是的。她不是。老隋正色说。她只是我小孩的妈妈而已。

男人真奇怪,有人觉得孩子更重要,有人觉得老婆更重要,有人觉得有了孩子的老婆更重要。佩佩想,这算老隋的情话了。老隋显然觉得自己的品位最重要。老婆要郑重挑的,就跟看画一样,岂可走眼?墙上宁可空着,也不可挂一幅凡品,说出去,招人耻笑。

这人跟人的区别啊,比动物跟动物还大。小时候爸爸经常跟她这么说。别看外头样子都是人,其实有的人是熊,有的人是老虎,有的人是狗子,有的人是爬虫……她不到六岁,真信了,从此以为人都是各色各样动物变来的。幼儿园的老师是只大白鹅,园长肯定是穿山甲。她爸爸是一匹灰色的斑点马,眼睛忠诚又温柔。她的妈妈,开心的时候是只鹭鸶鸟,但大多数记忆里,她都是独来独往的黑猫。

有时候,她觉得妈妈会在夜晚,全家人都入睡之后,在黑暗中跃上屋顶,绿色的猫眼睛,闪着幽冷的光,突然腰身一长,变成飞鸟,噗啦啦就飞走了。

她长得跟母亲不像。出国读书的时候,因为好玩,她去买彩色的隐形眼镜,毫不犹豫就选了绿色。黄种人根本驾驭不了绿眼珠,在她脸上却很浑成。

你的眼睛,我已经淹死在里面。金色永动机这样对她说,一边用手指卷着她腮边的长发。意大利男人个个是情话高手,能与他们匹敌的只有土耳其人。他们俩暑假背包去旅行,民宿的土耳其房东天天笑容可掬地叫她:My sunshine! My sweet moon! 腻得像块杏脯。

浣熊。她想。

成年后她依然保持了这种习惯,所有人在她眼中被分类成动物。这种判断通常在相识的第一时间就完成了,但有时候会被修正。她跟金色永动机头一回亲热,没完没了的长吻,他的手脚比别人都长,平时显得无处安放,缠绕着她却很合适,灵活地摸到她背后,解开那组暗扣。她被一只大章鱼悄无声息地裹住了,八只爪上一路都是吸盘,湿答答的。她还一直误以为他是沙漠羚羊。

法国人?土耳其房东问她。

她摇头。再猜。

越南人?韩国人?

不是的。

难道是埃及吗我的美人!

哈哈哈,不是。

可考倒我了!莫非是,阿尔及利亚人?

她还是笑。她在旅行中常常被人问起。每次她说她是中国人,他们都露出惊讶的神色。不像。你不像。

她天生深棕色头发,但是有点卷。深棕色眼睛,但是眼窝很深，眼裂极长。黄皮肤，但是肤色暗沉。她的脸不是亚洲人里常见的小扁平，她的胸也不是亚洲人里常见的小扁平。因为这种大开大阖的容貌，异族的感觉从小伴随着她。跟她一同出国的留学生，刚来时都吃不惯西餐，隔三差五要去中国城换口味，让家里论箱给寄腊肉和榨菜。只有她，一上来就能啃臭奶酪，吃薄切的生牛肉和渍橄榄，配学生公寓旁买的便宜红酒，嘎巴嘎巴吃得好开心。

你这番邦女子。她的中国同学笑话她。

老隋第一眼见到佩佩的时候，也以为她是混血儿，起码是移民二代。你让我想起一个人来，你长得特别像她。熟了以后，他对她说。

谁？

老隋给她看幅画。画里的女人有着宽大的鼻头和嘴巴，硕大无朋的忧郁眼睛，眼角略垂，完全不合比例。给人的视觉印象是，脸上一半是眼睛，显得疏离和神经质。佩佩一看就笑起来。

吕西安·弗洛伊德。佩佩说。

幸亏我只是像他画的大眼睛，不是像他画的大胖子。不过他画的大眼睛也都像妖怪。佩佩又说。

老隋一生所见美女多矣。他不以为然，他对佩佩说，你错了，你这是很高级的长相。

老隋并不是佩佩的菜，佩佩倒飞快地接受了他，大家都觉得因为老隋足够有钱。佩佩有个说不出口的理由，她觉得老隋本质上跟她爸爸一样，都是马，一匹灰色老马，鬃毛耷拉下来。她在他们身上，闻到相似的皮革、烟草、旧木屑和马厩的味道。不过，她爸爸属于把自己舍出去为人所用的马，老隋不同。老隋这匹马，血统纯正、傲娇、鼻腔歙大，惯于盛装舞步。一匹以为自己是孔雀的马。

她知道自己不是爸爸的孩子，一直都知道。大人们以为能把她蒙在鼓里，他们都小看了孩子。

她出生的时候是"文革"末尾，等到她懂事，政治的气压早已没有那么迫人，她感受到的不过是人们的戚戚磋磋。偶尔她走过的时候，耳朵里刮到的只言片语。

像不像外国人？

她妈妈寻过死呢。

她生活在部队大院，爸爸妈妈都是军医，爸爸是外科医生，妈妈在药房。好多年后妈妈调回了眼科，转岗那天，她放学回家，以为家里没人，正想去开灯，看见妈妈坐在躺椅里，脸上全是眼泪。她吓得一句没敢问，假装没看见。

幸亏她没有更像外国人。她的头发虽然不够黑，但也还可以勉强算成是中国人里的黄毛丫头，她的眼睛虽然颜色有点淡，但也没人能说她不是黑眼睛。如果她在相貌上再叛国一点，她妈妈可能已经被斗死了。

人们的狐疑始终无法坐实，大概是因为她爸爸。他对她太好了，当着外人的面毫无底线地疼爱她。老秦心里会这么没数？爱操心的人这样反问。

反倒是她的妈妈对她一般，有一次她不知犯了什么错，妈妈操起一把筷子就开始揍她，劈头盖脸地抽，一边抽一边骂，早知道就不生下你来。她高中走读，一周回一次家，如果爸爸值班在医院，她妈甚至连饭都不给她做。那时候她迷恋看外国小说，上课的时候把小说塞在课桌肚里偷看。因为胸部发育得太好，她长期含胸驼背，上课佝偻着也不甚引人注意。有时候在小说里看到"私生子"或"私生女"这三个字，她耳朵就嗡嗡作响。

她无处打听，伤疤太大，揭开谁也受不了。她爸倒是整天乐呵呵的，好像完全不知道别人都在背后看不起他。没啥可想不开的，条条大路通向火葬场。这是她爸常挂在嘴边的话。毕竟是动手术刀的，死不知道看了多少，活着时候那点事，根本不算事。

她为自己编织了身世，她知道爸妈医院里来过外国专家。青春期最心事重重的时候，她怀疑过她爸爸对她的疼爱，只是非常年代里一种策略性的伪装，为了保护她妈，保护这个家，因为她妈，显然不会演。

你说我有什么资格让老隋撵走那个女人生的孩子？我自己都是这样的。佩佩对天稚说。我爸爸不在了，我没来得及孝顺他，我大概只能把欠我爸的还在这儿了。

住在医院里午觉都能做梦。

天稚梦见自己穿了一件紫色格子连衣裙,她正从上方俯视着自己,肚皮上被人打了四个洞,里面空空如也,肚子上的皮肉像面皮一样被撑开去,她折饺子皮一样,把自己肚子上的皮肤折叠来折叠去。醒来她把这个梦告诉了小河和病房里临床的女人。她们安慰她说,白天午睡时间不能太长,容易发乱梦。

当天晚上她就开始肚子疼,满地打滚,剧疼了一夜,值班医生做不出判断,让她等天亮主任查房。熬到早上八点,主任医师摸了一下她的肚子,马上对身边的医生助手说:这个人可以马上进手术室了,她的子宫都浮起来了,漂在血里。

天稚这才知道所谓大出血,并不一定是像电影《活着》里的凤霞,哗啦哗啦,殷红的鲜血顺着大腿流下来。她的内在无声地出血,没有出口,全憋在肚子里。

每天跟在主任身边的助理医生是个小年轻,在她们住院病区很受欢迎。他长得干净好看,个子又高,妇科男医生本来就凤毛麟角,每天一堆婆婆妈妈的病人围着他问这问那。"花医生,你有对象没有啊?"竟然问的不是病情。医生也一副受用的样子,笑眯眯地承受着女病人们无处安放的热情。花这个姓太少了,除了《红楼梦》里的花袭人和她的哥哥花自芳,她想不出还有什么人姓花。花和尚鲁智深当然不算。

天稚已经换好手术服,就是几块布片,仅可蔽体,连接处系带,方便在手术台上被快速解开。她看见花医生白皙的手，骨节清晰，像慢动作一样戴上胶皮手套，工具盘里发出金属滑动碰撞的声音。她压根不知道什么叫"备皮"，没人给她解释过，这太尴尬了，她必须躺下分开双腿，让花医生在她下体忙碌着。脸凑得很近，酒精一凉之后，剃刀滑过。花医生的手很轻，一场轻巧的酷刑。

你放松呀，你别这么紧张。

我放松不了。她哭丧着脸说。

好不容易结束了，天稚被推进手术室，进行术前穿刺，也没人给她解释什么叫"穿刺"。穿上的裤子又被脱了下来，又得分开双腿任人宰割。一个人的脸凑得很近，定睛一看，还是花医生。他也换了衣服，刚刚备皮时穿的还是白大褂，现在浑身都是绿色手术服、绿帽子，口罩捂得严严实实，只有一双眼睛露在外面，抱歉地望着她。

这个不能打麻药，因为小腹里有很多脏器，你必须保持清醒，才不会被误伤。会有点疼，你忍一下行吗？

他手里有一支很长的粗针管，针头大约十厘米出头。

穿刺是为了验证之前主任医生的判断，看她腹腔内是不是已经出血，针管要从下方插进她的身体，抽取一部分积液出来。她惨叫了一声，为了防止疼痛产生的移动，她是被牢牢绑在手术床上的。

专家就是专家，她肚子里果然全是血，输卵管已经破裂。住院三周，直到大出血了才确诊宫外孕，她马上被安排了接下来的第一台手术。

家人们都来了，围在她病床边，她的婆婆在抹眼泪而她的妈妈满脸怒容。住院这么久，病友们都以为她的婆婆是她亲妈，而她的亲妈是婆婆。此刻天稚已经神志涣散，一夜未睡的疲倦、疼痛加上不断地内出血。护士进进出出，给她量血压，低压跌到了34，高压也只有45。她平躺着，像失去了河床的河流，听任细细的水从四面八方淌走，像一条条蜿蜒游动的小蛇，吐着信子，发出嘶嘶的声音，从她身体里逃散了。有人用棉签蘸了点水，涂在她干裂的嘴唇上，可能是她两个妈妈中的某一个，她不知道。她不能喝水，会影响麻醉效果的。

麻醉来得好快。她再次被推进另一间手术室，这里空调打得极低，她衣不蔽体地躺在金属床上，如同卧冰。但冰冷的触感只维持了一小会儿，主刀医生进来了，是早上查房的那个女医生，花医生是助手，她在问他什么，天稚一句都没听清，她眼前一黑，然后就有个人在大力地掴她耳光。

我。在。哪？她调动了全部注意力，才说出一句话来。

那人不答，继续猛扇她的脸。

她感到茫然无辜，很想问，你为什么打我？但是这句话太复杂了，她的舌头又大又重，塞满了整张嘴，吐不出这么多字来。只能无法申诉地继续挨打。

天稚睁开眼睛四下一望，她已经不在手术室里了，女医生和花医生都不见了，身边只有一个麻醉师，她认出他是因为他的绿衣服比谁都旧，大概洗了太多次。刚刚围着她手术床的人穿的都是绿衣服,只有他像一把青菜里唯一的烂叶子。他把她捆醒了,确认她神志清楚,就让护士把她推了出去。

刚才是哪?她还在问。推床停了下来,等电梯。

苏醒室。推着她的护士说。

大毛面无血色,他们本来都在手术室外的走道等候,中途出来了一个护士,手里拎只塑料口袋。董天稚!谁是董天稚家属?她喊道。

我。我是。大毛心下一惊。怎么天稚没出来,护士先出来了?他心想。难道出事了?

这是切除的部分,家属过来确认一下。护士一边说,一边冲着大毛和妈妈们打开了塑料袋,展示内容物。他们探头往里一瞧,乒乓球大的一团,圆溜溜的,紫黑色,血糊淋拉,连着一根管子。胚胎长在输卵管伞端,越长越大,直至把输卵管撑到爆裂。大毛从来不晓得做手术还有这么一个家属认货的工序,他晕血,此时只觉腿软。

圆的,是女孩。天稚妈妈后来说。看胚胎就知道了,长的是男孩,圆的是女孩。

她想要件紫色格子连衣裙呢。小河说。

谁?谁想要?

你想想你的第一个梦!设计师说,要箱子里的东西,箱子打开最上面不是一件紫色格子连衣裙么?

对啊,我还问他要女孩衣服干什么。天稚终于把两个梦联系起来,两个梦里都出现了同样的紫色格子连衣裙。她并没有一件这样的衣服。小河在这种事情上总是比她敏感，难道真是未能出生的女儿想要条裙子？

她吃了很长时间的药，中药，西药，每天护士抬着气囊来给她做下肢复健是她最为享受的二十分钟。卧床无聊，看药物说明书解闷，中医术语古雅而语焉不详，"主治：恶露不净"，女体排出的一切都被视为不洁。天稚想，恶露，仅从字面上来对偶，轻而易举就能对出下联：祸水。

有时候她躺着刷手机，在淘宝上长时间翻找，有没有跟她梦里相似的紫色格子连衣裙，找一件好看的，女童穿的。

她想要。你买一件烧给她，等你出院了，我陪你去庙里烧。小河说。

天稚做完手术才知道微创手术是怎么做的，她的肚子上被开了三个洞，一个开在肚脐上，两个在下小腹，像一个大三角。据说切开之后，要往肚子里鼓气，让皮肉和内脏分离，以便腾出空间来让手术工具进去操作切除。竟然跟她梦见的一样，她的肚皮空空荡荡，皮肤像面皮一样被撑起来。她醒悟到梦的预示作用，但这些梦都被层层编码过，她并不具备解码的能力。该发生的事情还是照样发生，她一个危险都躲不掉。

为什么我梦见肚子上被打了四个洞呢？明明只打了三个洞啊。

还得加上穿刺。穿刺也算一个。小河提醒她。

天稚梦见自己在大街小巷游走，所有的房子都是清水混凝土的砖块模样，灰白，干燥，棱角分明。空气炎热地抖动着，如在沙漠之中。突然路遇一具尸体，倒在路边，无人收尸。一个浑身血污的男人，上身赤裸，身材很魁正，右边上臂处被齐齐截断，缺了一只胳膊。墙上贴了公安局的告示：现发现无名男尸，望广大路人协助辨认死者身份，如有知情者，请速速与警察联系。天稚好奇，走到尸身近边，俯身细看，不认识，那张脸是完全陌生的，但男尸胁下用刀工工整整地刻了一个血字：董。半凝固的血跟印泥相仿，一枚朱文私章。

咦？这是我们家的人呀！他也姓董。天稚在梦里自言自语。醒来后，她觉得惆怅。那具男尸或许就是她生殖系统的象征，右侧截肢了。

她渐渐能下床走路了，先是重新学会了上厕所。然后能扶着病房外墙壁上的扶手，慢慢挪动到走廊一端的露台。露台上什么都没有，却连接着整个外部世界，跟医院成为截然不同的两个时区。山洞里的人突然见到天光，一瞬间目盲，巨大的光球焰火，里头是银炭的底色。等眼睛逐渐适应这种光线之后，就转个身，再一步一挪地回病房。备皮部分重新发芽了，硬茬短短，像裤裆里夹了只刺猬，痛楚难以言说。

真是恍若隔世的绵长往事，人是好了伤疤忘了疼的，现在她竟又要生产了。一次做检查，她在电梯里遇到花医生，天稚按住开门键，等他进来。他礼貌地冲她笑了笑，但显然已经不认识她了。她不过是这个医院里每天穿梭着的成百上千个大肚子中的一个，他每天不知道要帮多少女人备皮，才不会记得他曾经在手术知情同意书上判刑她再次怀孕几率低于百分之五十。

预产期过了十天了，天稚已经生下一个足月的男婴，小河还是什么动静也没有。

她肚里的这个孩子甚是安静，连踢动都不太多，不像天稚常常被肚子里的拳脚踢惯过去。有次她俩一起去听交响音乐会，算是胎教，全程弹的都是巴赫，她困到要睡着，天稚却拧着脸说，哎妈，这还是巴赫，要听的是摇滚，这肚子得踢稀碎。

辞工之后，小河减少了见人，她现在这个情况，跟一般的同事朋友也说不着，总是越少人知道越好。天天宅在家里，她养成了自己跟自己肚子说话的习惯，后来母亲也加入进来，对着她的肚皮叫乖崽。

孕后期检测越来越密，到了预产期前，三天一检。胎动检测一切正常，她看见周围孕妇露出来的肚子布满花纹，红通通像只毒蜘蛛，她的肚皮干干净净，只有几处浅浅的妊娠纹，不仔细看就看不见。

她找了个司机，把车和车钥匙都留给了他，说好让他保持手机 24 小时开机，不管什么时候她发动了，他就得赶紧开车送她去医院。她不是找不到朋友帮忙，但这种时候找朋友显得她孤立无援，用钱购买社会服务反倒最省心，她不用介意司机怎么想。小河看过所谓"孤独的十个等级",一个人搬家、一个人唱卡拉OK和一个人吃火锅都不算什么,最高等级是一个人做手术。她想,还应该加上一个人生孩子,虽然生孩子也是一种手术,但一个人生孩子是一个人做手术的顶配。

她想做剖腹产,因为这样可以提前安排时间,免得在某个不合时宜的后半夜手忙脚乱。她妈妈也是剖腹生下了她。小时候跟妈妈一起去澡堂洗澡,她看见那条伤疤,皱巴巴的,周围也塌陷着,像老巫婆抿着的瘪嘴,觉得很恐怖。那时候她刚刚长到妈妈的肚子那么高,正好可以跟伤疤平视。然而她妈满不在乎地用毛巾用力搓着肚子,一点都不担心那里会绽开。一具带有疤痕的身体,就像一件打着补丁的衣服。那时候剖腹产是竖剖,开膛破肚的感觉。她看她妈妈杀鱼也是这样,直直一刀,竖着,从上拉到下,往鱼肚那里剖进去,然后手掏进去,一挖,一拉,一个发亮的鱼泡泡和一串结结实实的鱼籽就被拽了出来,血淋淋的。被掏空的鱼张大了嘴巴,愕然地死不瞑目。难道女人生小孩也是这样吗?她忍不住伸出手指头,去触碰妈妈肚子上那条疤,洗澡的时候,乘凉的时候。摸上去像一条虫子,周围软软的,中间硬鼓鼓,肉身成的化石。

痛唔痛啊?她问妈妈。

点会唔痛嘎?至痛即系女人生崽啦。

据说现在剖腹产的手艺进步了,都是Bikini Cut,刀口不切竖的了，切横的，还带点弧度，月牙型。这样生完孩子还照样可以穿比基尼，露不出破绽。缝合线也改蛋白线了，时间长了会被身体自然吸收，疤痕会平整些，不会像她妈那辈，留条蜈蚣在肚皮上。如果生二胎还要剖腹产，还可以在原来的刀口上重新切开，这样只留一道疤痕。

为什么不干脆装条拉链算了？拉链拉开，把孩子拿出来，然后再拉上。洗完澡她站在镜子前，打量全裸的自己，肚皮上添一道下弦月般的疤痕会是啥样？配上两只乳头，大致就是个笑脸。眼球暴凸地笑着。以后她的孩子也会用手指头划着那张微笑的嘴巴，问她：妈咪，我系唔系伱度出来嘅？

再一次做检查的时候，张琴医生建议她直接住院待产，她的预产期已经过了，加上有几项数据不理想。"干脆挂催产素吧早点生出来，正好今天有床位空。"医生飞快地替她填好了入院单。小河想，这下倒好，省得提心吊胆了。她问医生：不能剖腹产吗？医生看她一眼，不容置疑地说，你条件非常非常好，阴道像奶油一样软，胎儿的重量、大小和位置都合适，你自己生。

张琴是整个妇产科名气最大的医生，小河孕后期一直在她手下检查，早习惯了专家说一不二的决断风格。好医生都这样，绝不模棱两可。既然医生让自己生，那就自己生吧。像奶油一样把她震住了，没想到医生还有这种修辞。

挂催产素的时候，旁边床位另一个女人正在呼天抢地，太疼了哇！我要死了！妈呀，救救我呀我不生了！小河肚里阵阵抽动，但并不疼痛。她想，有这么夸张么，这女人是不是在做戏啊？她挂了一天催产素，毫无反应，又自己走回了病房。

第二天她就成了她自己鄙视的那种人，她也呼天抢地起来。她爸爸在病房里百般坐不住，走了出去。小河之前看孕期百科全书里说，生产，就是一个西瓜大小的玩意，要通过一个菜豆大小的通道。现在，为了打开这个通道，她的骨骼正在被撑散架。医生司空见惯，来都不来，只有一个护士，时不时地过来探手到她下面检查一番。

早呢，才一指半。护士说完，翩然走了。

小河以为进了待产室就可生产，好不容易挨到三指，才知道进待产室不过是换个地方接着喊叫，这里没有心烦意乱的家属，只有一堆光着屁股的女人集体哀嚎，此起彼伏。连通的大开间里有几十张床，每张床上都有一个惨叫的女人。小河一日一夜水米未进，早已没力气了，带进来的随身小包里有面包和巧克力棒，顺产是需要力气的，但如果吃了东西喝了水，就做不了剖腹产手术了。她拉住任何一个从她病床前经过的护士，说：求求你，给我剖。

每个护士都作势给她检查一番开度，然后让她继续等待，她们全都练就了一副对哭闹充耳不闻的好身手。最后一个给她检查的胖护士不耐烦了，对她说，不能再查了，再查底下都戳烂了。

小河一直疼到昏迷，才被护士推出去打了杜冷丁。一针下去，神志回来，腹内一阵翻腾，她像只被人掀了个底朝天的口袋，哇的一声，肚子里所有东西吐将出来，起身不及，尽数吐在自己前襟上。

无痛分娩是另外一种针，从后腰脊椎骨节之间的缝隙推进去。打针的是一位臂力过人的男医师，他让小河侧卧，弯成虾米状，两根手指在小河后腰上只一捻，就找准了那个腰椎间隙的凹陷，一针穿刺进去。

所谓无痛，不过是消弭了巨大疼痛的波峰和波谷之间的落差，在一种均衡的、混沌的痛感里走向最终的分娩。但是谢天谢地，这终于让她平静下来，躺在自己的呕吐物里被推进了产房。之前的红包没有白给，医生给她分配了一个金牌导乐。导乐戴着粉红色的护士帽和口罩，只有一双眼睛在外面，小河连她长什么样子都没看清，只记得她的声音，像从远方传来的铛铛钟声。"现在我们开始，妈妈再坚持一下，我有把握在二十分钟内结束。"

她们都是训练有素的护士，进入产程之后，就开始以妈妈相称，还会模拟宝宝的甜美口吻。妈妈你要加油哦。这是一种身份绑架，都为人母了总不好意思再怂。两个导乐围着她，一个在下面拽，一个在上面压。她们教她如何用力，如何控制节奏，像喊劳动号子一样，用朝气蓬勃的口令指挥着她的扩张和挤压。怎奈小河已经毫无力气了，在上面负责推压她腹部的高个子导乐说：我怎么感觉全是靠我在推，妈妈发力啊。

我没力气，我四顿没吃了。小河此刻倒是恢复了说话的力气。上大学的时候,同寝室的女生夜间卧谈,讲起生孩子,那里要剪开,要出半桶血,都是听来的,一知半解,也觉得骇人。现在真的是有一只桶摆在她的胯下,半条命都快没了,半桶血又何足惜哉。

坐在她下方的金牌导乐只往她打开的通道里瞅了一眼,就说:男孩儿哦。

这都看得出来,能看见什么?

头顶。

看头顶能,看出男女?怎么看?

导乐倒又说不出了。看多了就知道了,我们天天看。

生育的时候没有自我,是把一个人砸碎了成就另一个人,躺在血腥气和呕吐物的气味里小河想,根本没有什么母性的光辉,生育是最把人打回牲口原形的,是赤裸裸的动物性。一代一代人歌颂母性,不过是歌颂牺牲。高个子导乐呼了口气,从板凳上跳了下来,出来了,出来了出来了。

一块什么东西离她而去了。她们举给她看,你看,妈妈快看,儿子。小河木木的,她觉得导乐比她高兴,可能因为她们不疼。金牌导乐手里举了一个粉红色的皱乎乎的东西,完全看不出相貌像谁,也看不出头大头小,眼睛闭着只是一条缝,鼻子也只是一个含混的突起,唯一留下深刻印象的是他生了一对硕大的耳朵,脑袋尖尖的像只洋葱头。她配合不出喜悦的笑脸,这件事情里唯一让她喜悦的是漫长的产程终于结束了,卸货了,她如释重负。胎盘没有顺利娩出,接着是手工剥离胎盘。现在没那么疼了，即使是导乐在缝线她也没觉得太疼，她感觉到穿针走线的拉扯，她也成了一件有补丁的衣服。我给你缝得比绣花还细，一毫米缝一针，将来完全看不出来的，不会留疤。导乐一边绣花一边让她安心。小河哑然失笑，谁还在乎呢？她像一团撕烂的布摊开在那里，谈什么奶油和绣花。

高个子导乐正用力扇打孩子的屁股，她发现孩子不哭，一点都不哭。

金牌导乐赶紧丢下绣花针去帮忙，两个人拎住孩子的一只脚，把孩子头朝下倒提着，然后清理孩子的口腔，继续用力拍打他皱巴巴的屁股。小河竟不觉得紧张，她事不关己地看着她们乱成一团。

这是她的孩子，她生下他来，堵上全部的信心，她知道他会没事。虽然他被套上防水手环，仔细地包裹起来，从她身边抱走，送进婴儿观察室。临走前护士让她抱抱孩子，她虚弱地半抬了下手，任护士仪式化地把这团软软的肉在她身上贴了贴。

有了孩子之后的日子过得飞快，除了最初难熬的几个月。天稚陷入严重的产后抑郁，她生下的孩儿也夜啼个不停。卧室本来不大，被一大一小两张床挤得满满的。大毛穿一件皱巴巴的黄棉袄，茫然无措地站在两张床尾窄小的过道，左边的也在哭，右边的也在哭。哭得人心乱如麻。他可以抱起其中一个，用自己的身体模拟起伏的海浪，或者用奶嘴把哭声堵住。但是拿另一个大放悲声的女人却毫无办法。

月子里孩子突然拉稀，大毛和天稚都没经验，看见尿片上暗绿色诡异的一摊，孩子又哇哇大哭，都吓坏了，赶紧去翻育儿百科，书上啰里啰唆，说了一大堆，发黄是如何，发绿是如何，发黑又是如何，同时要看味道，如果是酸的是如何，是苦的又是如何……大毛毫不犹豫，飞快地用指头蘸了一点尿片上的稀屎放在嘴里尝了尝。

酸！

天稚目瞪口呆，怎么你……不恶心吗？

自己儿子的屎有什么恶心的？！大毛理直气壮。

两个人调水喂药，手忙脚乱了一阵，到了晚上，小孩安静睡了。大毛坐在床头，气馁地说：其实，还是有点恶心的。

你现在回过味来了？对了你当时有没有去漱口啊？

大毛靠在床头，两只手交叉起来放在脑后。主要我后来想了想，要是我爹妈病了，也需要这样，我会不会去尝他们的屎。我想来想去，还是不会。你说，人为什么对自己的父母永远不如对自己的孩子好？

这就是《红楼梦》里《好了歌》写的呀，痴心父母古来多，孝顺儿女谁见了？

也不是，我想明白了。这个爱就是单向的，永远往下一代的方向去流动。我们对父母的感情，也是通过爱我们自己的孩子，去还的。

他们将来也不会念我们的好。我们是在培养自己的叛军呢，有去无回的爱。天稚想着，又问：那要是我病了呢？你尝不尝？

不干，绝对不干，你体质这么孬，久病床前无孝子。大毛一把拉过被子，翻身睡了。

经过这么一番推心置腹的谈话，大毛和天稚，决定给他们的孩子起名为：壮壮。

小河奶水不足，被母亲逼着喝各种滋补靓汤，不放盐。木瓜鲫鱼汤，花生猪脚汤，乌鸡山药豆腐汤，汤淡而白，看上去跟母乳相仿佛。她觉得自己就是根胶皮老化的瘪管子，只负责从这一头把奶白的液体硬灌进去，再由那个埋头苦干的崽马上从另一头大力吸出来。小河带他去医院检查黄疸，小宝宝在监控室里照蓝光，她躲去厕所用吸奶器泵奶。东拉西扯地，泵到生疼才泵出来半瓶，装在奶瓶里，油润的乳白色，摸摸还有点温度。她想，干脆直接把汤倒进去请他喝算了，反正也没什么区别。当天母亲煲的是瘦肉火龙果花汤，汤里飘着几粒枸杞，有股温淡的气味。不知道火龙果花开满果园的时候是什么样子，好像从没人在乎。

C在她生活里出入，不定期地来望望她。他很谨慎，在她生产的全程都没有露面。孩子满月时他送来贺礼，一枚足金锁，一面镌着龙凤呈祥，另一面是长命百岁。一套衣服和包被，一组摇铃玩具。礼物不厚不薄，介于好友和至亲之间。

她把之前 B 打给她的钱退还给他，他不收。勿使费事验佐，个崽勿系你噶。她说。

刚生出来的时候容貌是一团混沌，慢慢的，孩子的脸张开了。那张脸上看不出端倪，他长得跟小河小时候一模一样，眼皮内双，嘴唇丰端，皮肤比小河要黑红些，穿件天蓝色连体衣，衣服上印着只恐龙。阿 B 哥倒很喜欢，还逗孩子玩一玩。偶尔他们约着一起吃顿饭，阿 B 都会叫小河把孩子带上。子恩是个敏感、安静的小孩，已经会坐在儿童椅里自己吃饭。给他一只摔不破的塑胶碗，他就认真地用勺子对付碗里的食物，漏在桌上的米，他也一粒一粒用胖手捉起来，塞进嘴巴。阿 B 哥痴看一会，说，仲系有点似我，我细路仔个时食勿饱，都几爱惜食个嘢。

小河怕日后再生事端，前后几次要把钱退给他，B 坚辞不受。你一个人带个崽好难，我嘀也好过一场，即系我俾契仔（干儿子）的教育费啦。

A 杳无音信，连手机都停了。听相熟的朋友说，上次回来，募资没搞定，债主催逼得紧，又躲去了国外。

最好都别回来了，现在名字上了公安局的千万级老赖榜了，再回来除非隐姓埋名，用假证件，不然都走不脱。他们共同认识的一个商会秘书长说。

小河心里竟没啥波澜，男人成了可有可无的东西。真奇怪，有了孩子之后，她像是在这世界上有了锚。我给自己制造了一个血亲呢，她想。

非婚生的小孩不好上户口，有人给小河出主意，每七年一次人口普查，人口普查前，为了普查数字的准确，会有一小段窗口期，在这段时间里超生的、非婚生的去报户口，不予追责。但小河等不了七年，上幼儿学、上学，都需户口。最后还是 C 出面帮忙，他老家在乡下，花四万块钱，就可以托人办一个农村户口。先进入户籍系统再说，将来再慢慢地办农转非农，就容易了。

子恩开口说话晚，发音也有点含混。小河教他管阿 B 哥叫契爷（干爸爸），他口齿不清，一直发不好那个音。一回阿 B 带了盒巨大的乐高玩具过来给他，子恩一激动，走过去抱住 B 的小腿，叫了一声，老豆（爸爸）。小河有点尴尬，想想孩子可能懂事了，小区里小朋友一起玩，人人都有老豆，他也想有个老豆。偏生那段时间，因为报户口一些手续上的事情，C 也往小河家跑得勤。小河问子恩，怎么不喊人？子恩就露出迷惑和为难的神色，眼睛垂着朝地下望了一会儿，喊了声：叔叔老豆。

我就发现小孩心里其实什么都知道。小河后来跟天稚说。

她们见面少了许多，再也没有一起逛街吃宵夜的闲暇时光了。为了有更多自由时间带小孩，又要努力增加收入，小河兼着三份不用坐班的 part time 的工。天稚的单位正在改制，她生完孩子回去，原先的岗位已经没有了，天稚要强，更是开足马力要证明自己在公司不是废人。佩佩很久不见，听说老隋已经中风了两次，虽然请了专业护理在照顾，但佩佩也脱不开身。老隋成立了一个艺术基金会，想建一座小型的美术馆，中风之前，美术馆的基建才刚做到一半，现在全靠佩佩在盯。

一晃几年过去，这年夏天，她们兴兴头头地约了一次集体出游。三个孩子都要上小学了，幼儿园毕业的暑假，一起坐游轮去看海。

小河有个朋友绮凤，自己开一家很大的旅行社，今年有一趟去韩国的游轮之旅跟电视台的综艺频道搞合作。电视台打算做一档大型游轮相亲节目，宣传语叫做"在海上，认识来自星星的你"。游轮，作为一个浪漫的封闭式空间，正好给相亲男女提供了大量共同相处的时间，电视台设计了游戏和真人秀，可以在旅行中考察对方性格。"钱锺书先生在《围城》里说：结婚和蜜月旅行的次序，应该反过来。"文案里这样写道。

考虑到游轮是中老年人和小孩青睐的旅行项目，这次大型相亲专门增加了中老年组，也欢迎离异人士带着孩子共同参加——有时候重组家庭可能双方都有子女，不光大人要合适，孩子彼此能不能处得来，也得提前匹配匹配。一轮轮的宣传攻势提前十个月就开始了，冠名招商进行得很顺利，游轮行程的费用也就相当优惠，报名者甚多。

这么大的项目，我得跟着去盯一下。绮凤说，我留了几间阳台海景套房，你们要不要一起带娃去玩？

大家都说同去同去，于是一同去。小河带着子恩，天稚带着壮壮，佩佩带着 Opal。她本来想让玲玉也一起来，结果玲玉说，你海上一走好几天，万一老隋再有事怎么办？都是你的朋友，你带小石头去玩，我留下。

海面风和日丽，甲板之上，人来人往。几个女朋友一边啜着鸡尾酒晒太阳，一边大为惊叹。

这么多人，全他妈是来找对象的？怎么会有这么多人没对象？

有的很老了哎，还穿泳衣披纱巾。

哎哎你看那边那个人，好像很受欢迎啊，好几个女的围着他。哎呦怎么还有个男的也围着他？

那是电视台主持人！你多久不看电视了？

跑步机上那个人是在秀肌肉么？

荷尔蒙爆棚了真的，我觉得我们在围观一个大型发情现场。

买菜现场吧，爱情超市。

两个并不年轻的男人走过，非常注意地把这几个女人从头到脚看了一下，她们也用力地看回去，小河冲他们吹了声口哨。男人躞开了，她们忍不住噗嗤笑出声来。

我跟你们讲，报名的时候才叫好玩哪。当时我们公司安排了差不多十个客服专门处理这趟游轮的报名，咨询的问题千奇百怪。一般女的会问，你们招募的男嘉宾素质怎么样？都是些什么样的人？但是男的就会问，哎你这个游轮相亲，成功率怎么样？如果相亲不成功，游轮费退不退？

女的真可怜，这么老了还在憧憬爱情。

绮凤前段时间也添了孩子。文森特曾经是她在加拿大的供应商，华裔，祖籍香港，第四代移民，离异，人到中年，突然厌倦了之前的行业，跑去当了演员。他中文不会说，但长了一张中国人的脸。在加拿大的剧里，他演中国人；在香港的剧里，他演外国人，戏份都不多，路人甲，律师乙，阿sir丙。绮凤单身，年纪渐渐大起来，觉得文森特长得帅，人也还实诚，就跑去跟他说，我觉得你不错，想跟你借个精子生小孩，行不行？

文森特很认真地考虑了几天，同意了。于是两个人一起去美国检查身体，取精，配卵。绮凤后来才知道，文森特有了两个孩子之后，已经做过结扎手术，必须通过睾丸穿刺才能取出精子。这让她好生过意不去。

他们前后去了几趟美国，每次都一起租住Airbnb，一起讨论医学生殖方案，一起面试墨西哥代孕母亲，一起研究长达数十页的英文代孕合同。

绮凤打算做两个，最好是两个女孩，一个叫艾米，一个叫艾玛。面试选中了两个代母，就在签完合同，付完定金，等着把受精卵放进她们肚子的时候，她跟文森特好上了。

早晓得这样你不如自己上了，可以省一大笔钱，也生两个，一个叫哎呀，一个叫哎呦。

大家笑得打跌。

现在苦了吧？花钱请人家生，自己还得戴套！大家又笑。

不用啊，他都结扎了，自己亲自上也生不出来，还不是得取出来往里放！生俩孩子，少说耽误三年，有这时间不如我多赚点钱，代母费几倍回来了。

文森特正在学中文，听是基本听不懂，见她们笑得如此开心，总是试图强行加入谈话。"三爪，Where's your 带毛？为什么他 doesn't come with you？"他们之前见过，他知道天稚英文名叫 Sandra。大家愣了一下，才反应过来带毛是指大毛，更是前仰后合，纷纷学舌说，三爪三爪，带毛带毛。也就没人注意到天稚对这个问题避而不答。

此刻子恩、壮壮和小石头正在游乐场里撒欢，一大群孩子闹起来了，其中一个在嘹亮地哭泣，妈妈们站起来观望了一番，发现纠纷尚在可控范围，也就没去拉架，继续坐下来喝酒。

还是朋友的孩子一起玩比较好，要是小区里邻居家小孩，现在我就得给人去赔礼道歉了。佩佩说。她看得分明，小石头已经把玩具都霸在了自己手里。

说是都不肯生小孩了，生育率年年下跌。怎么这么多小孩？一茬茬打哪儿冒出来的？

嗯，条条大路！通向产房。这不连结扎的单身汉，都有孩子了。佩佩脸喝红了，她很久没有这么放松过。

艾玛胎死腹中，艾米活了下来，健康，漂亮，被装在一只婴儿篮里拎回了中国。代母附赠了三个月量的冰冻母乳，提前挤好，在冰箱里冻到邦硬，临上飞机前取出来装进硬质保温箱，四周围满冰袋，保证十几个小时的飞机上不会化掉。艾米还小，不能进游乐场，此刻正倒在文森特胸前的婴儿背带里酣睡。之前大家已经参观过一轮孩子的相貌，一致认为孩子长得像墨西哥代母。

天稚暗想，真是荒诞，她们姐妹聚会，唯一没有缺席的男伴竟然是个捐精人。可惜他语言不通。她们聊得投机，哪里还想得起来要跟他中英文双语，说着说着就又把文森特晾一边了。文森特看看这个，又望望那个，她们嘴皮子都动得飞快，想插嘴又插不进，很像她们带出来的一个菲佣。

入夜了，海面上起了风，大部队人马分成数组，在几个大厅参加录播活动，文森特带艾米回去休息，女人们转场到其中一间套房里接着聊天喝酒。孩子们难得可以晚睡，房间里又有一堆零食和玩具，也兴奋得晕头转向，把大床当成蹦床。佩佩已经醉了，坐在地毯上憨笑着，不一会就出溜了下去。一头乱发披拂在脸上。其他人笑着想拖她起来，发现自己也都微醺手软，拖拽不动，只好拉倒，由她地上去睡。很久没有这样浪了，大伙儿咻咻笑着，接着倒酒，任孩儿们在地板上蹦来蹦去，故意用脚去踢佩佩的背和小腿，佩佩毫无反应，死了一样一动不动。

就像亲眼看见孩子们踩着我们的尸体狂欢。

佩佩这几年太苦了。小河说。

你也很苦，谁不苦啊？

哎哎 Opal，你不能这样，她是你妈！绮凤一把把小石头拉了起来。小石头虽然是个女孩,皮起来比男孩还野。她正猴在地上笑嘻嘻地往佩佩裙子里钻。

这就是下一代啊。以后坟头蹦迪就靠他们了。天稚说。我昨儿做了一个特恐怖的梦。

什么梦?

梦见一艘游轮永远也靠不了岸。船上有人得了一种怪病,会传染,一个传一个,所有人都吓坏了,但没处可逃,他们把病人反锁在他们自己的小隔间里,不许他们出来。染病的人没办法说话,除了喉咙里的嘶嘶声,发不出任何别的声音,像被人勒住了脖子。沿途可以停靠的国家,都不允许他们上岸,储备的食物和淡水一天天减少,但尸体一天天增加,只能继续漂在海上,怀着一线希望,从一个港口开向另一个港口。海上黑色的滔天巨浪,天空火红火红,好像烧起来一样……

别说了,太他妈瘆人了,我们现在就在游轮上呐,你这个巫婆,你干嘛整天做这种梦?

又不是我能控制的。

你做的梦有时会应验的,拜托你做点好梦行不行?

怕啥?梦是反的。

好梦。为好梦干杯!

哎孩子呢?孩子们哪儿去了?

她们回头一看,小孩子一个挨着一个,陷在大床里,已经睡着了,被子也没盖,肉乎乎几节胖藕一样的小胳膊小腿,横七竖八。都累坏了,佩佩还在地毯上,已经变成了脸朝下趴着,睡得极沉。夜很深,月亮不见了。醒着的人继续醒着,喝下去的酒都变成汗,发掉了,此刻竟觉得凉浸浸起来。她们面前是黑色的大海,海面上一无所有。只有到露台上探头往下,才能看到船舷侧畔劈开一道雪白的海浪,哗哗声如同大力的叹息。在高山歌唱,千峰万壑都会给你应和,而在大海的腹地发出任何人声,瞬间被消音。她们说出的话,一离开她们的嘴唇,就被风吹走了。船身在叹息声中微微起伏,正是最原始的摇篮。

白大褂情人

在我生活的国家，医生是一个有趣的职业。一方面，这个职业很有威信，令人闻之肃然起敬，几乎是一种荣誉。同时，医生又是骗子、盗贼和刽子手的代言人。人们依赖医生，但凡有点头疼脑热，他们就冲向医院。医院的挂号处凌晨五点就排起了长队，人们巴望着医生赶紧中止他们的痛苦，同时他们又警惕地看着医生吝啬的嘴唇和在病历上飞快划过的凌厉笔尖，怀疑对方的真实意图。只有成绩最拔尖的学生才有资格报考医学院，他们的父母哭着喊着阻止他们这样做，因为这几乎是这个国家最为高压和辛苦的职业，高危程度仅次于从政。医生们都很富有，虽然医院开给他们的工资低得可怜——这很合理，他们太忙了，忙到没有时间去花钱，作为他们的雇佣者，医院对这一点心知肚明。

我的工作是医药代表，这听起来很有趣，在此之前我并不知道竟然有人可以代表医药，"我代表阿司匹林来解决你的头痛。什么？你的头痛是由疱疹引起的吗？很好。因为我还同时代表了阿昔洛韦和美施康定"。后来我才知道，这其实是一种相当婉转的托辞，叫"某某代表"的往往都不能成为那个东西的代表。我们只是为了避免"药品推销员"这种令供求双方都感到难堪的称谓。

世界上性价比最高的推销，就是把货物卖给那些自己并不使用这些货物的人。把习题本卖给老师，把校服卖给学校，把公用设施卖给政府，把烂橘子卖给工会，把钻石首饰卖给男人，把药品卖给医生。药物的最高标准是安全，可以治不好病，但要吃不死人。疫苗的最高标准是有合法批号，食物的最高标准是不下毒，万一出了人命，最好是慢性死亡，证据链模糊。

我是一个很有道德感的医药代表，热衷公共卫生事务，理念超前，早早地给自己打了 HPV 九价疫苗，签了死后遗体捐赠医学解剖的许可书，偶尔还去社区老人中心做义工。我所在的公司也是一个很有道德感的医药公司，我们可能会卖过度治疗的或者效果模棱两可的药，但是谢天谢地，我们不卖假药。我们的药都是真的，虽然贵了点。

也许因为我比较有道德感，我的业务在整个华东大区显得中不溜秋。我们大区的金牌医药代表是一个妖艳贱货，有一对呼之欲出的巨乳。每次她一坐到医生的对面，就感到累得不行，不得不用双手把那对奔走了一天的负担端起来，搁在办公桌上，好让它们休息一下。

但是我的业务水平也是很有说服力的，这么说吧，我是我们公司所有平胸医药代表里业务量最为突出的，我始终觉得这个事情主要还是要靠人品、靠智慧。当然我也有个把医生男朋友，可这跟销售无关，我从来不会为了卖几盒药去跟自己不喜欢的男人打情骂俏。我有自己的家庭，老公待我不坏，还有个十岁的儿子，已经在上三年级，学着钢琴，跟音乐老师的四手联弹还上过当地电视台综艺节目，生活堪称美满。交那么一两个无伤大雅的男朋友，无非是锦上添花，全图自个儿高兴。

林主任就是这么一个让人高兴的、德艺双馨的男朋友，他是赫赫有名的外科第一把刀，不单自己医术过人，操控达芬奇机器人手术也是全国一流，全国各地的有钱人用头等舱请他飞去会诊。我常常在医疗杂志上看到他，就算从头到脚无菌防护服，连头发都被一个浴帽状的绿帽子裹得严严实实，我还是一眼就能认出他。他的笑容太有安全感了，眼睛是两颗星星，没有发福之前一定更帅。我如果是病人，肯定一看到他，就会把心儿肝儿摊出来由他去割。

这么多年跑医院，跟形形色色的医生打交道，不看名字，不听抬头，我一眼就能分辨出谁是好医生。好医生往往很笃定，不会说含混的话，个性刚毅决断。自信，并且有能力输出这种信心。尤其是外科医生，那是拿着刀子在案板上跟死神讨价还价的人，怂一点儿都不行。林医生就是这样的好医生。

通常医生一生会经历三段婚姻，第一段比较平庸，往往就是同学啊相亲啊这种单纯乏味的套路，这个时候的医生大多刚刚毕业，连自己的前列腺都还没摸清楚。事业尚未起步，生活也比较苦逼。作为医院的新人常常还要值夜班，值着值着，他们就把小护士值成了自己的第二任太太。这也不难理解，因为夜晚一起上班实在是太压抑了，让人虚火上升。如果你曾在半夜两三点钟去过医院那种总是等待着事情发生的静默的诊室，你一定会明白我的意思。但是大多数医生要到了中年有成的时候才会幡然醒悟：一个家庭里怎么能够同时有两个医务工作者呢？

这时候名利双收的医生已经可以比较从容地挑选自己的第三任配偶了，年轻貌美不再是择偶的先决条件，他们往往会选择那些家世良好、教育程度高、性格温雅顾家、职业轻松稳定的女性作为伴侣，很多人会找高干子女，或者大学女教师。林医生未能免俗，他只是跳过了小护士这个阶段——我觉得这也是他端正、理性的一个侧证吧——他现在的太太是他的第二任，我看过照片，一个文静的富家女，童花头，皮肤白得发光。

林医生对我示好的时候我受宠若惊，毕竟有那么多娇俏的小护士都爱慕林主任，抢着要出林主任的台——当然了，是手术台，递把剪子、擦擦汗什么的。但林主任兔子不吃窝边草，从来没有跟哪个护士传出过绯闻。我寻思我到底哪里吸引了林主任，毕竟我也不是什么骇人听闻的大美女，想来想去，觉得多半是因为我擅长说笑话，我的很多大订单就是这么签下的，外科医生工作强度太高了，他们喜欢能让他们感到身心放松的人。

跟外科医生幽会是件颇有难度的事情，他们早上八点前就要上班查房，有时候一天要做好几台手术，连双休日都排满了各种会议和会诊。一个著名外科医生和一个学龄儿童母亲能够重合的自由时光，常常只有中午午休的片刻，或者下午下班前的间隙。可是医生办公室门前人来人往，不能老是反锁房门。有时候医生假装不在，任凭怎么敲门也不开，执着的助手会守着房门打电话，听见手机就在门内响起。还有更尴尬的，我们在办公室里卿卿我我，快到上班时间，我得走了，林主任想先开门看看外面，确定走廊里没人再让我出去，结果门刚开一条小缝，一位不懂事的大爷就强行挤了进来，从口袋里掏出了一个厚厚的信封。

"我闺女，我闺女下午两点的手术。"

因此种种，我跟林主任情投意合许久，也不曾动过真格一次。终于，皇天不负苦心人，我们俩的日程表上，像日全食那样出现了罕见的重叠，整整一天的自由时光！我们俩太激动了，马上订了远郊的豪华酒店，天狗终于要吃月亮了，小行星终于要撞地球了，日，终于要全食了！出门前我手抖得眉毛画歪了三次，一张老脸没涂胭脂比涂了还要红，简直破处都没有这么慌张。为了喷香水和不喷香水纠结良久，怕香味太浓显得自己很有经验。化完妆才想起来，还要换一套隆重点的内衣，在镜子前打量自己脱上衣的时候我还风情万种，脱裤子的时候心凉了半截，我竟突然来例假了。裤子上一片殷红，比正常周期提前了整整十天。

林主任在这个时候表现出了高尚的医德。我告诉他，要不酒店还是取消吧,别去了。他坚定地说,去!

我们在郊外的酒店消磨了整整一下午,躺在床上,拉开窗帘就能看见外面绿色的竹海,林主任坐怀不乱,只是拉着我的手,就呼呼地睡着了,像是从来没有睡过觉的人那样睡了很久很久,好像我们长途驱车过来就是为了睡一个午觉。我研究着他的睡相,突然明白了我对他的意义,我是他生活中罕见的可以详细谈论医学知识并且既不是病人也不是病属的女人。更严重一点地说,我可能是他忙碌生活中唯一一个不需要向他索取关照的人。我健康,聪明,爱笑,而且我绝对不会要求跟他结婚。

那之后我们的关系就变得很深入了,每次他要对某个病人采取更为冒险的治疗方案时,他会提前解释给我听,像要从我这里确认他自己心里的声音。手术有了重大突破的时候,他一下手术台就给我拨电话,声音又疲倦又兴奋。我因为工作关系,隔三岔五要跑他们医院,他在,我们就笑眯眯地聊上几句。有时不方便说什么,就眉来眼去地互相看看。偶尔择机关门,匆忙亲上一亲。但他常常不在,我在他办公桌上留点吃的,等他忙完,看见东西,就会知道我来过。

有一天下午,我拜访完他们医院的心脑血管专家,顺路去看他一眼,他特别高兴,那天下午有台手术因为病人某项指标出现变动,不适宜开刀,被临时取消了,他像大考临头被通知不用考试的学生那样一脸坏笑,把我拖进办公室,反锁上门又抱又啃,在又抱又啃之前还很严谨地把手机设成了静音。

医院快下班了，垂暮的太阳从西边窗户照进来，孤零零的像临终关怀。真丝裙子贴着冰凉的桌面，旁边是搪瓷杯和血压器，一叠门诊挂号单被刀尖刺死在夹板上，而我被人摁倒，如在手术台等待肢解。看见我并不年轻的白大褂情人一团乱发在我胸前手忙脚乱，内心无限忧伤，鼻腔里全是消毒水和酒精棉球的味道，那是洁净和禁欲的味道。

胸衣已经被解开推了上去，他细长的钢琴家一样的手指，在我胸上突然停顿住了，然后又反复呵摸地、难以置信地推了推，又这里那里地戳了几下。我羞愧难当地想起了那个大胸同事，毕竟我的胸细小得像个男孩子，朝天平躺的时候更是一马平川。

"咦，你这怎么回事？"林主任抬头看我，头发还乱着，表情特别严肃。

"我本来就这样啊。"我有点生气了。

"有多久了？"

他伸手拉我坐起，继续用手在我的左乳上探索着，眼睛直勾勾。我因为坐在办公桌上，比他略高一点，于是胸部代替了双眼，愕然与他平视。

"你上次体检是什么时候？"

"呃——"

"你这里有一个肿块，你自己不知道？"

"肿块？"

"还好,推的时候还是滑动的,边界比较清晰,初步估计在 2×1.5 这样,但还是要排除一下恶性的可能,快,你快点穿衣服。"他皱眉看看我衣衫不整的样子,好像很生气是谁竟然把我搞成这样,又看了一下手表,另一只手已经去抓化验单了。

"快点快点,B 超马上要下班了,现在赶紧去,可能还能做上。"他飞快在单子上写下几行字,"你先别缴费了,你直接去做,在三楼,你知道的,我现在给 B 超室龙医师打个电话,做完你再去补缴费。"

我急忙扣着衣服,他几乎是推推搡搡地把我撑出了办公室。几分钟后,我已经拿到了 B 超报告单:左侧胸腺纤维瘤,大小在 2.3×1.7 左右。考虑到我胸部的规模,我怀疑这简直就是林医生在我胸前摸到的唯一一处隆起了。

我哭笑不得地回到他的办公室,林主任还在等我,他已经恢复了专业的冷静,头发也梳得很整齐。他告诉我,不要慌,没事,需要做一个小手术,尽早处理。良性还是恶性,要活检切片检查,照目前看来,还是良性肿瘤的可能性比较大。

"你不要担心,虽然我不是乳腺科专家,但是我会安排我们医院最好的乳腺医生帮你做手术。"他并不看我,在 B 超单上继续研究着我的胸部,那只是一小方混沌的黑白显影。过了一会,他又把手伸过办公桌,孩子气地捉住我的手,"要不还是女医生吧?我可不想让男医生摸你的胸,连我都还没有好好摸过"。

玛丽玛丽

决心回中国的时候，我年纪已然不小，说行将踏上老年的门槛也不为过。一生中，未来的日子注定少于过去的日子，眺望少于回忆。亦梅跟我反复讨论了很多次：你想好了吗？真的要回去吗？

临上飞机前的最后一个下午，我们到附近的小树林去散步，那天冷得通透，太阳从云层里折射出金光，整个柏林像封在一块宝石之中。之前的几个月，我们忙于开拔，顾不上离愁，跟房东退租、结扎行李——光是分类捆扎那些画册和小雕塑就让亦梅花去了整整两个星期——托运重要的大件、跟代理画廊结算、处理带不走的家具、中止我的社会保险、跟我即将去任教的大学远程反复沟通人事手续……忙得人仰马翻。我们不敢停下，生怕一旦放慢节奏，整桩事情就显得特别不真实，最后可能会彻底丧失勇气。来德国二十年，已经长出了不小的根须，拔离土壤就是割舍，移植一棵树都伤筋动骨，何况是人。亦梅的脸围在很厚的苏格兰大围巾里，默默低头走路。绿地入口的小道，一个塞着耳机跑步的男人，歉意地放慢速度,侧身给我们让路,他后边一只金毛,以匀速小跑紧跟着主人。我对亦梅说,我给你拍张照吧,以后来这儿的机会就少了。

那天晚饭我们是在伊冯家吃的,伊冯烤了一只火鸡,"林,这个感恩节你不能在这里过了,这只火鸡是为你提前烤的"。

二十年前我来德国,伊冯是我的担保人。当时她是个灰发、瘦削的中年妇人,现在已经成为一个灰发、瘦削的老太太。深深的法令纹,不苟言笑,骨节突出,个子很高,喜欢穿冷色长袍,戴尺幅宏大的首饰。好像只要递给她一把扫帚,她马上就可以骑上去飞走。她在洪堡大学附近经营一间叫做UND的小画廊,听说她之前有个丈夫,是德国有名的装置艺术家。在她四十岁生日那天,丈夫离家出走,此后再没回来。这个故事柏林艺术圈的人都知道,但是我从来不敢当着她的面问她,她自己也从不提起。

刚到德国的时候我瑟缩得像只鸡仔,虽然我在国内也是留络腮胡穿喇叭裤、人高马大的时髦青年。异文化完全剥去了我的骄傲,德语听不懂,英语也够呛,晚上读语言学校,白天就在街头给人写生。不懂讨价还价,别人给多少是多少,我一律抱以哑谜般的微笑。那是九十年代初期,柏林墙刚刚倒塌不久,新的秩序并未在一夜之间来临。城市里的残垣断壁,像伤口的缝合线,还来不及结成疤痕,一切都像是在提醒我这个异乡人,世界上没有永恒的东西。人们行色匆匆,跟我一样满脸茫然的流浪汉也有不少。我进了艺术大学，课余在伊冯的画廊帮忙打工。她的画廊不大，但展览挺密。我嘴巴不够使，力气是有的，布展撤展都能帮上忙，加上我出国前特意学了装裱和做框，帮伊冯省了不少事，她很快允许我在她库房辟出一角来画画，那里冬天暖和。

有一天，伊冯突然问我：林，这个周末你愿意跟我一起去教堂吗？

那天柏林飘雪，为了节省地铁费，我裹着肥大的棉服一路走到教堂，鼻子冻得通红，但走出了一身细汗。摘了大绒帽，睫毛上的雪粒在进门一瞬间化成泪珠。温暖的哥特式教堂灯火通明，飘出芬芳的气味，连我的汗味都变洁净了。教堂当天有唱诗班活动，很多人忙碌地走来走去做准备工作，我饿极了似的去看那些天顶画和祭坛画，惊喜又贪婪，恨不得把目之所见都吞下肚去。有一尊圣母子的雕像，不是宗教程式化的庄严行止，圣婴伸出两只肉嘟嘟的胖手，去摸母亲的脸庞，圣母还不习惯人母身份，一脸少女式的娇羞，竟是世俗人伦。我看得呆了，掏出个本子来临摹，没留神伊冯去了哪里。活动开始的时候我大吃一惊，穿着牧师服站在台上布道的就是伊冯。

我试图跟上伊冯的语速，很快我就放弃了，我听不太懂她到底讲了什么，但管风琴响起来的时候我感受到了一颗信徒的心。我并不信教，我只是随时愿意臣服于美。

伊冯告诉我，艺术家都很酷，信奉上帝在他们眼里是老土的事情，她很少跟艺术圈的人提及她在当地的神学院进修课程，今天教区牧师病了，请她来顶替，这是难得的练习布道的机会。

后来我经常跟伊冯一起去教堂，尤其喜欢后面的墓园，那里种满玫瑰，有一棵极大的树，树荫如洗。我的孩子出生后，伊冯就成了她的教母。

等到飞机腾空而起，机舱里的双语广播出现了确凿无误的普通话，我才惊慌地醒悟到，我真的要回家了。

从飞机上俯瞰回家之路，总的来说，就是先飞过一片绿，然后飞过一片蓝，最后飞进一片黄。在高空俯瞰光秃秃的山脉，也不过是坟起的土丘。

弟弟死了，葬在农场的田地里，就是这样隆起的一抔黄土。家里没有费事请吹鼓手，活人尚且自顾不暇，何况是个未成年的孩子。当时我刚刚六岁，并不懂大人的悲苦，只记得那之后的一个月，妈妈就带着大姐姐去了后山另一个村庄，那里有一座民办的小学需要老师，管饭，一天两顿。

姐姐那时候十三岁，已经知道要脸，我和哥哥们去食堂等吃的，叫她，她不肯去。时间一到，我们像狼崽子一样跑得飞快，布鞋底恨不得在地上擦出嗖嗖的火花。我饿。

爸爸在师范当老师，我们三兄弟跑到大食堂，掐准学生刚刚吃完的时候，饭桶底刮一刮，有时还能聚出一把米。如果是稀饭，桶外沿总会挂住一点，已经快要凝住，可以用舌头舔掉。地上有时候能捡到一点点馒头或者山芋皮，不过这种机会很少，撞上一次几乎是过节。大师傅心情好的时候，会给我们盛一个几乎没有任何菜叶的汤底，大多数时候，他用勺子敲我们的脑袋，赶我们走。爸爸看见我们，就像没有看见。他变不出午饭来，他不能拦着他的孩子自己找食吃。他有时候会搓一下我的头顶，心不在焉地说，"闵生，你要下劲吃啊，现在你变成家里的老幺了。"

童年很多事我忘记了，只有饥饿深深地刻在了骨头里。后来在异国他乡，每次教堂施舍面包，不管我需要不需要，我一定会拿。我喜欢德国南部，比起北方的冷硬，南方人更温柔，面包也更多。

妈妈走了，我们都松了一口气。她的床现在空了，一条条稀疏的床板，像弟弟死前凸出来的肋骨。临走的时候，她带走了床上的每一块布，印着喜鹊的玫色床单，花格子枕头巾，夏天的毛巾被，毛巾已经秃了，她喜欢用来扎头发的手绢，还有那些缀补得看不出颜色的拼布。

"三儿，你想妈妈吗？"大哥问我。

"不想。"我把脚跷起来，挂在墙上。我特别喜欢看家里的墙，糊了很多报纸，糊得那是相当的好看。上面尽是看不懂的外国字。穿着围裙的金发姑娘在查看她的纺锤；一群孩子围住父亲讨要玩具，父亲手里拎着个箱子，另一个手藏在背后；穿条纹衣服的小伙子搂住了来献花的小女孩，他们褐色的头发一缕一缕的,像剪断了的麻绳,帽子后面还有飘带。大哥告诉我说,那个条纹衣服叫海魂衫。

"喊魂衫?"

"不是,大海的海,水手穿的。"他用手在报纸上蹭了蹭,"等我长大了,也得来这么一件。"

妈妈在家的时候,规矩很大,她话少,不爱做饭,偶尔做一顿,也不中吃。跟哪个孩子都不亲,我不记得她曾经抱过我。

她的床特别干净,我们谁都不敢坐,一坐就打。她怕我们身上有灰。她揍伢儿很有章法,抄起笤帚,有一下是一下,每下都不含糊。家里来了客人,凳子不够坐,她就使劲用眼睛瞪别人,她戴着高度近视眼镜,眼睛在镜片后变得更暗,瞪得别人不敢在她床边上搁屁股。后来她用洗干净的旧布绗了块厚垫子,铺到床边,算是给床戴一个防毒口罩。

"人的屁股最脏,最臭,你知道他之前坐到哪里?怎么可以一屁股放到我床上?床是多圣洁,晚上要睡觉,做梦的地方。被人家的屁股坐了,一直到晚上,你躺在那里,还闻到一股子别人的油屁味。"

大哥掀起了报纸,对二哥眨了眨眼睛,我也赶紧爬过去,凑头看时,在报纸的里层,竟然还贴着报纸。上面的图案很吓人,一个女的光着身子坐在草地上,身边还有几个穿得很神气的男人,地上放着吃的喝的;一个女的躺在床上,半撅个大屁股对着我们,对面有个长翅膀的小人,举着镜子给她照。还有一个头发很多的女的，用两个手指捏着另外一个女子的奶头，两个人互相不看，眼睛都盯着前面，好像在逼人表态，表情又笑又不是笑。哥哥们很紧张，我听见他们喉咙里发出含混的声音。

这应该是爸爸贴的，但是被他们发现了。"不可以告诉爸爸。"他们一起掉头叮嘱我。

我渐渐大了，有时候我们光着脚到河里去摸鱼，下了雨之后，可以采蘑菇。很多东西都可以吃，有一种叫一串红的花，红通通的像一串串鞭炮，每个小炮仗拔下来，花萼的地方是一个小囊，放在嘴唇上一抿，里面装了一兜蜜。三叶草的红色莓果是可以吃的，树上的刺梨也是。我们是两条腿走路的羊，在山野里遇到任何可吃的东西，就停下来啃一气。或者像蚂蚁一样搬回家去。春天可以挖到野菜，夏天的青蛙和知了都是高蛋白的美味，爬树撸下来的槐花，烫一烫可以剁碎了和进面饼子里，南瓜花、紫藤花和荷花也都是可以吃的，在农民收过的地里，仔细刮一刮，能刨出漏网的红薯和地瓜，树皮和葛根也是可以下咽的，我和哥哥都学会了种菜和做饭，想了很多办法喂饱自己。

回国后的第一个感觉，我竟然在自己的故土活成了一个异乡人。我将要去执教的芜城大学跟我记忆中的那所学校相比，不但名称变了，连地址都变了。新崛起的大学城像一个巨大的模型，马路遥阔得望不到边。学校离放假不远了，于是我们就有了一个冬天的时间，来铺开我们的新生活。

拿到课时安排，我吓了一跳，除了带研究生，还要负责本科生的大课，研究生二十四人，大课将近一百人。我对亦梅说，这不是上课，这是放羊。

艺术能教吗？我也想知道。那时大哥考上了艺术学校，没事背个夹子到处画，我还在读高中，羡慕得眼睛里都滴出了口水。我问爸爸，我要不要也去考？爸爸摇摇头，不要。他把我画的画贴在墙上：老头走在自己漫长的影子里，天上一轮月亮比老头还大。一个满脸惊恐的人，看着自己的下半身一点一点地变成铠甲。无数青蛙如稻田鸦群飞起，在火光冲天的夜里遮住了月亮。门口的水洼，下雨的时候变成天空的哈哈镜。我不懂透视原理，构图也毫无章法，哥哥好奇地围过来看，想知道凭什么我的乱涂乱画让爸爸这么重视。

"因为他夸张。他像德国表现主义。"

那几年父亲生活得稍微自如一些了，有时候，喝了点小酒，会跟我们复述他年轻时候的事情。学蒋介石的一口慈溪话，黄埔军校点名："林少杰！""到！"他像弹簧一样跳起来，腰板笔直，下巴前伸，手逼紧地贴着裤缝，脸涨得通红，差点打翻了面前的酒杯。

酒醒了，告诫我们哥几个，不要从文。"我拼了老命，跟你们讲，千万不要搞文学，千万不要写诗歌。看看爸爸，文人没有好下场。"

父亲不是武将，日本投降时的降书，他是参与的翻译之一，因此很年轻就当上少校，在国民政府里，是文职的军官，连枪都没有摸过。以后半生，每逢运动，他就首当其冲。一开始，他还试图说理，因为他在职的阶段是国共合作时期，翻译日本投降书，也是为抗战做贡献。后来发现，越辩越糟，斗争的精髓在于斗，至于为什么斗，没人真正在乎。

他本可以成为一个画家，更早的时候，上过苏州美专，是颜文樑的学生。"后来被劝退了，因为画得夸张。"

那时绘画教育还不是苏联写实主义的天下，但"形准"依然是最基础的标准，是画画人的起步价，无论国画还是西画。父亲出手，形永远不准。读了一年多，几个老师一合计，这孩儿不笨，可惜，天生不是画画的材料，劝他另择专业吧。于是他辗转考进了国立江苏大学，也就是后来的国立中央大学，改修文学，辅修日语和拉丁文。

画画没有绝对真理，画得不准确，不准确得妙趣横生，苏州美专有一个老师挺喜欢我的画，但是他不敢讲。你知道吗，闵生，美国有个画家，坐在疾驰的汽车上，让司机把车子开得飞快，他在车上速写。线条完全是失控的，视觉里所有东西都在流动，包括他的手，他试图控制，但最后总是会屈服于偶然性。

他放下端住酒杯的手，模拟了一个捏铅笔的动作，大拇指和食指捉住，笔尖竖着，在空气中摩擦，青筋暴起来，剧烈抖动："屈服于偶然性"。

回来有整整半年都是各种接风洗尘的局，好像我身上有多么厚的尘埃等着涤荡似的。在国外这些年，我和亦梅过成了离群索居的隐士，是性格使然，也是生活方式。回到"中国速度"的时区，像两尊刚刚刨出坑的出土文物，需要一洗再洗。

那天亦梅不在，接风已经接到了第二轮。第一轮都是以家庭为单位出席，伉俪双双，像礼节性国事访问，互相厮认，等到第二次，就剩下纯爷们，避开女眷喝杯私房酒。我们都喝了不少，在芜城最好的餐厅，当天负责做东的罗胖子也是发小。小时候个头就矮，但是被人揍了一定找回来，踢足球的时候，像火车头一样带球往前冲，没人敢和他撞。现在越发往横里长，蓄了胡子，长出几分威严。扬扬下巴，他的司机就扛上来一箱设拉子。又扬扬下巴，冰上，先醒一醒。我晓得你现在是洋舌头，不敢在外头乱买酒给你喝，这是我去年在法国收购的酒庄，好不好，是个地道，你给鉴定下？我笑，你高看我了，我哪里懂，在德国，两杯啤酒就把我放倒了。

喝。能喝不能喝都得喝。我们一桌人，横三竖四，怎么把一箱酒喝空的也不知道，满桌子稀罕菜里只记住了一道：油炸知了。我一个人对着那满满一盘虫子嘿嘿嘿傻乐半天：原来是你？你这不体面的东西，还涨身价了。

喝完东倒西歪想回家，大伙儿又说去洗澡。我说，洗不动了，喝成这样，热水一泡，晕、晕在池子里。罗胖子眼珠子转转，有道理，要不咱们去天上人间吧，带闵生开开眼。

醒来时我已经在房间里，身边一个头发染成金黄色的姑娘，再一看，吓！是两个！长得一模一样，穿得也一模一样。我大骇，从床上翻身坐起，引得她们格格一阵娇笑。

放心，又没得强奸你。其中一个头发颜色深一点的姑娘说。

我衣服呢？

给你扒喽，洗手池子里泡到，都吐脏了，内裤还给你留着。你要愿意，扒了也行。

给我衣服，我要回家。

急什么，给你你也穿不了。浅头发的姑娘走过来，笑吟吟的，拨弄了一下我。

罗胖子呢？你们叫罗胖子来。手机，手机给我。我手打开，在空中捞了两下。

手机上有亦梅的八个未接来电，我想了下，还是先给罗胖子打，没人接，再打，还是没人接。我虚起眼睛，辨认了一下时间，半夜两点多。深头发看看浅头发，撇撇嘴，浅头发一屁股坐进沙发，跷起二郎腿玩指甲。我头皮发沉，嘴里发苦，心下盘算，现在马上回家，也只能穿着酒店的浴袍，恐怕更坏事。衣服就算洗了，也来不及干，这会子没地儿去买。我接着打罗胖的电话，这龟孙子竟然彻底关机了。

我不敢给亦梅打电话，生怕这两个咯吱咯吱的大姑娘在旁边搞出什么动静来，于是我发了条短信：大了，刚才睡过去了，在罗胖家，明早回来。

　　老板，说吧，双飞怎么个飞法？染头发姑娘蹭过来，把尖尖的下巴窝子搁在我膝盖上。你兄弟把你撂这儿前放话了：你俩是姐妹，我俩是兄弟，不把我兄弟全心全意伺候好，你姐妹就别想见着一毛钱。

　　听说婴儿时期的我特别擅长哭泣，冷了，热了，饿了，贪抱了，都会发出声嘶力竭的哭喊，一哭，肚脐眼里就潺潺淌出血来。那时候谁家得了爱哭的孩子，会在街上到处张贴：天皇皇，地皇皇，我家有个夜啼郎，过路君子读一遍，一觉睡到大天亮。这种符咒解决不了我的问题，家人无法，只好轮流抱着我。那时候姥姥还活着，专门磨了消炎的丸药过来，她跟姥爷都当过医生，不过早已作为反动学术权威靠边站了。姥姥看了我的肚脐直叹气：造孽，这是谁给接生的？脐带嘛又不是麻绳！

　　那一夜我好像回到襁褓之中，有人抱着我摇啊荡啊，晃得我晕乎乎的。那个人很温柔，散发出青草的味道，旧衣褴褛，千山万水的褶皱，只是看不清脸。我伸出手，想去够她的脸，竟然触到一个冷冰冰的东西，再一摸，是面镜子，我刚想往镜子里看，镜子就碎成两半，镜面上映出乐谱。

　　铃声在意识里锯开一条线，我揉揉脸，摸索了一阵，最后在枕头底下把手机掏出来，是二哥。

你上哪去了，亦梅也找不到你，咱爸丢了！二哥劈头盖脸地说。

爸爸以前一直跟大哥住，后来大哥离婚，自顾不暇，父亲又渐渐老迈，两个孤男人大眼瞪小眼，谁都不乐意做饭，二哥就把爸爸接走了。二哥曾经是个男高音，能唱华丽饱满的 HIGH C，没承想人到中年倒了嗓子，很是消沉了几年。后来转行做乐器生意，学琴的小孩一年比一年多，生意不愁做，搬进了带花园的大别墅，还请了住家保姆，老人跟着他，照顾起来方便。

父亲这几年好忘事儿，耳朵也背，但并不严重。可是从上月开始，常常连二哥都不认识了。每天早上，老人家都把保姆悄悄拉到角落里，神秘兮兮地指着二哥问她：这个大老板是谁呀？

保姆就大声地告诉他，这是你儿子！二儿子！

到了晚上，父亲突然明白过来：没错，真是我儿子！喜得眉花眼笑，没想到儿子现在这么出息，日子这么好过，真开心。

然而第二天早上，下楼吃早饭，看着一桌子的吃食也不敢上桌，又把保姆拽进厨房里，小小声问：客厅里头那个大老板，是谁呀？

到了晚上，又明白过来：嘿！我儿子！

上次我回去，一家人都把这个事情当笑话说，笑了又笑，老爸也跟着笑。每天晚上都像发现新大陆，重新发现一个怪有出息的儿子，如同添丁见喜，也是美事一桩，晚年生活倒因此格外愉快。大家也疑心父亲有点老年痴呆，可是观察下来，除了嗜睡，他又没有其他症状。二哥最近有宗很大的单子，需要飞趟海南，没想到就在这个时候，老父亲突然丢了。昨天午觉起来，说要出去遛弯儿，一晚上没回来。

"不满48小时，报了警，暂时没戏，现在只能发动自己人，分头找。几个电台都报了寻人启事了，小区里和他常去的几个地方也贴了告示，留的是你嫂子的手机号码。走失时穿的衣服鞋子都写清楚了，你回头去问你嫂子，让她和保姆再仔细回忆回忆，说不定还能想出什么来。你嫂子心慌得不行，她这个人，软脚蟹，遇事儿就乱，得有个拿主意的人，你赶紧过去主事儿。亦梅也去了。让你嫂子在家里等着，家里头不能缺人，万一老爸又自己走回来。你们几个，包括保姆，分头出去找。咱爸在教会的那几个教友，我都通知了，他们也在帮着找。我买了中午的机票，只要飞机不延误，晚上之前，应该能到家。"二哥以前是出了名的会唱不会说，这几年生意下来，历练得条理分明。他一二三四，交代了父亲最有可能去的几个地方、已经找过的地方，不排除需要再找一遍的地方，并且报出几个也许能帮上忙的朋友，给了联系方式。我一一应承下来，马上打电话到学校请假。

二哥所在的城市离芜城八十公里，到了他家，亦梅已经在那，嫂子看见我到，呼出一口气来。亦梅狠狠地剜了我一眼，碍着人多，没说什么。保姆已经去父亲常去遛弯的街心公园和吃点心的面馆，只有她认识常跟父亲下棋唠嗑的几个老搭子。我们按照二哥的安排分头行动，亦梅去附近的公交车站点跟司机打听，我跑周边的学校，父亲当过那么多年老师，没准会找个学校坐着发呆。我们每人拿了一沓寻人启事，打算一路找，一路贴。

  林少杰，81岁，身高1米84，体型偏瘦，长脸型，从家中走失时上身穿浅米色外套，黑色长裤，脚穿棕色皮鞋，头发较长，灰白，神志清楚，戴黑框眼镜，有看到者请马上联系＊＊＊＊＊＊＊＊＊＊＊，当面重谢！

父亲从照片里朝我看，所有寻人启事都这么语焉不详，米色外套黑色长裤棕色皮鞋，这种特征放在人群里就是毫无特征。没有人会在寻人启事里写父亲看人喜欢虚起眼睛，笑的时候先把嘴巴往下挂一下，抽烟不弹烟灰，总是等它烧到老长一截自己断下来。我安慰自己说，好在父亲非常之高，走路带晃，现在虽然老缩了，还是比旁人高出一大截，光这一点就可以把他和其他老年人区分开来。

小时候从农场的田埂上走回来，远远看见一排人站着，胸前挂着牌子，中间有一个人像旗杆一样又瘦又高，不用看第二眼就知道那是父亲，我和哥哥赶紧低下头来，绕道而行。

国家肯定是对的，爸爸恐怕是做过什么坏事。不然，为什么整他？

终于有一天轮到我自己，教室走廊上密密麻麻贴了大字报，打倒国民党特务的黑崽子某某某，字写得霸气，墨汁顺着纸淌下来，不过"崽"字写成了"惠"，黑惠子。我脑袋里嗡嗡作响，隔壁班有几个男同学在起劲地敲打着一个脸盆。班主任对我说，现在这种情况我是不能来上学了，让我先回家，"等候通知"。我拿着书包，从喧闹的走廊里走出去，心里难过，但也怪异地感到轻松，好像头上悬着的那把剑终于落了下来，我终于被列入大人的阵营，跟爸爸站到了一起。我并没有等候太久，学校就彻底停课了。

二哥家附近有一座职业技术学校，种了很多银杏，父亲有时候会进去散步，到了秋天，每天都捡满满一兜白果回家，白果放在微波炉里焗熟，撒点盐就是佐酒的妙品，可是要把白果从果肉里取出来却常常沤得家里一股子臭味。我向门房展示父亲的照片，门房摇摇头，歪嘴示意我可以把告示贴在大门边的柱子上。

我把每个教学楼都贴了一遍，正要去下个马路拐角的礼拜堂，手机响起来了，是嫂子，警察刚刚联系她，说市第二医院昨晚收治了一个脑中风的急诊病人，被过路人送到医院的，特征很像父亲。我叮嘱嫂子继续在家候着，万一不是，怕老爸来家扑空，我自己揣起纸卷，打车往二院赶。

医院里人头攒动，循着警察给的病区和床号一路找去，值班护士长问了情况，说：可找着了，你先去看一眼是不是。就把我往里带。躺在病床上输液的父亲小了一圈，眼睛闭得很紧，鼻子里插着管子，头上蒙老大一块纱布，外面还套了半个网兜，看起来有点滑稽，我却鼻子一酸。护士很替我高兴，说，找到就好找到就好，出事的时候一堆人围着，毕竟年纪大了，没人敢上去帮忙，怕说不清楚，幸亏有人打了120，救护车直接拉到我们医院的，家属先过来，把住院手续补办一下，还有医院垫付的医药费。

我千恩万谢，拿了一堆单子，又跑了好几个楼层，把钱给交了。再回到病房，这时医生也来了，拿了化验单和片子给我看。父亲的脑溢血并不严重，不巧的是，人跌下去的时候后脑勺磕在了台阶上，所以还有脑外伤，伴随脑震荡，送到医院的时候是浅昏迷状态，外伤做了创面缝合处理，七针。CT在脑两侧分别见到斑点状低密度灶和片状高密度出血影，医院目前输甘露醇做保守治疗，观察下来情况稳定，也可以考虑开颅，不过父亲年纪较大，手术有并发症风险，要做不要做，家属自己做决定。

期间我接了好几个电话，保姆嫂子亦梅都在往医院赶，我稳住她们，安排保姆先回家烧流质病号饭，让亦梅和嫂子整理一些洗漱和替换衣物带过来。

二哥到的时候，已经是夜里，住院部过了探视时间，一个病人只能留一个家属陪床，但是夜班护士正打瞌睡，他就悄悄蹑了进来。我们两个坐在床边，把父亲看了又看。过了一会，二哥把我一拉，说，走，逃生楼梯通出去有个露台，抽颗烟。

我看二哥一脸疲态，眼袋耷拉下来，占了半张脸，劝他回去休息，反正今晚有我。二哥摇摇头，说，这一天心里火焦火燎的，你让我跟咱爸再待会儿，定定神。

我们点上烟，夜里风大，有点冷，烟头在黑暗里一明一灭，医院对面是一片居民楼，楼顶天台上不知道谁家晾的衣服忘了收，像几个浅色人影悬在半空轻轻舞动。我问二哥：咱爸怎么还信上教了？

"嗯，也就今年的事儿，几个老熟人都在教会，门口那个小卖部的刘大爷，你记得吧，以前老给你粽子糖吃的，他老太婆没了，肺癌，走之前大半年疼得凶，就信了主。心里头有个念想，没那么怕。先是她逼着刘大爷信，说比给她买药管用。刘大爷想，人都这样了，就依她吧。后来刘大爷又发展了咱爸。咱爸呢，我觉得他也不是多信，不过人老了，有个去处。我生意忙，他一个人憋家里头，你让他跟保姆聊韩剧？他们教友每周聚会，说说话，还唱歌，我陪他去过几次，气氛挺好的。"

"我记得以前咱爸是有点信佛的吧，进庙还磕头，那年你们家小游考大学，爸爸不是还特意去毘卢寺文殊菩萨前给他烧了高香？"

"现在也不一定就不信了。基督教是不允许三心二意，所以他不讲。我问过他，他笑笑，说，主负责救赎你，佛负责你自救。"

我乐了,"这话咱爸说的?说得有点水平。"

"那是,咱爸在他们那帮教友里头,绝对属于文化程度高的,牧师有时候还跟他请教《圣经》里的修辞。别忘了咱爸可是民国时期的大学生,学过拉丁文的。"二哥把烟头碾在阳台的花盆里,也笑了,"不瞒你说,我送老爸去的那两次,还被他们拉着起过两次赞美诗呢,里头好多左嗓子,没人起头,要跑调的。"

看见二哥微胖的侧脸我觉得怅然,父亲在解放前的师范教过拉丁文课程,听起来真如天方夜谭。就像二哥在调进市剧团之前,他所在的音乐专科学校不远就是农田,每天早上对着田埂和毛驴演唱《今夜无人入眠》,看见出门的人因为心疼轮胎,把自行车扛在肩头从垄上走过,那是他一生中嗓音最为嘹亮的时光。

在阶梯教室上大课,中世纪艺术史,正给学生放幻灯片,教室后门突然被人推开了,一个姑娘迟疑了一下,走进来,在最后面的凳子坐下,嘴里还嚼着口香糖。教室里光线比较暗,我觉得她似曾相识,又讲了五分钟,我突然醒悟过来,那是那天晚上的姑娘,两姐妹中的一个。

下课了,学生陆陆续续离开,她走向我,这次她穿得比较正常,粉红色帽衫,牛仔裤,下巴翘起,看上去就是个学生。她站在讲台前面，盯着我，"林老师，你还记得我吗？"

我记得她，可我搞不清她是双胞胎里的哪一个了。她们两个人一起出现的时候不难区分，一个头发染得深一点，另一个染得浅一点，颜色差别并不大，但是画画的人对色彩天生敏感。现在没有对比，又换到了自然光下，一时我有点吃不准她是深头发还是浅头发。

林老师，您还欠着我小费哪。她把手揣进牛仔裤紧绷绷的裤兜里，肩膀有点耸起来，人把重心轮番放在脚尖脚跟地前后倾了几下。我来找过你好几次，你同事说你请假了。

我有点尴尬，说实话，那天我醉得厉害，紧接着爸爸出事，我已经把这回事忘记了，这让我看起来像个赖账的。我马上向她保证，没问题，学校门口不远有ATM机，她现在就可以跟我去取钱。

一路上我们都没有再交谈，她翘着头在校园里东看西看，我一直在脑子里复盘那天晚上的经历。我当时应许了多少钱？好像是三千？那天我后来到底干了啥？

林老师，取钱啊？在建设银行ATM机的屋子里，撞见系教学秘书，一个胖墩墩的姑娘，皮肤很白，裤子总是短着几寸，露一段脚踝，更显得鞋子大得离谱。她手里提溜一盆子麻辣烫外卖，嘴巴咬着麦秆，在吸一罐酸奶，眼睛瞟向我身边的漂亮女孩。

啊啊，我含糊其辞，赶紧走到取款机前，盼着胖姑娘早点走。结果胖姑娘也到我旁边的机器上取起钱来，我心里发毛，只好磨磨蹭蹭拖延时间，查询，换卡，取钱，退卡，再插入，再取，把每一个动作做成慢动作回放，生生等到胖姑娘走了，我才松了口气，把一沓子钱递给女孩。

女孩面有讥色，接过钱数了数。数不对啊林老师，这才三千。

啊？不是三千吗？

是五千哦。

我掉脸又去取钱，内心暗暗叫苦，我和亦梅在德国不算有钱人，现在刚刚回国，安顿生活开销很大，我在国内也还没有藏家，暂时卖不了画，手头并不宽松，但我不想跟她理论，只想赶紧把这事了结。

她接过钱，这次没有数，直接卷起来揣进了帽衫肚子上的横兜里，那里鼓起一大块，像怀孕的袋鼠。我推起自行车想走，她追上来。

又怎么了？

你能给我画幅画吗？画我，还有我姐姐。

原来她是浅头发。

我们商量下来，没有给父亲做开颅手术，在医院住了二十多天后，父亲出院了。他的语言功能受到了一定的损坏，发音又慢又吃力，还常常发不准，走路也有点踉跄，医生说，坚持复健治疗，慢慢会好转的。

父亲以前是个很爱说话的人，凡事都有一套话说，没人的时候也自言自语，后来吃了亏，日渐缄默，最近这几年才恢复了一点谈天说地的兴致。现在因为中风，有口难言，稍微说个长点的句子，口水就淌下来。父亲要脸，嫌不体面，能不开口就不开口。但是医生交代，走路说话，勤加练习，不要放弃。保姆每天监督他上午下午扶着助步器走路，躺在床上的时候做手指操，我们但凡看他精神好点，就逗他讲话。

他在街上跌下去的时候，脑袋后面磕出血来，衣服上弄得很脏，我们找到他后给他换下了，保姆要拿去洗，我说，别洗，给我。

我故意当着父亲的面把衣服挂起来，对着它，东看西看，父亲一见，半歪着嘴笑了。我就赶紧扭头问他，你看，这像什么？

小时候我没什么玩具，最大的乐趣就是到处乱看，天花板渗了水，年深月久，板壁上出现各种斑渍，还有裂纹，我看入了迷，从里面看出各种图案。这种本事也是从父亲那里得来，父亲发落农场，批斗之余还要用劳动改造灵魂，常常被分配去挑粪。厕所臭气夺人，我有时看见他对着厕所的脏墙发呆，问他在看什么，他悠然出神，过了一会，很神秘地告诉我：我在看一幅巨型的油画，像伦勃朗。

父亲抬手点了点衣服左肩上的一块血迹，很有把握地说：蜂——鸟——然后又指指下面一大块暗色尘渍，说：犀——牛——我马上拿来丙烯，就在衣服上涂抹。画到一半，父亲又拉住我："小丑——在——溜冰。"

大哥考上美术学院之后，有一年城里的新华书店进了一批美术画册，大哥省下半个月的伙食费买了一套莫奈，爱如珍宝，每次翻阅之前，还得先洗手。那个画册印得别致，外壳是个四四方方的盒子，里面每页都可以单独抽出，就像一摞画片，也可以装裱配框。我在一旁看得心痒难煞，趁大哥不在家，去盒子里偷偷摸出几张，直接就在画上涂抹。干草垛上分明有一张女人满怀心事的脸，鲁昂大教堂是严冷的木偶国王，印刷好的铜版纸对颜料的吸附能力很弱，涂改的部分像一层薄脆的碎冰浮在表层，难以聚拢。

我一边在衣服上画画，一边问爸爸：我记得你以前也有这么一件脏兮兮的衣服，是不是？

那时候家里有一个大木箱子，漆早就剥落得差不多了，不辨本来色泽，把手上的如意倒还黄澄澄的，据说是奶奶年轻时候的嫁妆，后来做了父亲的衣箱。箱底有个布疙瘩，妈妈掏出来给我们看过，疙瘩里挽着两只金戒指，没什么式样，可是掂着挺沉，宽宽的韭菜叶。还有一张叠了又叠不知道该上哪说理去的地契，箱子里压了很多父亲在苏州艺专时画的画。时不时听闻有人家里被抄，母亲把地契烧了，金戒指缝进了棉裤，让父亲把画赶紧处理掉，父亲舍不得，卷起来掖在衣服里，东藏一张，西藏一张。

抄家时我们损失不大，搬来农场之后，本来也就家徒四壁。父亲的藏书丢的丢，烧的烧，农场的人在我们家翻箱倒柜，主要想找到国民党特务对外联系的发报机，他们把灶台都扒了，似乎觉得发报机可以藏在里面。

没找到发报机，红卫兵们很不甘心，有人抬手去扯糊墙的报纸，"你们看，林少杰长期里通外国，亡我中华之心不死，居然在家里贴外国报纸，简直反动透顶！"

我和大哥站在旁边，紧张得手都捏起来了，如果他们撕下报纸，发现里层还贴着光身子女人，估计爸爸还得罪加一等。爸爸头上也出了汗，但是他强作镇定，赶着给红卫兵解释，这是苏联的报纸和杂志，《星火》，是革命的报刊，你们看，这上面有马克思呢，还有这里，这是列宁。

他们在报纸上看见了一模一样的镰刀斧头标记，不动手了。有个女干部鼻子里出着冷气：苏联，苏联的也不行，苏修也是反动派。

是，是。父亲态度很配合地猛点头。不过，家里也没个合适的纸糊墙了。这屋漏雨漏得凶，报纸会潮的，用我们国家的报纸糊墙，恐怕更加不妥，是吧？我们报纸上有伟大领袖。

"伟大领袖毛主席万岁！"人群里突然有个学生举着手喊起口号来，注意力被转移了，红卫兵喊成一片，挤挤挨挨去了下一家。

父亲松了口气，一屁股坐在板凳上，肩膀挂下来。到了秋天添衣服的时候，开箱一看，箱子经了水，不单辛辛苦苦藏起来的画没保住，衣服上也染了一团团颜料，全糟践了。父亲不修边幅，有好几年都穿着带黄斑墨块的衣服，头发乱蓬蓬的。他常常挨揍，因为他高，比那些揍他的人还高，他们教训他，还得仰着脸，气势上矮一截，于是一拳直捣在他胃上，或者用脚猛踢他的膝盖，揍得他不得不弯下腰去。在农场里，父亲被人喊作林疯子，他每次挨打，脸上沁出神秘的微笑，被打得狠了，有时捂着胃还能笑出声来，因此被打得更狠。我跟哥哥们看到害怕，觉得他多半已经神志失常，生怕他像隔壁隋校长一样，白天不哭不闹，半夜爬起来把自己挂在梁上。父亲拉拉我们的手，回家跟我咬耳朵：三儿，你放心，我不会的。我笑，因为我想起了马克·吐温，你知道谁是马克·吐温吗？

给天上人间姐妹花画画的事情一直没有开始，我百般推脱无效，特意带浅头发去了一趟我的画室，让她看我画的那些怪力乱神。去德国之前，我的绘画一直处于业余状态，到德国之后进了专门的艺术院校，影响我最大的艺术家是毕加索、波洛克、塔皮亚斯、培根和苏丁这一路的，让我写生美女，实在不是我的特长。

我不确定她能否听懂我的意思，不过我画室里那些作品应该够她发会儿愣的。破碎的孩子，伸向天空的手，闭目呐喊的人头，男女无力地纠缠在一起，像爱欲消耗殆尽之后小型的死亡。我用泼墨，也用拼贴，过期的咖啡和隔夜的茶渣有时是出色的画材，我喜欢半抽象和变形，喜欢超现实的梦魇，这些跟通俗意义上的审美相距十万八千里。忘了谁跟我说过，中国普罗大众的美学判断还停留在一百年前。

"这是什么？"浅头发吓了一跳。她差点绊到地上的一只棕色手提箱，上面落满灰尘，一条绷直的木乃伊人腿从箱子里伸了出来，简直是希区柯克电影里杀人狂心心念念要毁灭的罪证。

"哦，跳蚤市场淘来的旧箱子，二战时期的，盖子盖不上了，我就做了条腿塞在里面。"

"我上次来的时候，你不在，有个代课老师在你班上，一群学生围着个女模特画画，画的是个跳芭蕾舞的女孩。"浅头发说。我说，那是。写生是科班基本功，特别是在国内经历过美术考学的孩子，都经过严格的程式化训练，画得比我都标准，一出手全是套路。"要不我找个我的学生替你画吧，肯定比我画得漂亮。"我向她提议。

在德国街头给人画写生是我的软肋，我画不像，不会做适度美化来取悦客人。幸好老外随便，如果一个人是个大酒糟鼻子，我就把那个鼻子画得更大更红，用近似漫画的夸张来抵挡我对写实的无感。没有生意的时候，我抱着膝盖坐在街头想：艺术理应具有显而易见的功能性吗？

我告诉浅头发，如果她们想要的是那种唯美的古典主义油画，或者影楼写真式的美人图，我恐怕是画不来。

她点点头：我不懂，反正你看着画，但是要把我们画得好看一点。明天下午，还是这个点，我和我姐姐一起过来。

可能是缺乏睡眠，浅头发走后我特别疲倦，一屁股坐进断了三根弦的藤椅。这两姐妹对我怀有某种敌意，我想了又想，还是不懂为什么。

为了画好姐妹花，我绷了一块很大的画布，而且罕见地布了灯光，按说有两个年轻貌美的女孩当模特是多么赏心悦目的事，浅头发还一再坚持要我画裸体，这种经验，我少得可怜。看与被看都是一种考验。模特被人注视的时候会不自在，除非是久惯当模特的人。而我往往比她们还窘，我常常忍不住在他人的局促面前转过头去，仿佛我仅靠目光就参与了一次施暴。就凭这一点，我就永远当不成一个成熟冷静的艺术家。

她们下午四点晃到我的画室，第一天来的时候用力过猛，已经化好了夜妆，无辜的大眼睛上有深邃的阴影。后来在我的要求下，她们撕掉假睫毛，把口红抿淡，然后脱掉衣服，携手斜倚到我为她们布置好的长沙发上去，椅子上铺了墨绿的天鹅绒布，明肌如玉，嘴唇是尖尖上一点点红，像鸟巢里的两只雀儿。

父亲的情况渐渐稳定，没课的时候，我跟亦梅坐一个多小时的车，去二哥的城市看他，有时在二哥家住上一两天。父亲最喜欢我这个老儿子，我去了，他话多些。大哥来过一次，父亲给他看我画的衬衫。大哥在北京798有了很大的画室，赶上了中国当代艺术的井喷期，作品一度卖得很贵，藏家和画廊追在他屁股后头。这几年他状态不佳，越画越少，已经连续好些年不做任何展览。父亲把我画的衬衫用晾衣杆撑起来挂在家里，胳膊两头还恶作剧一样挂上保姆洗碗用的橡胶大手套。大哥看见了直笑，说，稻草人。

父亲有时候还会犯糊涂，一次我去，赶上他睡完午觉起来，保姆正扶他练步，接连几步都走得跟跟跄跄，他像是生气了，突然回头很大声音地问我：文秀怎么不来看我？我一时不知道怎么接话。大姐一直跟着母亲，几年后赶上知识青年上山下乡，听人说新疆地多人少，吃饭不愁，报名去了建设兵团，不知怎么飞快地在那里嫁了人。我们收到来信，巴巴地凑钱托人，给她买到了她最喜欢的粉红底色大红囍字的床单枕巾寄去，东西辗转寄到新疆喀什的图木舒克时她已经死于难产。她丈夫算有良心，那块囍字床单后来做了她的妆裹。

我不敢刺激父亲。过了一会儿，他练完了，坐下来歇腿。亦梅去削水果，我搭讪着拿本旧相册跟父亲一起看，里头有不少老照片儿，兴许他看着看着，就能想起来。有一张相片上几个孩子都在，那时候姥姥姥爷还活着，端坐在藤椅上，可能因为拍照，特为换了衣服，很有个样子。可惜我们几个有欠派头，弟弟被抱在姥姥手里，正闭着眼睛打哈欠，一脸不高兴，大姐牵着我，怯生生地望向镜头，二哥嘟了个嘴，大哥叉着腿坐在地上，天热，上身只有一个肚兜，一个大西瓜遮住了开裆裤的裆部。还有几张是母亲年轻的时候，两条大辫子，额前全是碎发，那个时候母亲还不戴眼镜，目光炯炯，腕子上挂一个玉镯子。父亲反复看了又看，说，文秀就是漂亮。

姐姐去新疆的时候，估计就跟母亲照片里岁数差不多，不过，她们俩长得不像。大姐长得随爸爸，长长脸儿，身条儿笔直。母亲是个圆脸盘，眼睛有点抠进去，一粒小虎牙，个子不高，从远处看，像没长大。她跟父亲站在一起，高矮悬殊。他曾经是她的老师，虽然只比她大六岁，但是神气像她父辈，他们之间一生都保持了这种格局。

亦梅把果盘递过来，也看了看相册，"这好像不是文秀，是妈妈年轻时候吧？爸，吃苹果，今天的苹果脆得很。"

父亲听说，把相片册凑近又看了看："这是玛丽？"

亦梅看看我，我对她解释说，"嗯，我妈小时候起了个洋名儿，后来才改名叫含瑛的"。亦梅哦了一声，说，"原来这样"。我记得我曾经跟她说过母亲名字的典故，不知道她是忘了，还是故意装不知道。

父亲果然来了兴致，拍拍身边的垫子，让亦梅坐，语速很慢地跟她讲，"你婆婆，小的时候，生在德国，法兰克福的玛丽亚医院，是在那个医院出生的第一个中国孩子，医院还特意送给她，一个纪念胸针，她妈妈就给她起名叫玛丽"。

这个故事，我们小时候听过很多遍。姥爷生于上海的大户人家，家境殷实，开着好几房药铺，数代都是名医，宅子里挂满了病人送的匾。"悬壶济世""妙手回天""仁心仁术""杏林春暖""大道岐黄""思邈重生，修合成君臣佐使；华佗再世，望闻知肌理秋阳"……那时候的病人不知怎么都那么有文化，这许多表扬信一样的匾额对联，文辞重复的竟不多见。到了姥爷这一代，风气变了。家里并不古板，早早地商议好，送大儿子出国去，改念西医，哪朝哪代都会有人生病，中西医兼修，可策基业万全。姥姥已经提前嫁了过来，为的是能跟着出去陪读，学护士，好照顾姥爷，结果在德国生下了我妈。

我小的时候，左邻右舍都知道，住在东头的顾老师，是个德国鬼子，家里还有一本德国护照呢。其实母亲除了几个最简单的德语单词，一句完整的德文都不会说，她在德国只生活到两岁，就跟父母回国了。穿着白花蕾丝的围兜裙，戴软呢无边小帽，活像个大洋娃娃。回国的轮船走了三个月，船上吃不惯，闹着要喝可可牛奶，下船时吐得脸色铁青。

母亲人缘一直不好，她高度近视，戴一千多度的眼镜，见人也会打招呼，但总觉笑得有点勉强。周围大娘大婶大姑子小姨子家长里短闲唠嗑，不带她。早年间邻居们包了饺子，或得了什么时鲜的吃食，还会邻里之间送一盘尝尝，也没她的份儿。母亲自己不太会做，也就不肯吃别人的。我亲耳听见过几个女的在井台上压水的时候议论我妈，"眼乌珠长在头顶上"。但眼高于顶的母亲竟然也有好朋友，县图书馆的管理员是也。天知道她是怎么维系这种友谊的，反正那女的每两个星期来我们家一回，来了也不多话，每次都用玻璃绳提着一溜书来，像乡下人走亲戚用草绳提着一串子自己捉的螃蟹。

我们家的房子是一排教舍改建的，每两户分一间教室，中间用板壁隔开，木板很薄，比马粪纸也强不了多少，那边厢人家掐架，这边听得一清二楚。大哥那时正长身体，又贪睡觉，又舍不得听床，经常叹气，说隔壁到了夜里就不消停，要么两口子摇床哼哼，要么整宿整宿地咳嗽吐痰。"都掏成痨病鬼了，怎么还有劲浪？"

"那算好的，他家媳妇儿被窝里放一个屁，我这里都能闻出是萝卜味儿的。"二哥搭腔。

母亲远远地翻一个白眼过来，两个小子吓得不吭声了。人臭臭一张嘴，她最讨厌听人背后议论人是非，而且板壁这么薄，也难保我们这里的说话不顺着缝儿飘过去。因为这个，母亲从来不在家跟父亲吵架，小市民行径，她可丢不起这人。有事不高兴了，一对白眼朝着父亲抡去，高度近视眼镜像两饼放大器，把她溜圆的白眼烘托得声势浩大，极具杀伤力。

大多数时候，母亲都窝在她自己的三角间里看书，那是墙角放马桶的地方，前面用铰连合页加了一道板壁做门。母亲的红漆马桶总是涮得很干净，她把盖子盖上，上面垫一块花布，舒舒服服地坐下来，就是仅容一膝的书斋。白天没事，可以走远点去公共厕所，晚上麻烦些，她一坐进去就不挪窝，全家人的如厕都成问题。我跟哥哥们好办，出去随便野地里解决一下，姐姐就只能憋着，实在急了，忙忙地在板壁外头捶门，两只脚交换地跺。三角间里连个灯都没有，看书只靠门缝里透进来一点点光。小时候我们觉得母亲遥不可及，虽然跟我们一个屋檐下住着，却好像在另一个王国，那个王国无人能入。成年之后我才理解母亲那种把自己关起来的渴望，像少女的恐惧。她宁可没有光，也要藏身板壁背后，将真实的生活拒之门外。

小时候常听母亲说自己是德国人，听得烦了，也反唇相讥：你不像啊，你会说德国话吗？母亲就气急败坏，把我们揍上一顿。其实她会说一些简单的德文单词，只是语不成句，童年时我们轮番被她训练过：点点头，Ja（是）；摇摇头，Nein（不）；挥挥手，Guten Tag（日安）！但她教来教去只有这么几招，很快我们就失去了兴趣。

二哥告诉我，那时候我还小，可能没印象，他记得有一天母亲回来，头发被人剪得一塌糊涂，像个鸡窝。晚上睡觉的时候，他听见爸爸在床上跟妈妈讲话，声音压得特别小，但口气很凶，"你再不要说自己是德国人了，在家里也不许讲。小孩子不懂事，会传话的。你不叫顾玛丽！你两岁就回来了，两岁不可能有任何记忆，德国跟你没有一点点关系！"母亲闷闷的抽泣像从枕头芯子里传来：Nein，Nein。

到了我懂事的年龄，父亲和母亲不和已久，他们并没有离婚，只是各过各的。我们哥儿仨跟着父亲，姐姐跟着母亲住在她工作的小学，那地方很远，逢年过节的时候，母亲才会回家来，有时一进家门，就吧嗒吧嗒往下掉眼泪。我不太明白她和父亲为什么斗气,竟斗了一辈子。我们哥儿仨曾经猜测过各色各样的理由,二哥觉得,可能是因为父亲让她生了太多的孩子,而大哥的想法则恰恰相反,大哥觉得他们夫妇从冷战到反目,最有可能的导火索,是弟弟的死。

画画时我总是沉默,习惯性地放音乐,门德尔松,有时候是巴赫、瓦格纳,再后来我突然醒悟到,这太自私了,应该让姐妹花选择她们爱听的音乐,这样她们会自在一点。她们高高兴兴地打开了存在手机里的流行歌,有英文的,日语的,但能让她们跟着起劲哼哼的还是中文歌。那些歌我大多闻所未闻,只记住了几句歌词。"想念是会呼吸的痛,它活在我身上所有角落","你究竟有几个好妹妹?为何每个妹妹都嫁给眼泪?"她们一边哼,一边恶作剧地瞟我,哈哈哈笑。

我所有的艺术史知识此刻都在向我提供八卦:罗丹和克洛岱尔在雕塑工作室的每一个角落疯狂做爱,里维拉在娶了弗里达之后还毫不见外地睡了她的姐妹,克里姆特穿件大袍子当工作服,里面一丝不挂,方便这头饿狼画到兴起就随时撩起袍子扑向模特……自私和无耻是天才的通行证,而我竟然年届半百还在脸红。

我已经起好了稿子,这段时间处理面部,她们穿着衣服坐在那里就可以,姿势也可以放松一些,大架子在就行。因为太久不画人物肖像,我又试图去寻找古典油画的手感,进度有点慢,有时需要局部刮掉重来。我也习惯了每周两个下午画画时有她们陪伴,有时候听音乐,有时候听她们叽叽呱呱,夕阳一点点掉下来,挂在窗户边上,画室里一片红光,像冲洗胶片的暗房,某种禁忌的危险,让人心中一悸。我在需要的时候抬一下手,她们就马上闭嘴,把头调整回最初的姿势。

我早已经分清她们之间的区别,即使她们分开出现,我也能准确无误地辨认出来。深头发眼神妩媚,耳垂边上有一颗黑痣,嗓音带点沙哑,浅头发娇气任性,经常噘嘴,走路喜欢拖脚跟。毕竟是年轻小女孩,虽然一开始绷着,混熟了之后也渐渐开始跟我聊天。有时候,前一天挣多了小费,还会喜气洋洋叫外卖到我画室来请我一起吃,出手豪阔,一点点上一大堆,吃完了她们去上班。她们吃得早,而且吃很多,胃里填了粮食,不容易醉,晚上就能多灌一点假酒,多拿一点提成。她们也抱怨客人,取笑客人的怪癖,夜里受了客人的气,靠白天在背后骂人补回来,嘴都尖刻,会喷粗口。姐妹花在天上人间非常红,卖点就在于她们是双胞胎,很多客人抢着点她们,有时候争风吃醋还会杠起来。有个客人喜欢角色扮演,而且不是女仆护士空姐女警这种常见款,竟然让她们俩扮演皮皮鲁和鲁西西!昨天的客人特别愿意照镜子,点了出台,专门去到一家客房里有大幅落地镜的酒店,贴在镜前厮缠。客人全程都在镜子里自我欣赏,她们扭头一看也被自己美到了,像是两个一模一样的玩偶娃娃裂变成四个,四条雪白的大腿在镜子里变成八条，错落交叉成几何，还是前后左右对称的，小时候玩的万花筒就是这个原理吧？

"人肉万花筒。"浅头发笑嘻嘻地补充。

我脑补了一下这画面，承认，确实挺鼻血的，是男人熬不过。不过，也可以一点不色情。它甚至让我想起了一部老电影，讲水上芭蕾的，姑娘们手牵手团团围住，穿着泳装，俏生生的大腿斜踢出水面，越是黑白旧胶片里，美人越是白到发光，脚面绷得笔直，彼此相连，映成一朵莲花。深头发说，"那你照我们说的样子画下来哎，不过，要把中间那个多毛的傻逼去掉，个死胖子！"

刚开始画画的时候，难得拿到一张雪白的好纸，吓得不敢下手，反而是酱坛子上皱巴巴的包装纸画起来没有压力。颜料不全也没关系，用了半截的粉笔和炭条，蓝黑墨水可以稀疏出不同浓度的蓝来，喝剩的茶汁，红药水和紫药水都可以用来画画。

"那时候我们特别羡慕你，你随心所欲，画什么爸爸都把你往死里夸。我不管怎么画，在爸爸看来都不如你。"从父亲那里回去之后，大哥在北京给我打过好几个电话，跟我聊了很多画画上的事情，他说，在北京艺术圈，没人聊这个，大伙儿聊的都是买卖。

大哥一直对我很好，唯独那次涂了他的莫奈画册，跟我翻了脸，把我的调色盘撅了，扔到河里，偏偏老爸还凑热闹把我画的画贴在家里，也被他半夜里撕下来填了茅坑。老爸偏心眼儿，好几次哄我说，别看你大哥在美术学校里拔尖，你将来会比他走得更远。我竟然傻乎乎地信了，以为自己是难得一见的绘画奇才。事实证明，英雄也要靠时势，大哥已经成了炙手可热的成功艺术家，在他们之前，十年的空白为后来者腾出了空间，而我在德国冷板凳一坐二十年，正好错过了中国这一轮经济腾飞周期。

在画画这件事上，父亲是我唯一的蒙师，也是他一路阻拦，不让我进入任何专业的美术学校。他觉得我画面里那些天马行空的自由感，一旦进入科班，就会被规范得干干净净。父亲告诉我，除非你出国，在西方美术院校，有自由艺术的学科。自由加艺术，这两个词听起来就让我神往。

八十年代我在电影制片厂当小青工，主要工作是搭个梯子爬到电影院外墙画海报，没有什么难度，九宫格子打上，就严格按剧照等比例放大，然后填刷广告色。有时候被群艺馆拉去画舞台背景，那就更加简单。因为工作关系，我看电影不要钱，经常拿个本子坐在电影院里，飞快地在黑暗里画分镜头速写，眼睛只管盯着屏幕，根本不看自己手中的笔。我业余画自己的怪画，已经声名在外。

大学里有两个学中文的美国留学生很喜欢来找我玩。丹尼尔长得很帅，浑身金色的汗毛像自带光芒，中文名字叫邓南。另一个大胡子西蒙斯，因为喜欢席慕蓉的诗，非要随了伊人的姓，给自己起了个娘娘腔的中文名，叫席慕思，听起来好像一坨床垫。他特意学了一句成语来形容自己的这种行为，说这就叫"嫁鸡随鸡"，把我们笑得够呛。邓南收藏了许多黑胶唱片，我们听音乐、喝酒。有时候我的画能换到几张外汇券，有时候是两包万宝路。作为回报，我也常常领他们去看不要钱的内部电影。席慕思长得五大三粗，但架不住感情丰富，常常坐在电影院里不嫌丢人地出声抽泣，蓝色大牛眼里汪着一泡眼泪。他们一致迷恋刘晓庆，说她浑身上下胀鼓鼓的，宝相庄严，是中国的伊丽莎白·泰勒。

一日我正在街上乱走，劈面过来了席慕思，一把薅住我说，可找到你了。原来有两个德国艺术院校的教授要去上海交流访问，途经他们大学，作短暂停留，问他们可认识什么有趣的当地艺术家，可以见见。他跟邓南分头到电影院、群艺馆和我家找我，到处找不到，正在绝望，因为教授第二天就要离开了。"快点走，我们先去拿上你的画。"席慕思像生怕我逃跑一样钳住了我的胳膊，把我钳到了他们学校办公室面见德国鬼子。

鬼子很痛快，一张一张看完我的画，矮个子教授耸耸肩膀说，抱歉，你画得很有趣，但不是我的菜。另一个高个子老头却细细问了我很多问题，最后对我说，我太喜欢你的画了，你想到德国的艺术学校学习深造吗？

席慕思在旁边给我们当翻译，脸上的表情比我还兴奋。他告诉我，这个老头是德国下萨克森州非常有名的超现实主义版画家，也是 DRAD 奖学金的四个评委之一。老先生满有把握地对我说，"虽然我只有四分之一的投票权，但以我在 DRAD 的影响力，我现在就来打保票，只要我力荐，可以给你争取到全额奖学金。那么，你愿意来吗？"

随着年龄的增大，我常常想起那些遥远的人，那些在我生命中彼此温暖过却最终走散的人，比如邓南和席慕思，两个有着奇怪中国名字的外国人，之后我们再未相见。他们出现在我生命里的那一个段落，仿佛就是为了来穿针引线，做我的领路人。我有时会带着同样的恍惚之情，打量我面前这两个姑娘，两个起了蹩脚外国名字的中国人。我已经习惯用名字来称呼她们了，深头发叫玛丽，浅头发叫海伦。刚听到这个名字的时候我大吃一惊，我问深头发：你这是真名吗？

"怎么可能？你有病吧？"玛丽笑死了。"你以为是你啊？到处给人签真名。"

她们又在笑话我。因为熟了，她们常拿那天晚上的糗事挤对我。据说我在姐妹俩的夹击中上演了一场艰苦卓绝的裤头保卫战，在最后关头，我死死揪住自己的短裤，大义凛然地说：我是老师！

说起这段她们就要笑瘫过去，我也只好讪着一张老脸陪笑，觉得自己有辱斯文。那天的事情我一点一点回忆起来，我好像还苦口婆心地教育了她们一会，然后央告说，喝多了，只想睡觉，如果她们能马上离开，我愿意加倍给小费。

"结果掏来掏去又没什么钱，还主动给我们打了欠条。"怕她们信不过，我在欠条上写明我的工作单位、电话和姓名，保证了好几遍：放心吧我跑不掉。姐妹俩接过条子对看了一眼，马上就明白眼前这人是个棒槌。

"到了画室才知道，怪不得林老师喜欢给人留真名，原来是画家哪，干你们这行，最值钱的就是签名。"玛丽还在挤对我。

很多画油画的签名都签汉语拼音，油画笔触写流线型的字更顺手，也方便外国藏家辨认，但我仍然习惯签中文名，一笔一画，签上这个名字，才意味着一幅画真正画完。玛丽在画室里踱来踱去，蹲下去细看我在每幅画上的签名，海伦拿起我在意大利旅行时买的皮埃罗小丑把玩，小丑涂着绿色眼影，一脸忧伤。

小姐没有真名，嫖客也不会有真名。海伦说。就算再不懂事的小姐，也不可能扭着客人撒娇问名字。什么身份，怎么称呼，那是学问。如果KTV公主也有专业知识，除了懂酒之外，要学的就是人情练达，有眼色，会说话。以前有个穿黑布鞋的光头经常来店里帮衬生意，妈咪金姐和酒保对他都毕恭毕敬喊龙哥，她和姐姐也跟着龙哥龙哥地叫，龙哥当时面无表情，几杯之后，一兜红酒直泼过来：妈了个逼，龙哥是你们喊的？没规矩！重喊，喊龙爷！

我用群青、湖绿、孔雀蓝、培恩灰、酞菁蓝和宝石绿在调色板上调出一大摊波光粼粼的暗绿，心里突然想到一件芥豆小事：如果我那天晚上写下过欠条，为什么给她们钱的时候她们却没有把欠条还我？

父亲的身体一天天好转，他在教会的伙伴已经结伴探望过他好几次。终于他攒够了去礼拜的力气，被几个教友扶着去了教堂。大家看到他挂着助步器重新归队，都替他鼓起掌来。当天布道尾声，牧师特意为他祝福，把他最终没有走失、病倒在街头，归功为神的眷顾，绝不遗忘任何一只羔羊。在这样众人瞩目的光荣气氛下，父亲有点被冲昏了头脑。礼拜结束后，牧师跟他聊天时苦恼地说起，他们在芜城的教友，暂时竟找不到一个合适的、可在平日聚会的场所时，父亲马上大包大揽地说：这不成问题，可以去我家老三那里嘛，他的工作室特别大，交通还方便。他为了证明自己的记忆力不曾受损，一字一顿地报出我工作室的地址，还特意告诉牧师：我们家闵生在德国的时候，也是经常上教堂的，反倒是回国以后，疏懒了。

牧师听了非常高兴，不但找到了理想的聚会场所，还可以促成另一只羔羊的回归，这真是主的美意。于是，几天以后，我在工作室就被陆续到来的热情洋溢的人们包围了，按了电铃一开门，进来的人就把我紧紧抱住，喜悦地说：弟兄！

那天聚会气氛不坏，但是客人走后，我还是心烦气躁，在国外生活我学会的最大的一条就是人与人之间的边界，轻易不要越界，哪怕是骨肉至亲。我把父亲埋怨了一通，我告诉他，工作室是大学分配给我的，虽说个人信仰自由，可是利用高校场所从事这类活动是不被允许的，"你弄得我太尴尬了，你把大话说出去之前能不能先征求一下我的意见呢？我才刚刚回国不到一年，你想害我丢掉工作？"

父亲很没面子，一言不发就挂了我的电话。后来我再打过去，父亲借口累了，说要躺下休息，只让保姆来接。那段时间系里申报国家项目，烦冗杂务甚多，我也无暇顾及父亲的情绪。过了两天，罗胖子找我，说刚从加拿大考察回来，整了几箱蓝莓要送来，蓝莓对防止脑神经老化和软化血管都有好处，让我带给老爷子尝尝。

一进门，他就看见那幅画，我这才意识到，我应该把画收起来的，他是天上人间的常客，肯定能一眼认出她们俩，这么大一幅人体油画竖在这里，有点百口莫辩。可是这会子也已经来不及了，罗胖子眯了下眼睛，回头看我，露出一脸坏笑。"没想到啊，人家说，扶上马，送一程，结果你小子不用人扶，自己驾着马跑得快快的。"

"没有，没有。"我有点不知道怎么说。难道说我没跟姐妹花上床？这种话说起来显得特虚伪，尤其对罗胖子说，好像在道德谴责。占了便宜还卖乖。我始终没问过罗胖子到底跟她们怎么结账的，反正罗胖子也不缺钱，就让他以为大家心照不宣吧。我离开中国的时候，社会上还没有这种风气，回国后发现，饭局之后的二场节目，都快要成为男性高端宴请的标配了。中国人突然变得很有钱，而且非常不怕花钱。每次朋友热情地招待我，我就成了不合时宜的、让人扫兴的人。他们不相信我在德国过着几乎清教徒一般的生活。腐朽的资本主义声色犬马啊，怎么可能守身如玉？我跟他们讲德国人如何严谨、重视家庭，商店六点关门，礼拜天歇业，即便是大城市，到了晚上也冷冷清清，没多少像样的夜生活，我甚至提到自己定期去教堂，场面越说越尴尬，好像我是一个古板的教导主任，不但自己不玩，还不许他们玩。

罗胖子站在画前又咂摸了一番，然后在我给他泡的茶盅前坐下来，"我提醒你啊闵生，玩是玩，不要陷进去，搞什么艺术家的浪漫。"

"什么意思？"

"姐妹俩是美女没错儿，不过你不会真的对她们动感情了吧？"

"怎么可能，她们的年纪，好做我女儿了。"

"嗯，你有数就行。我是好心提醒你一句，戏子无情婊子无义，话糙一点，但是是真理。"

我笑笑，端起茶壶给他续水。他岔开话题，问了几句我女儿在国外念大学的情况。看我样子似有不平，摆摆手，又接回去说道，你太久没回来，都不熟悉国情了。这么跟你说吧，在贫困地区可能还确实有那种迫于生计不得不做皮肉生意的善良姑娘，但是在天上人间这种高档会所，里面全部是顶级的交际花，见多识广，每个月挣的比你还多，有的还是货真价实的大学生、平面模特、二十八线小明星。但是，你相信我，那里所有人都是想挣快钱的虚荣女孩，你要要就好，别走心，千万不要相信什么卖身救母、卖身供弟弟读书之类的鬼故事。

父亲住院的时候，亦梅跟我负责轮流陪夜，瘦了一圈。亦梅是那种人，平时不声不响，但是关键的时候可以倚靠。我们俩坐在去二哥家的车上，每人手里抱了两箱死沉死沉的蓝莓。亦梅说，这次是你不对。

父亲看我来了，没吱声，抓起助步器，起身进了里屋。二哥见状，对我苦笑，悄悄声说，被你气着了，上次挂完电话，就写遗嘱呢。

我大吃一惊，老爸怎么这把年纪了还这么戏剧化，还写遗嘱，怎么写的？

二哥说，"还能怎么写？老爷子也没什么财产要分配的，写了一篇长文，大概意思是说，生前未能尽夫责，死后要和亡妻葬在一起。"

"他想合葬，咱妈能愿意吗？"

母亲死的时候，葬在青龙山旁的湖景公墓。母亲多次说过，她百年之后要把她葬回上海，葬到姥姥姥爷身边，陪牢爹爹姆妈，她这辈子最开心就是做女孩子的时候。不过这种话完全没有可操作性，因此没人当真。故乡早就回不去了，谁又不是他乡之鬼？当时是我到德国的第三年，课业很重，经济上也拮据，没能回国来送母亲最后一程。父亲花了三天，亲手给母亲扎了一大套纸房子纸马，好在入土之后烧化，尤其糊了大量的书。听二哥后来说，那书糊得漂亮，菱纹花纸做封面，本本都是精装书的样子，还能翻开。有些书，父亲还用毛笔题写了封面，《茶花女》《堂吉诃德》《包法利夫人》《安娜·卡列尼娜》《呼啸山庄》……

母亲活着的时候爱看小说，尤其是爱情小说。她的书我们也翻，但是速度追不上她，图书管理员每次来，放下一捆新的书，然后用解下来的玻璃绳再把上次带来的书原样扎好。常常我们才看了一半的书就这么被带回去了，搞得我们十分丧气，追着让母亲讲完书里的故事。"然后呢？然后怎么样了？"母亲无动于衷，从来不肯给我们透露只言片语，问得烦了，说，想知道自己看。

爸爸说，妈妈在师范念书的时候，浪漫主义，小雨天在池塘里放小船，叠小船的纸上还写着诗。班上很多男同学喜欢她，想追求她，但这种追求大多数时候又不是太顶真，总有点随时想撤退的杂念在里头，因为她出身不好。母亲一开始还会动心，最后干脆统统不搭理。姥爷审时度势，公私合营时早早就主动地把家里的药铺交了，保住了当医生的资格，他和姥姥都被政府安排进了当地的人民医院，姥爷成了外科第一把刀，姥姥一开始是护士长，后来也进修当上了儿科大夫，家里虽然没有以前阔绰，还是受人尊敬的。这种安稳日子没过几年，医院里搞什么"政治挂帅"，两个出过洋的反动学术权威，第一批就被当作"业务挂帅"的典型打倒了，彻底丧失了给人看病的资格。母亲再没有当上大小姐的命，嫁了个丈夫又是牛鬼蛇神，一路下放，婚姻也没有给她提供庇护。有的人一生跌宕起伏，波峰波谷，几起几落，母亲却像抛物线，一旦被抛掷出去，就是一条毫无起色的下滑曲弧。

在高个子教授许诺给我奖学金之后，我并没有如愿去到德国。两年后，大哥得到一个公派去科隆观摩展览的机会，为了我，他从科隆一路跑到布伦瑞克，辗转找上那位老先生的时候已经是夜里十点。大哥问他，你还记得我弟弟吗？两年前在中国的芜城，你看过他的画。

"啊，我记得他。他是个很有意思的年轻人，画得有趣。"

"他还行吗？你还能帮助他来德国吗？"

"可是，我现在不是 DRAD 的评委了，我已经退休，如果他想来的话，必须自费。"老先生顿了顿，又说，"我很喜欢他的画，但是，为什么这么长时间他都不跟我联系？我对他很生气。"

大哥点头，"是的，是的，你也知道我们国家发生了一些事情，我们当时完全没有办法离开，也联系不上您。这两年里，我弟弟一直在盼望得到您的消息。"

"啊，"老头儿用手大力拍拍前额，又说了一声，"啊。"他伸出手来跟大哥握了一握。"对不起，我竟然忘记了这个，是我的疏忽。原来是因为这个来不了！我能为他做的，我一定还做，只是没有奖学金了，这个没有办法。"

于是，三个月后我来到上海，排在德国领馆的队伍里，等待面签。当时通过率并不高，尤其是针对留学生，常常因为语言不过关而被拒签。我突击恶补了德语听力，但依然只是半知半解。捏着我的作品集和一沓表格，一脸忐忑地站在移民官面前。

移民官是个不苟言笑的秃头，眉毛很粗，像在脸上打了两个括号。我马上把几本画刊杂志刊登我作品的报道递呈他面前，指望这能是一个加分项。秃头翻了翻材料，又抬头看看我，问了我三个问题：

Sprichst du Deutsch？（你说德语吗？）

我想了想，摇摇头，说，Nein（不）。

Sprichst du Chinesisch？（那你说中文吗？）

我说，Ja（是的）。

Wirst du immer noch Chinesisch sprechen, wenn du nach Deutschland gehst？（如果你到了德国，还继续说中文吗？）

句子太长，我彻底糊涂了，我盯着他嘴唇的翕动，硬着头皮说，Ja（是的）。

秃子愣了一下，突然嘎嘎嘎地笑了起来，笑得不可自抑，改用英语对我说，"You so crazy！Are you Picasso？"他一边笑,一边在我的材料上,盖了一个通过章,对我说,"OK!"

大哥把他手头的画全数卖给了台湾一个女画廊主,凑钱给我买了飞机票,剩余的两百美金,塞在我的口袋里,对我说,三儿,钱不是问题,你去吧。你肯定会走得比我更远。

母亲听说我要走,托人捎信来,说,我跑不动了,你来看看我吧。母亲后来被发配到偏远的山村小学当民办教师,那个小学连同会计一共只有两个老师,她什么都得教,教语文,教体育,教音乐,教算术,没有农转非的名额,"文革"结束老久了也调不回城。我下了汽车换牛车,下了牛车还得走路,翻山越岭走好远,累死了找到她。看见她的时候我愣了一下,她站在尘土飞扬的操场上,已经是一个老妇。嘴里含着一个哨子在吹,手上提着一大网袋篮球。母亲个子不高,篮球袋几乎拖到了地上。在她身边有很多孩子,有的高高大大,看起来已经十几岁了,有些五六岁,还有的看上去简直才刚刚学会走路,几头猪和狗也旁边拱着,似乎也在跟着出操,篮筐架子都倒了。操场边上的平房前,有一个妇女正在巨大的木墩菜板上剁菜,那菜不知道是剁给猪吃的,还是剁给人吃的。母亲说,哦,那是我们学校的校长。

我来了母亲很高兴,在她的宿舍床底下的纸箱里,摸出好几个苹果,把皮都削了,非看着我当场吃下去。"还是要去德国了啊。"她反复说。我给她讲了签证前前后后的经历,尤其说了那个秃头签证官,她听着很认真,一点儿也不笑。"到现在我德语还不会说呢,有点担心去了以后不适应。妈,德国到底啥样儿?"

她从近视镜后面直勾勾地看我,像要把我印进去,突然踮起脚尖,像小时候那样在我的后脑勺上撸了一把,说,其实我也不知道。你去了,寄照片来给我看。过了一会儿,她又说,啊,想起来了,你早点去,冬天之前就去,那里冬天屋子里头有暖气,比咱们这儿暖和。

这是母亲留给我的最高指示,于是,紧赶慢赶,抢在那年冬至到来之前,我背着我所有的笔和颜料,飞向德国,飞向我的异乡和她的故乡。

画已经画到了最后阶段,快要完工了。一旦完工,我就打算跟姐妹俩讨回欠条,就此别过。站在画前端详的时候我有点难以置信,这幅画完全不是我以往的风格,而我通过它似乎实现了某种创作上的探索和传递。它让我想起初到欧洲,在美术馆流连的那些日子。欧洲古典主义油画,完美到让人狐疑关于绘画的所有事情其实都早已做完了,所谓艺术史,不过是一部退步史,后人已经再也无法往这座大教堂上再添片瓦。但是,画画的人偏不信邪,他们硬是一棒一棒地交下去了,印象派、后期印象派、野兽派、超现实、立体主义、极简主义、抽象表现主义、达达、波普……我怀里揣着水壶和干面包,眼珠子由于过度凝视而凸了出来,但内心却凹下去,等待着被注入,被浇灌和填满,谦逊又富足。海伦和玛丽，在我的画里，像文艺复兴时期的少女一样有种雾蒙蒙的贞静，虽然她们褐黄的头发之下是中国人略显扁平的脸庞。

这天下午，她们来得稍晚，脱衣服的时候，我觉得玛丽有点不自在，后来我发现了原因，她的左乳有一个血豁口，还没结疤，身上还有明显的烟头烫伤。画到那里我梗了一下。

你不用假装没看见，我知道你看见了！海伦呛了我一句，然后竟伏身在沙发上哭了起来。

我都不哭，你哭啥。玛丽推推妹妹。已经不疼了。

我站起身来，走到窗子前面，望向窗外。

过了一会儿，玛丽披上衣服，走到我旁边，她不看我，也看着外面。说，所以你要把我们画得好看一点，我们不会永远好看下去。我们的好看都特别特别短。

我没说话，她接着说，你知道金姐吧，听说以前也是天上人间的头牌，才几年？现在她老成什么样子了？

那天后来一笔没画，我们喝了很多很多酒。海伦喝高了，咕噜咕噜讲个不休。她说，你知不知道，我们一开始特别讨厌你，特别烦你，想讹你一笔的，你个破老头子。

我很愕然，我并没得罪你们啊？

你得罪了！你就是得罪了！

海伦说，她和姐姐，是整个天上人间最漂亮、生意最好的姑娘，那天，罗胖子憋了劲，给妈咪塞了钱，才从别的客人那里把她们俩"匀"出来招呼我的，而我竟然对她俩无动于衷，就好像她们是两个丑八怪一样！这也就罢了，我居然还揪着自己丑陋的裤头婆婆妈妈地跟她们做了半天思想教育工作，问她们有没有男朋友，有没有成家，为什么要出来做这种事情，这样不好……唠里唠叨，完全是个唐僧！

"我有没有男朋友关你鸟事啊？我爸都不管我，你凭什么管我？！你看着我们的样子，就好像是在可怜我们！老娘要你可怜？！"

我忍不住打断她：你讲点良心好不好？难道你喜欢我跟别人一样欺负你们？我碰都没碰你们，而且我还加倍付了钱。

对啊！我就是贱啊！你不知道我很贱吗？她应该是醉了，直着嗓子喊。付了钱就要取货啊，我就喜欢客人急吼吼的，我就喜欢好色的客人，对着我淌口水！客人给我钱，我哄客人开心，这就是价值啊！我们也是有职业精神的你懂不懂？要是你在街上给人画画，别人过来，扔给你钱，却死活不肯要你的画，你会怎么想？难道你是要饭的吗？她终于口齿不清起来，把一颗毛茸茸的头扑到臂弯里去，渐渐不响了。

林老师，别跟我妹一般见识，她神经病，被人捧惯了，气性大得不得了。玛丽也一杯一杯地喝着，眼睛里全是红血丝，神情倒还镇定。她由着海伦又吵又闹，并不解劝。等海伦闹够了睡去，玛丽喝着酒慢慢告诉我，母亲死后，她先到这个城市，挣了两年钱，把妹妹也接出来。她没想过要让妹妹也干这行，一直骗她说自己在酒店上夜班，不过妹妹发现她的工作性质之后，受不了让姐姐这样养着，神经受了刺激，就自己跑去另外一家夜总会应聘。

"我后来才晓得,气得半死,我过这样的生活,就是为了让她不要过这样的生活,她竟然自甘堕落。虽然我只比她大十几分钟,但我觉得我是她半个妈。我气急了,把她揍了一顿,她也回手揍我,撕我的头发,我们对掐对打,一直打到两个人都没有力气了才停下来,一连好多天都互相不说话。后来,我冷静下来,再想,事情已经这样,没办法改变。卖一次和卖十次,也没多大分别。我就劝海伦也到天上人间来,跟我一起干。一来这里提成高,客人也稍微像样一些,二来她性子冲动,在一起我还能看着她,凡事挡在头里。我跟海伦说,趁着年轻漂亮,又是双胞胎,联手一定能红,快速挣够了钱,就永远离开这里,过自己想要的生活。"

她自嘲地笑了一下,给我的酒杯斟上酒,手法娴熟,雪白的手腕内侧细细的青色血管像一条小蛇。"金姐当然很高兴,马上安排我们做了一模一样的头发,置了一模一样的衣服,隆重推出天上人间姐妹花。林老师,你别这样看着我。你肯定觉得我很冷酷,对吧?没错。我是想得太简单了。我没想到我们既然是以双胞胎的概念出山,就肯定会被要求以双胞胎的身份接客的。"她的声音更哑了,"海伦老是直勾勾地看着我,好像故意惩罚我。我崩溃了,那天起我知道我犯了大错。以前不管怎么样,我还有寄托,现在我是在地狱里,永远不能出头。海伦一直信我的话,觉得我们马上就能攒够钱,她每天用手机上网,查房产消息,盘算我们的积蓄,够我们住在哪,买多少平方米的房子,怎么装修,她喜欢那种很酷很酷的家具，但是又要小碎花的墙纸，其实一点都不搭，她还想养一条狗……林老师，你是不是不舒服，你不想听？"

我把脸从手掌里拔出来，请她继续说下去。她发了一会儿呆，接着往下讲。那天晚上从我的房间里被轰出来，海伦就伤自尊伤得不得了，她想报复我，想了很多办法要搞我，最简单就是一次一次地来学校找我要钱。天上人间的女孩一般不做这种事，犯不着，但是讹我如此简单。她们手里捏着我的欠条，想以此为把柄，不断地小额勒索，捉弄我到求饶为止。一个傻到留下真名实姓嫖资欠条的高校老师。我不想闹得身败名裂，肯定只能乖乖付钱。玛丽看拦不住，帮妹妹合计了一下风险：我有没有可能逼急了报警？或者让罗胖子到夜总会告状？甚至找黑道摆平？但一想到我那副老实巴交的蔫样，就觉得绝无可能。"你太要脸，呆了吧唧的，一看就是没在外头混过。只要下手不太狠，然后赶在你发飙之前收手，应该没问题。海伦不是冲着钱，她为出口气。"

海伦蓄了这个心，来找过我几次，我正好请假不在。她以前从没进过大学校园，没想到大学有这么大，只拐两下就迷了路，问了好几次人，最后有个男生主动帮忙，领着她到了我所在的艺术中心。那天，她看见我班上的学生正围着一个芭蕾女孩画写生，那个模特站在一个临时垫起来的矮台子上，脖子和手臂特别长，一只手划过下颌。贴体的芭蕾舞服，除了腰里面那圈支棱着的白色蓬蓬纱，其余部分穿了也像没穿，光线都在她身上，曲线毕露，但是学生们表情严肃，一会儿仰着脸专注地研究她，一会儿把头低下去，在纸上勾勾画画，教室里静得只听见炭笔的沙沙声。

"她回来跟我说：姐，为什么我们就不能被人认认真真地看着呢？那个女孩跟我一样年轻，身材还不如我呢。"

于是她就改了主意，打算让我用另一个方法赎罪，而且说服姐姐一起来。"其实那时候她已经对你消气了，她说，什么画家，简直就是个大傻子。她突然觉得讹你的钱一点意思都没有，她想到了更有意思的主意。"

从那以后，她们再没来过画室，我等了一个星期又一个星期，等待的时候，慢慢把画面上需要收拾的地方收拾完了。那些来不及端详的细节，只能依靠想象来完成。我一贯以想象力自傲，因为我的想象可以不受理性羁绊，随便乱来，当需要我用想象还原真实的时候，我暴露出我最弱的地方：我始终不懂真与假之间的界线。我后悔竟然没有给她们俩拍过任何一张照片，我一边涂抹着她们胴体上高光的部分一边想，我真的能画出她们身上那种复杂性吗？

她们再也没有来，一个月后，我想也许她们永远不会再来了。那天晚上倾情一醉，其实就是告别。我鼓起勇气去天上人间找她们，我有很好的理由，画已经画完，已经尽我所能画得很美，现在她们应该来把属于她们的画拿走。

前厅的服务生殷勤把我往里面引，我站住说，不用了，我是来找玛丽和海伦的。他打量了我一下,说了声请稍等,喊来了金姐。

金姐很客气,一点不像我想象中的妈咪,倒像是个女企业家,妆也化得得体。她请我到旁边坐下说话,示意服务生给我倒茶。"你来找她们,我还要找她们呢,她们已经很久没来了,招呼都没打一声,手机也不通了。"她让我喝茶,不露痕迹地打量了我一下,"方便问问您是她们的什么人吗?"

我顿了一下:我是她们叔叔。

叔叔?没听说她们在这儿有亲戚啊。

你知道她们有可能去哪了么?

哎呦,这就不知道了。一般来讲是不允许不告而别的,不过我们这儿,这种事也多。有挣够了钱收手的,有家里出急事,赶回老家的,也有攀上高枝嫁人的,还有被人追债寻仇,逃出去躲一躲的。有的人走了一段又回来,只要不给店里惹麻烦,我们也就睁只眼闭只眼。

她们住哪你知道吗?

她们自己租房子,好像住得挺远,所以经常来得比其他女孩晚。我们这儿是很正经的高端会所,有人可能在外面做兼职,平面模特什么的,她们在外面做什么跟我们没关系,我们也不过问她们住哪。

她们是哪天走的,你还记得吗?

她笑了。还真记得。上个月 10 号结完工资,第二天她们就没来上班,应该是早有打算。这俩女孩精着呢,尤其是那个姐姐,她们不会给自己惹麻烦的。这样吧,我可以给你玛丽的电话号码,没什么用,我们也打过,一直关着机,不过你可以试试。她掏出一只手机,屏幕巨大,手机壳贴满了水钻,还有一只 HELLO KITTY 的粉色猫咪,这就不太像女企业家了。金姐在手机上翻了翻,查出个号码给我。

我哑然。我以为我得应付一些刁难,起码也是爱搭不理,没想到是这样,客客气气,滴水不漏,职业化程度相当高。我嘴里发干,觉得再做什么也是徒劳,想起身走人,临走前想到又发一问,那,她们俩还有什么关系比较近的朋友,可以打听吗?或者,男朋友?

金姐扶着腮帮子想了一下,耸了耸肩膀:没听说有特别固定的男朋友,好像妹妹之前有一个,后来被姐姐撬去了。要不就是那个男的来我们店里,故意点了姐姐的钟。反正妹妹就疯了,跑来大闹了一场,砸了我们好几个烟缸,把前厅的玻璃也砸碎了。妹妹是那之后才来的,时间不太长,所以我不熟,也可能我记的不对,以前好像她在别的店做。可惜了,姐妹俩挺讨人喜欢。也许找到如意郎君,收手不做了。要是嫁人,肯定就不想再和以前的人有联系了,对吧?

那应该是不想联系了。我点点头。我觉得自己看起来多半像个怅然的痴汉,一个被姑娘们玩弄于股掌之上的人。

金姐礼数周到地一直把我送到门边,向我告别:您是老师没错吧?老师慢走。

后来我再也没有玛丽和海伦的消息，那幅完成了的大画，因为太过碍眼，跟其他画格格不入，被我翻了过去，靠墙里面扣着，直到有一天，我正在画室里面忙活，那段时间我痴迷各种媒材试验，正在往一块画废了的板子上裹药用纱布，糊得一手是胶，电话突然响了起来。

我瞄了一眼手机屏幕，是那种来电号码不显示的电话。回国后这样不明不白的电话渐多，多半是房地产广告，有时候是放高利贷的。心想，不接算了。没想到电话固执地响个不休，脑子里有根灯丝像通了电一样突然亮了一下：是姐妹花！

我手忙脚乱地在裤子上抹了抹手，抓起电话，喂！喂！

电话那头没有声音。

喂？听见吗？

又等待了一会儿，静默中传来了微弱的电流声，我好像听到一个女人喑哑的叹息。我没忍住，对着话筒脱口而出：玛丽吗？

哈喽。电话里传来一个熟悉的女声，是德语：

林，你好吗？我是伊冯。

伊冯，怎么是你，你好吗？我有点吃惊。

我很好。林，我给你写了电子邮件，但是我太性急了，写完又想马上给你打电话。是这样，我把画廊卖了，你知道，我早就想这么做。

卖了吗？伊冯，我应该恭喜你，虽然 UND 做得很成功，但是你该享受你的退休生活了。

林，我记得我跟你说过，以前东德的很多城镇，现在很荒凉，青年人都走了，出去找工作机会，有些地方连牧师都没有了，只要花一笔钱，就可以买下一个废弃的教堂。我现在有了这笔钱。天哪，你真应该来看一看，在萨克森和图林根之间的小镇，教堂不大，很破旧，但是只要好好地修缮一下，它会非常美的，尤其是它里面的雕塑，十六世纪的彩绘木雕，我敢保证，你一定会喜欢。

我一时惊得作不得声，听伊冯在电话里滔滔不绝，说她的大计划。她想每个季节邀请几个艺术家到教堂里做驻场创作，利用教堂的空间展开绘画、雕塑、装置、小型演出。

"西方艺术最初就从宗教里来，它们该回家了。林，你愿意做我第一批邀请驻场创作的艺术家吗？"

"嗯，我不知道。伊冯，这样合适吗？你知道我的绘画风格。人们也许会指责你的，我的意思是，也许会两边不讨好……"

"听着，林，我不是原教旨主义者，而且我可能一辈子也当不成真正的牧师了。我并不苛求艺术家去做跟教义有关的创作，我只希望他们的创作是关乎爱。他可以怀疑，但底线是不要在我的教堂里渎神。天知道，我想把人们带回教堂，哪怕只是让他们有个地方可以坐下来冥想也好。这座教堂已经被抛弃了。我的钱并不充裕，可以承担你驻场期间的食宿，但是机票需要你自己承担,你愿意在选定的时间,比如,今年圣诞之前,过来一个月,我们一起做这个创作吗?林?"

我眼前的空气突然碎了,炸裂出许多幻觉,我看见许许多多碎片,每一片里都携带着信息,我试图一一辨认,它们却把我席卷,吸附进更深的漩涡。Ja,我听见自己用慢吞吞的口气在说:Ja。

双 摆

春花

地震过后好久,周春花都有点儿麻爪爪的,可能脑壳震瓜喽,一说话就着急心跳。她儿子在北京,打电话来家打不通,急得团团转,后来终于通了,刚喊了一声妈,周春花的眼泪就挂起起。

地震来的时候周春花正在下楼去打麻将的路上,突然楼梯晃起来,她以为自己眩晕犯了,扶住楼梯把手,把手也在打抽抽,觉得不对头,天花板上的石膏吧嗒吧嗒往下掉。周春花喊一声我的妈,抱牢脑壳就往外头跑,前脚刚跑出居民楼,后脚楼子就塌了,灰尘呛起老高。周春花人往前一扑,啥子都不晓得了。她晕了大概只有几分钟,醒过来发现自己没有死,浑身软趴趴的,一只鞋子没得了,嘴里吃了一嘴巴灰,她拿袖子撸了把脸,闻到一股腥气。

过了好久,她想爬起来,觉得浑身哪儿哪儿都痛,又动了下,手脚还在,手上不少血,已经被灰糊干了,看不出来伤口究竟在哪儿。

家已经没得了,她身后的五层楼像被人从中间横着一刀切开,前面半边塌在地上,堆起半层楼高,后面五层房间开膛破肚,全部亮相出来,五个客厅,从上到下,第三个是周春花家的,五十五吋的大电视,去年才买的,挂在那个墙上,叫人好不心疼。紧跟到她看见四楼彭阿姨家的电视,居然比她家的还要大,还做了电视墙,紫色大花的,好洋气,还不是一样算球了?周春花心里又平衡了点。她上上下下把小楼看了个遍,五个客厅,每家的布置都很像,同样位置都是一个电视,电视上头挂个钟,有的钟还在走,有的已经停了,电视柜颜色不太一样,样式倒都差不多,后面这半边楼的东西没有毁,就是不晓得还拿得回来不。楼梯都震没了,上也上不去,只能眼巴巴地看着五个客厅从上到下一排敞在那里,就像有人把他们过的日子切开来做成了一根冷锅串串。她在这个楼里住了二十几年,邻居串门还没串全,今天地震才把所有人家里的装修家底都看到了。

地震的时候光顾到逃命,没觉得身边有好多人,现在不知道从哪里全冒出来了,有哭喊的,头上淌着血,不顾旁人的拉扯往屋里冲,要去救家人,110和120都失效了,有人找了锹,在废墟上刨着。

周春花找到一根窗梁木条当工具,按方位来看,卧室房间都震塌了,床头柜里的榆木盒子不见得还能刨得出,里头有存折,有房产证,还有好几条金链子和一个金镯头。市里有好几家金店,因为香港有个周生生,这里的金店,有的叫周大生，有的叫周先生，有的叫周永生。周春花这个金镯头值钱，是正宗周生生。想好了以后晓晨耍女朋友，要做见面礼的。有一条白金链子也是老谢几年前去香港买的，平时舍不得戴，上头有一粒钻石，虽然不大，但毕竟是钻石哟。

老谢！她突然想起来。老谢！

老谢

电话打不通，但老谢还活着，谢天谢地。老谢在的市政公用局几年前盖了新大楼，财务科、工程项目科、企管审计科、稽查科、燃气管理科这些肥嘟嘟的职能部门都搬去了新大楼，老谢所在的行政科和另外几个清水科室还留在灰蒙蒙的老大楼里。老大楼是八十年代初改的，方方正正像个盒子，竟然还挺结实，除了台阶砖头塌了几方，外墙玻璃碎了几块之外，其余没大碍。旁边盖了没多久的新楼倒裂了好多大缝，垮掉一角，同事们哇哇地叫着四散逃窜，有几个情急之下跳了窗子，财务科的小李就跳断了腿杆。

老谢今年四十八，做到行政科科长，发现事业稳定地无望之后，他开始掉头发。先是额头前面落叶飘零，继而脑勺后方也开始潮水退去。办法想尽，不晓得抹了多少瓶生发药水，去发廊里做了多少次生姜头疗，还是不管用。

他想去刮个光脑壳，就跟《还珠格格》里头的皇阿玛一样，眼珠子一瞪，多神气的。老谢眼睛很大，圆溜溜的，配光脑壳巴巴适适。可是机关里面不兴光头，看起来像流氓打手社会人士。老谢只好留牢他的地中海，窄窄一圈头发，满洲人发辫绕颈那样，绕在脑壳上，一道黑色天使光环。

两天后，无家可归的群众都被安置到了绵阳体育馆，周春花没去，她住到了老谢的办公室，办公室有张单人行军床，老谢平时放下来睡午觉的，她睡行军床，老谢打地铺。机关同意住房受灾的员工家属住进办公楼，除了出于人道主义精神，还因为这几天市政公用局忙惨了，通讯抢修，供水，煤气泄漏检修，道路桥梁塌方，应急公用设施恢复，全部都是市政公用局的事情，局长嘴巴上燎起三个大泡。员工家里也都受灾，熬夜加班心不定，还不如家属住过来，互相有照应。老办公楼看来牢固度可以，这是经过地震实践检验了的。

周春花天天晚上睡不好，老是做噩梦，这几天余震不断，他们用了啤酒瓶子倒过来放在地上，作为警报器，一有风吹草动，她马上跳起来，一副被人揪住了脖子的模样。她还是没找到她的盒子。钱在银行，存折丢了，可以拿身份证去补办；身份证丢了，可以到公安局去补办；房子没了，房产证也没了，上哪说理去？他们的房子是单位分的旧公房，房改之后折价卖给员工的，当时便宜得很。现在老天爷把房没收了，政府莫非还会补发房子？要是不补发，现在这个房价，哪个还买得起？她心里头焦煎煎的，没有个底。那天她魔怔了，在废墟上刨啊刨，一心想刨出那个盒子，结果刨到一条膀子，粉红的睡衣上面印着咧嘴的米老鼠，她吓得扔了锄头尖叫起来。

"二楼顾老汉的女娃儿,刚生了小孩回娘家休产假,晚上喂奶睡不好觉,白天打瞌睡,就没走脱。"

周春花惊魂未定,说话老觉得口干。小娃娃午觉醒来哭得凶,顾家老两口心疼姑娘,想给她多睡睡,就把小娃娃抱出去耍,给街坊邻居看看,在街心花园摆龙门阵,倒把小娃娃保住了。

春花抬手抹了下眼窝子,她看到的那条胳膊,就是顾家姑娘的。

老谢累得话都说不动,楼下的顾家姑娘,比晓晨大两岁,小时候两个娃娃在一起玩,手拉手去上学。晓晨那个时候不懂事,大人起哄寻开心,骗他给顾爸爸作揖,晓晨就胖胖地唱一个肥喏,"老丈人好"。老谢拍拍周春花的背,周春花还在擦眼抹泪:以前老讲儿子不听话,现在倒亏得晓晨跑到北京,不在跟前。要是晓晨有个三长两短,我们两个还活不活?

晓晨

老谢年轻的时候是个帅哥,这话不是吹牛,现有证明,他家娃儿就是证明。谢雨晨小时候,浓眉毛,抠眼珠,高鼻梁,乖得心疼。这是他的通行证,骗过了多少人。

地震之后两个月,奥运会将开未开,首都的大街小巷,已经是一派北京欢迎你的气象。谢雨晨正在北京三里屯的脏街喝酒,突然接到他妈妈的电话。"喂?这里听不清,你等一哈。"小虎从旁边凳子上站起来要给他让路,他已经不耐烦,一撑手从桌子上翻了出去,叼着香烟站在脏街中央。两个精心打扮的姑娘从他身边走过,瞄他一眼,他往旁边避了避。

"晓晨,你现在忙不忙?家里有点事要跟你商量。"

"妈你快点个儿说,我还在外头。"

周春花支支吾吾的,事情来得突然,叫她从何说起?老谢这几天回来说,要领养个女娃儿,地震孤儿,单位鼓励认养,出钱出力都行,大多数同事都选每月寄钱,一对一助养,老谢可能是救灾的时候,惨人看多了,不知道怎么竟动了菩萨心肠,坚持要领养一个父母双亡的地震遗孤到屋里头。"是个女娃儿,两岁多,已经学讲话,会喊妈妈、爸爸。"

"你脑壳坏了嗦?认个非亲非故的女娃儿家来养?我们家现在住临时棚户,我才是灾民!我个人还需要资助好不好?"周春花刚听见的时候吓了一跳,赶忙跳起来反驳,胸脯捶得咚咚作响。但是老谢很坚决,"养个女娃儿嘛,又花不了好多钱,这些地震孤儿,以后上学学费国家肯定有政策的。不过是多双筷子吃饭,我们家又不是养不起,你比比四邻,我们受的损失还是小"。

"多双筷子吃饭,讲得轻飘飘的,这是养女儿,不是养只猫!凭啥子要我管?国家为啥子不管?"

"受灾面太大了,一下子多出来这么多孤儿,马上建福利院都不够用,你让国家怎么管?我们家情况还可以,可以替国家分担难处嘛,都是我们四川的娃娃,我们四川人再不管,哪个管?"

"管起你就捐点儿钱,非要领养到家里头干啥子?你们单位那么多人,人家也没像你这么巴心巴肝的。"

"话不是这么说,我们局长就带头了的,我们科室的老孙也表态说回家跟老婆商量商量,你想,要是老孙都领养了,我这个科长,表现还不如他?财务科那个跳断腿的小李,当场就要领养,不过他没成家,还是单身汉,不符合领养条件,还不给他养呢,他就一下子认捐了三个。"

"小李搞财务的,自己股票炒得多好的,他莫说养三个,养十个都没得问题。"

"你没看到那个场面,感人得很,这些娃娃里头,我相中的这一个长得最心疼,年纪也合适,刚刚会讲话,又不记事。不像那些半大小孩,养不熟。这个养好了,还不就跟你亲生的一样?晓晨在北京,他那个脾气,将来晓得回不回来?等我们老了,跟前有个闺女伺候,多好的嘛,你看看。"老谢掏出手机,眯着眼睛从相册里调出一张照片,像是从档案资料板上翻拍下来的,一个粉头粉脑的小女娃,长得确实好,小嘴嘟嘟的,像个人参娃娃。

长期在行政科,老谢很擅长做思想动员工作,知道适当时候,宜以柔克刚,"以前你不是一直想给晓晨生个妹妹的嘛,一子一女,凑一个好字,我们两个,就是儿女双全的人了。说起来,要不是因为我在机关,不敢违反政策,后头那个娃娃,本来也不用去刮掉的"。

春花噗嗤一笑,"那啷个一样?那时候我多年轻的,现在这把年纪,儿子都要养娃娃了,我还养娃娃?累死个人!"周春花突然想起来锅上还煮着洋芋,连忙跑去关火,出来擦擦手,老谢已经把手机收起来了,正在盛汤,一碗袅着热气的白萝卜汤摆在她的位置。

"我说老谢,你少给我灌迷汤,我说不得行,就是不得行!"

"你看看你这个同志,觉悟太低,好,先不说你。吃饭。"

老谢对周春花很有把握。一个晚上,他没再提一句认养孩子的事情,吃了晚饭就洗碗,洗了碗就专心致志看杂志,一本杂志,翻过来掉过去,看得津津有味。倒是周春花按捺不住了,借口出去买酱油洗衣粉,溜出来给晓晨打电话。

"你说,你老汉儿是不是鬼迷心窍了哦?"她问儿子。

"他不是多小气的?抽他两条香烟都心疼,突然这么大方了?"

"你不要这样说你爸爸,"周春花不乐意了,"你不晓得,地震确实是太恼火了,我们两个的命都是捡回来的,你不在家,都是祖宗积德。我到现在都不敢看电视,看到我就要掉眼泪……"

"所以爸爸变了个人?他这么舍得,是要积德嗦?"晓晨还是呛呛的,像吃了一嘴辣子,"那你跟他说,让他拿钱,送我去法国住几年,我想去学时装设计。"

"好笑人,还时装设计!你一个大小伙子,莫非要去当裁缝？连个英语都说不圆，到了法国，你跟人家四川话摆龙门阵？"

晓晨有点不耐烦，他从四川出来北京混，就是想躲开妈老汉儿，他可不想过他们那种琐琐碎碎的日子。小虎去法国的时间已经定了，过几个月就要走，他要是不跟他去，法国多浪漫的，那还不是放虎归山？不说别人，帮小虎办手续的法国经纪人，看上去就骚兮兮的，多大年纪了，还穿个皮裤，每次看见小虎，行起贴面礼，贴得比胶水还黏。小虎说，"你不放心？那你跟我一起去，我们两个一落地就去登记结婚，法国这个已经合法了"。

雨晨不敢，他心里没底。小虎跟法国老头谈笑风生，他在旁边像个赔笑的哑巴，每次参加完这种聚会，回家还要跟小虎找茬吵一架。小虎搞音乐的，出去了好混，他咋个办？要学历没学历，要钱没钱。老谢肯定不会痛快掏钱出来的。雨晨眼里头这个老爹无趣得很，在单位点头哈腰，回家拿腔拿调，公文写多了，平时开口都不太像人话，现在这么高尚，不晓得是情怀附体还是被单位洗脑了。

小虎跟他讲过，到了法国，不单他们两个可以结婚，还可以领养孩子，找人代孕也可以，外国人真是想得开。现在他们还没领养小孩，他爸爸都要领养小孩了，真是活见鬼。

周春花在电话里絮絮叨叨，她这人凶巴巴的，其实没什么主意，儿子就是她的主意。"我不能松口同意，你说是不是？我天天巴到你赶快结婚，生个娃儿，交给我来带，啷个还有力气拉扯别个的娃儿？晓晨，我们家你最大，你说句话！只要你坚决反对，你老汉儿肯定只好死心了噻。"

春花

抽水马桶呼啦一声，春花提起裤子，猛吸一口气，才把裤子前面的扣子扣上。不晓得哪个造孽的人发明了低腰裤，站到的时候，把小肚子推在上头，一蹲下来，又把半拉屁股露在外头，但是一溜烟的时髦小店，卖的全是这种倒霉裤子。例假还没有来，也许从此就再也不来。她把裤子又往上拽了拽，确定裤脚管没有被踩在脚底下，才走到洗手台前头洗手。

春花家没装全身镜，导致她对自己的评价体系始终不够全面。她的脸长得讨巧，下巴尖溜溜的，皮肤保养得也好，但是身材就有点往横里头走。有时候跟老谢走在一起，从后面看，比老谢还宽出去一拃。但是她后头又没得长眼睛，所以她对自己还是满意。

最近这半年，春花觉得自己明显下坡。她看看镜子里头，脸干得像绷了一层黄裱纸，配上两个红颧骨，戏台上的老旦才这副样子。要怪也怪上个星期头发没有烫好，小区门口理发店那个女的，做头发的时候老是埋个头，眼睛飘啊飘的，跟她讲话也不好生听到，把头发烫得这么毛扎扎的，像顶了一只芦花鸡。

她旋开一个瓶子，往脸上抹化妆水，人家送老谢的，贵得很，上头一个中文字没有。她把瓶子举起来对着光线看了看，也真这个小丫头，最近肯定在偷偷用她的化妆品，已经被她发现了好几回了。

"你看看这个女娃儿，人不大，心眼不小，一声不吭的，刚才她出去，你看到她两片红嘴巴没得？还有那个眉毛，涂得淡以为我就看不出来？"几天前她跟老谢抱怨。

老谢笑得满不在乎，"大姑娘了，要漂亮也是应该的，你老是不打扮她！我们家真真成绩那么好，怕啥子？"他几乎是有点得意了。

"你懂个屁！她才六年级，只要一动了骚心思，分分钟成绩掉给你看，哼，我见得多了，女娃小学拔尖，到了中学就考不过男娃。现在小孩一个个营养太好，小学就来月经，青春期都提前了，还没上中学就开始耍朋友，不盯紧点，你当了外公还不知道！"

"你不要瞎鸡巴说！"老谢生气了，还拍了下桌子。

这几年，老谢脾气越来越大，在外头被人捧习惯了，回家了还端个架子摆个谱，春花在心里头撇嘴，怪不得人家说，男人有权就是胆。

对老谢，春花是服气的，不管咋说，老谢是审时度势的英雄好汉。当年给地震婴儿喂奶的"最美女民警"，马上火线破格提拔为副政委，这就叫觉悟。收养孩子的事情，事后证明，还是有眼光，一步棋走对了，老谢觉悟高，觉悟高了，位置才能高。但有一点不好，老谢被提拔之后，晚上回家越来越晚，回来寡着一张脸，问多了，就说：累。春花心里头有点慌，总觉得男人心思不在家里头。头上那个鸡窝，梳下去又翘起来，她气得把梳子一摔，不行，她得找那个女人去。

林红

林红早上起来，第一件事情是打开电热水器开关，然后扫地。水热了，脖子里围一条毛巾，就拧开水龙，弯腰洗头。以前在发廊当小妹，老板啬皮得要死，唯独在早上供应热水让员工洗头这种事情上很舍得，还鼓励他们经常染发烫发换造型。所有发型师和助理，每天发廊开张之前，先到店把自己的头发洗干净，吹得劲劲头头的，这不光是员工福利，是硬性规定，老板要检查的，发现不合格，当月奖金要扣钱。一个发廊里头的人，自己发型都不时髦，还有啥子说服力？

盘下小区门口这个连家店，自己当了发廊老板之后，没人检查了，但林红老习惯不改。洗完头，吹头发，然后坐在镜子跟前，早上一般没得啥子客人来，可以安安逸逸地化个妆。她天生眉毛淡，晚上洗个脸，眉毛就没了，早上起来要重新画回去。她嫌文眉不自然，像蜡笔小新，每天她的两条眉毛都是削尖了眉笔，绣花一样，一根毛一根毛画出来的。

这个小区，中老年人多，年轻人少，平时大多是洗剪吹，染染头发，焗个油，烫发的少，说服客人充卡就更加难，还有些中年妇女，喜欢把头发高高的吹成一团云鬓，喷大量的发胶，直到发型变成一个硬壳，睡觉都睡不塌，顶着这个乌龟壳，可以好几天不梳不洗。林红最最讨厌这种发型，过时过到解放前，也只好闭着眼睛给客人做。发廊是个伺候人的营生，钱不好赚。唯一房租便宜，她不是本地户口，按理不能租这个政府灾后安置的廉租房，是开了后门，才寻到这个连家门面，安顿下来。

林红年纪不大，开店是次要的，主要工作还是想寻个好男人。她生过一个女孩，孩子的爸爸还算负责任，想办法把小孩接过去养了。她如果另外嫁人，也没啥子拖累。

左边眉毛才画了一半，周春花气呼呼地过来了，"我说，你给我烫的啥子头，你看看你看看！"

林红赶紧放下眉笔站起来，"周姐，咋个了嘛？"

"跟你说了又说，顶上烫薄一点，卷子不要上太多，你看看，蓬得像个狗熊，你叫我咋见人嘛。"

"你先坐一哈，我看看嘛。"林红拿出梳子，在周春花的头发上压了压，"给你用的是最大号的卷子，很自然的，新烫的头，卷度会明显一点，过几天就好了，你把头发打湿，上一点发蜡，就服帖了。"

"我不要，我不喜欢搞得头发油里呱叽的，你给我重做！做不好就退钱。"

"好嘛好嘛。"林红有点心虚，连忙安抚，她拿了直板烫的夹子过来，"其实效果很好，时髦得很，你主要还是没有看惯。你看这个样子行不行，我把你上头这一部分的头发拉直一点，刘海和下面发梢部分不改，这样看起来比较自然。"

"我是在你这里烫坏的，你要负责。"周春花看见林红脖子里头挂了一个白金链子，上头一粒钻石，细小的光芒像冰针一样刺过眼睛。

"你放心周姐，都是一个小区的街坊邻居，你在我这里烫头，一个月里头，任何不满意我都免费帮你调整。"林红熟练地把周春花头顶的头发分缕，甩到一边，夹了起来，一边做，一边赞叹。"周姐，你这个头发，真是又浓又密，发量是普通人的好几倍。"林红想，都是一家子，老谢倒偏是个秃头，头发全叫这个女的长了去。

周春花有点高兴，"就是哟，你没看见我年轻时候那两条大辫子，一个辫子比人家两条还粗些，头发厚，烫了还要显多，哎呦，你轻点儿！"

"对不起对不起，头发打结，周姐，你头发就是太硬了，头发多了，头皮营养就跟不上，头发太干，也容易蓬。我建议你，再做个滋润护理，或者做一下生姜头疗，一个疗程做下来，保证你又顺又滑，摸起来跟真丝一样。"

"你不要趁机推销，一个星期里头，又是烫弯，又是拉直，头发伤得狠，也要给它喘口气，你要是一次性做到位了，我也不得这么麻烦，你要是免费给我护理，倒是要得。"

"你讲笑哦周姐，免费我不要搞破产了，最多打个折扣。就算工费我不收你的，材料成本钱我省不掉哟。"

两个人正在笑眯眯地咬着牙齿拉锯，周春花的手机响了，她喂了一声，示意林红关掉吹风机，"宋老师，啊？我们家真真？真真没事吧？好，好好，我马上到学校来。"

春花急忙地出了发廊，林红竟然紧张兮兮地跟到门口，脸上只画了一边的眉毛挑起来，看上去十足惊异。春花不耐烦地对她挥挥手："你回去，不用送，我有点事要去下闺女的学校，生姜头疗下回再来做。"

也真

老谢没看错，也真是个美人胚子，当时所有领养手续都是老谢一个人去跑的，春花气得在家里装病。女孩的妈妈是自贡人，户口本上本来是随妈妈姓，老谢左思右想，要给她改个好名字。他从"地震"里头拆字出来，"地"字里拆出来一个"也"字，"震"字拆出来是"雨辰"，又合了她哥哥的名字，于是用这个"辰"字的谐音，叫"真"。也真，这一切都是真的。

春花嘴上虽凶，看到抱回来的女娃娃，倒也有几分喜欢。说来也怪，雨晨刚听到这个消息怪腔怪调的，后来竟反过来做他妈妈的思想工作，态度还很坚决。这个女娃娃来得及时，雨晨趁家里父母乱作一团，一咬牙去了法国，几年了都没回家，电话里听起来，是要移民留在法国了。春花的厂子效益不好，老早内退在家，天天打麻将，赢了还好说，输了就跟老谢吵架。有个小孩丢给她带，咿咿呀呀，要吃要喝，上学了以后还要管功课，倒把她的生活填补起来。

地震之后很长一段时间，到处乱哄哄，市政公用局任务很重，地震暴露出来好多工程质量问题，之前负责市政工程项目评估和招标的部门脱不了干系，局长自己也颜面无光。不过整个大环境是不追责、不激化矛盾，应该还是安全的，当下也就不便多说。地震之后半年，把原来负责工程项目科的科长调去了一个闲职，挂空起来。

工程项目科是个肥缺，震后重建责任重大，短时间里要找个靠得住的人不容易，外头调来不知根不知底的绝对不行，想来想去，行政科的谢科长是个人选。老谢虽然没有工程方面的业务经验，但工程科二把手还在，事务上可以辅佐，一把手被调走，没有顺位提拔二把手，就是一个震慑。老谢的优点是嘴巴牢，不多话，资历深，行政科跟各个科室都打交道，工作上手快，群众基础也比较好，比较容易服众。老谢本是个没有指望再升的人，虽然级别上是平调，但从实惠程度来说，也等于提拔了，老谢肯定感恩戴德，将来收为己用就不成问题。

也真这个闺女，像是老谢的福星，自从这个女娃儿进了门，工作上连连交好运。两年后，地震受灾户安置，安居公寓低价出租或者出售给受灾户，交够一定年限的租金以后，房屋的使用权就归住户所有。他跟春花收养了地震孤儿，算是个楷模，单位考虑到他家里添了人口，还特别给了优惠政策，为他申请了一笔特殊补贴。他跟春花一商量，干脆就把安居公寓的出租房买了下来，价格很合适，虽然地段不如以前的老房子，但是面积舒展多了。

老谢换了科室，过得扬眉吐气，以前唯唯诺诺都是权宜之计，只要给予足够的训练，人人都有一颗雄起的心，连春花对他都比以前巴结许多。

话说春花赶到学校，碰上也真的班主任也从校外往里走，旁边跟着也真和一个鼻青眼肿的男同学。

班主任宋老师是个长马脸男人，皮肤很油，四十多岁了鬓角还很为难地爆着几粒青春痘，他跟春花打个招呼，"也真妈妈，你来了，去办公室坐吧。"

办公室在二楼，一路走去，听见学生朗朗的读书声音，"《背影》。朱自清。我与父亲不相见已二年余了，我最不能忘记的是他的背影。那年冬天，祖母死了，父亲的差使也交卸了，正是祸不单行的日子……"

中间一个教室就是也真的教室，见他们走过，几个学生好奇地探头探脑，朝他们望。

也真目不斜视地向前走，一副坚贞不屈的样子，以为自己是女烈士。

到了办公室，宋老师很客气，还给春花搬了张凳子，"我们刚刚从派出所录完口供回来。"

"啥子，派出所？"春花吓了一跳，她狠狠地剐了也真一眼。"个死女子，闯了啥子祸？"

"嗳嗳，"宋老师从嗓子里挤出几声，以示安抚，"事情是这样子，谢也真上学路上，遇到申阳，结果走到螺丝转弯，有三四个小流氓，都抄了棍子等在那里，冲出来劈头盖脸，把申阳打了一顿就跑了。"

"他们人多，我打不过。"男孩低低声地为自己辩护了一句。

春花看也真不像受伤的样子，心里放下来。宋老师接着说，"当时也真在旁边拉架，拉不开，就跑到旁边小卖部打了110，警察来的时候，人都跑光了。我让医务室医生给申阳简单处理了一下伤口，就陪他们去了派出所。"

还没说完，门外又来了一个女的，个子很高，穿着棉麻袍子，扣子却是玉石的，平底芭蕾鞋，头发盘成一个髻。她看看他们，一开口，说的是播音员一样的标准普通话，"您是宋老师吧，我接了电话就赶紧过来了，我们家申阳怎么了？申阳，你脸上这是怎么回事？跟人打架了？"

"坐，都坐下说。"宋老师又搬来一张凳子，三言两语把情况跟申阳妈妈又说一遍。申阳妈妈不干了，"宋老师，我们家孩子好端端送到学校来，结果被人打成这样，他又没有招惹别人，还不是别人招惹了他。"她瞄了一眼也真，"女孩子结交一些社会上不三不四的人，学校也应该管管。你们随随便便就到公安局报警，那帮小流氓，下手没轻没重的，什么事干不出来啊？万一记仇了，将来躲在学校外头，再对我们家申阳下手，怎么办？学校负得起责任吗？你们谁保障孩子的安全？阳阳，来，给妈妈看看，眼睛伤到没有？"

也真一声不吭，脸慢慢红涨起来。春花出现在学校已经让她很尴尬了，跟申阳的妈妈站在一起，自己的妈十分拿不出手，头发烫得像个鸡窝，穿一条跟她的身材完全无法兼容的低腰牛仔裤。也真有个从未见过的哥哥在法国，听说是个时髦人，学的是服装设计，不知道为什么不回来给自己亲妈设计设计。听同学传，申阳的妈妈是话剧团的副团长，演过宋庆龄，气质很高雅，之前还一心想要给她留个好印象，没想到第一次见面竟然是这样。她只好瞪着申阳，申阳全无反应，任凭他妈搬着他的头细看，闷声不响。

宋老师有点尴尬，这个女的太会说，字正腔圆的，他估计说不过她，现在娃娃金贵，没事最好不要随便得罪家长。他只好看看也真妈，也真妈看上去像个泼辣人，应该有办法。

春花心里已经有了几分数，就问也真："你个人上学，怎么会又冒出来一个同学？"

"路上碰到的，就一起走。"也真轻声说。

"嘟个巧，正好被他碰到？是不是他约的你？"春花嘴上回护着也真，心里却想，怪不得上个学还要抹唇膏。

申阳妈妈听了不乐意了，"哎哟，儿子，你不说话是要吃哑巴亏啊，打你的人，你认识不认识？"

"不认识。"

"不认识他们怎么会打你？你又没惹他们。"

"在派出所，我跟警察都讲过了。"申阳吞吞吐吐，"里头有个黄毛，以前见过几次，都是放学时候来找谢也真的，不过她不搭理他们的，都是些外头的小混混。"

"我根本不认识他，谁晓得他是什么人。"也真急了，嗓门大起来。"我连他名字都不晓得。"

"认识不认识，我们也不知道，这个事情总是因你而起，小小年纪，要洁身自爱。"申阳妈妈语调轻轻柔柔，但是话不客气。也真气得鼻孔都张开了，她站在那里愣了半分钟，突然对申阳说，"还不是你天天跟我走在一起，他们才会打你，你以为我不知道，你天天躲在那个花坛后面等我，看见我过来，就假装刚刚路过，像个狗皮膏药，甩都甩不脱，烦人不烦人你烦人不烦人？"

春花

回家路上，春花和也真都没有再说话。也真一副要哭的样子，难为她小小年纪还要强，竟然咬紧牙关，始终并没哭出来。两人一前一后上了公共汽车，一人抓住一个吊环，随着车子的开动，身体晃来晃去，没有表情地看着窗外。

这下子晓得男的都靠不住了，早一点晓得比较好，春花幸灾乐祸地想。在办公室的时候，她第一次认真打量这个毛丫头，像是借了申阳妈妈的眼睛，打量一个外人，一个在她家里住了十年的陌生人。

以前她只是一个安静的小孩，发怒的时候，她才看见她也可以是一个拥有破坏力的对手。

不知道从什么时候，这个小丫头片子突然长大了，开始发育了。胸脯把校服微微顶起一点，额头旁边都是毛茸茸的碎头发，如果不偷自己的眉笔描眉，眉毛就淡到几乎没有，两个大眼睛之间的距离比小时候撑开了很多，尤其是生气的时候,连鼻孔都揪起来,表情跟老谢一模一样。还有那个下巴!小时候她是个圆下巴,一按下巴就会笑,现在也长开了,跟老谢一个模子脱出来。老谢的下巴是外国电影里说的那种"屁股下巴",中间有一条凹缝,把下巴分成左右两半,很俊。他们两个还年富力强的时候,她经常捏着他的下巴开玩笑:林青霞就是这样的下巴,郭富城也是这样的下巴。

公交车开开停停,一路拥堵。每天下班的时候,时间变慢,道路变长,好像永远也开不完。有人看着手机,有人看着窗外。周春花望见窗外,日复一日的街道,已经熟视无睹。她希望车一直开下去,可就算开得再慢,总归也还是会回家。

真相其实一直就在那里,怎么她竟没看见呢?

时间泡泡

悬浮地铁站散发着银冷的光芒,车门打开,涌出面无表情的人类。梦境贩卖站的霓虹灯光闪烁。

一个男孩,正在把视听头盔往头上套。

我跟着一个人在火车站的轨道上跑,他边跑边向我转过脸来,那一瞬间我看清了他的脸。

为了赶上某趟火车,我们要通过这个月台,去往那个月台。而这个月台上停着一辆火车,我俩爬了上去。

"快点,火车马上就要开了!"那人转过头来对我大叫。

我正要往下跳,火车已经开动了,我眼睁睁地看着自己被火车带离站台,束手无策。那个人站在旁边轨道上,继续对我叫道:"错了错了,这趟车,是往北京的!"

北京,夜宴。一个巨大的桌子,坐着一众大腕导演,他们在宴请李文,而我被拉来作为陪客,看戏一样。李文全程都在发哮,饭毕,导演顾念之一脸谄媚地拿出了送给李文的礼物。突然天空中爆出礼花，我们坐的大桌子，在露台之上，视野非常开阔，我以为这是有钱人的余兴节目，仰头一看，原来并不是烟花。天空中所有的星座都被金线连接起来了，中间是一只巨大的凤凰，尾羽辉煌，正在喷发流星雨。

这可是难得一见的凤凰座流星雨啊！在座的人纷纷赞叹，喜不自胜。

我在心里嘀咕着：有凤凰星座吗？

对星座，我一向知之甚少，只听说过英仙座流星雨、仙女座流星雨……听起来都是像女性星座。正想着，天空中所有的星星都在掉落下来，像盛大的烟花。夜空极美，宇宙正向我们抖落钻石。

城市里所有的人们都出来了，他们走上街道，赞叹这场盛大的欢娱。每个人都仰着头，没有发现街道上出现了像潮水一样多的黑色虫子。这种虫子又像蛆虫，又像甲虫，是一种会蠕动的带壳的虫子。它们窸窸窣窣，爬上人们的脚面，然后又顺着裤子爬上小腿。我的裤腿里爬进了好几只，它们随即开始啃咬。皮鞋上布满虫子，淹没了我的脚。

我大骇，尖叫着跳将起来，不断跺脚，想把虫子抖下去，但却越抖越多。先前只顾抬眼望天的人们终于发现不对劲了，所有人都在惨叫，跺脚，乱跳，浑身拍打，有的人全身都爬满了虫子，虫子越来越多，终于占据了城市里所有的平面。

……

我大叫一声竖起来，闹钟鸣声大作。我叹了口气，又跌回枕头上，数着自己悸动的心跳，慢慢恢复正常。

这种觉睡了比不睡还累，但是此床不宜久留，我懊丧地爬起来，前去尿尿。

二十五分钟后，我已经出发在去博物馆的路上，每天早上九点打卡，每个月累计迟到五次以上，我将失去全月工资的一半。人们先是按照人的样子设计出了机器人，接着人们就开始用管理机器人的方式来管理人。

大家曾经以为，当AI盛行之后，人类将因为清闲而变得多余，他们错了。这种历史时期只维持了相当短暂的一段时间，最初的幸福过去，游手好闲的人类变成了地球上最大的灾难和不稳定因素。最后，政府不得不武力逼迫人们回到工作岗位。他们取消了大量机器可以代替的工作，重新启用人力。大家一致同意，让世界维持原状可能对人类比较好。在多次全球领导人大会、激烈的博弈和争吵之后，各国政府统一封存了很多人类业已掌握但却可能导致系统性崩溃的高新科技，比如说永生。

但是科学依然在高速进步，这台机器一旦开启，就永远关不掉了，就像人类的好奇心。大多数国家继续秘密从事各个领域的尖端研究，只是他们不再像以前那样，一有科学上的重大突破就喜滋滋地发布科学论文和科普文章向老百姓吹嘘了。

当然这些都跟我没有关系，我只是上班地铁里一个愁容满面的男子，在胡思乱想的时候依然能闻见自己嘴巴里的臭气，刷牙都没用，那是噩梦的味道。

经过梦境贩卖站的时候我加快了步伐，老秦还是看见我了，他从格窗里探出头来，大声跟我打招呼。可我来不及把我的梦卖给他了。

"早上好，程墨，欢迎回来。"博物馆门口照例排着长队，我从另一侧的员工通道进去，人脸识别装置认出了我，报以电子化的甜美女声。我习惯性地微笑点头，像是对着空气寒暄，忘记了对方只是一个机器。然后继续往前走。

"你终于来了，"真实的女声没有那么客气，"你来晚了。"汤铭铭把一件白大褂拍给我。她已经穿好了，她穿什么都要勒出她的腰身，连工作服也不例外，她的腰像刀片一样薄。她很少笑，总是抿着嘴，因为牙齿有一点龅。她是我们博物馆最出色的研究员，尤其在史前文明这一块，很多独创性的研究方法和假说，都是在她的带领下开启的。

"咕噜可没判我迟到。"我嬉皮笑脸地说，一边套上白大褂。

咕噜是我们博物馆的内部管理系统机器人，也就是进门时我听到的那个甜美女声，不知道它的设计者抽了什么风，竟然给这嗲姑娘起了"咕噜"这样的名字。

汤铭铭不置可否地耸了一下肩膀。"巫留已经等急了。"

我们穿过长廊来到实验室门口,她按下几个按钮,实验室的门打开,巫留美貌的眼珠瞪着我,我倒吸了一口凉气。

我对她的样子烂熟于心,但每次劈面相见,还是觉得眩晕,心脏猛捶几下。常有人争论埃及艳后和纳芙蒂蒂谁更美艳,我想,以后,这个名单里应该加上巫留。

她跟纳芙蒂蒂一样,拥有一个长到不可思议的脖子,角度前倾,后脑勺很深,似有惊人的脑容量,脸比纳芙蒂蒂更神秘,两只眼睛分得很开——"像比目鱼一样能看270度吧。"汤铭铭说——这有点夸张,不过她看你的时候,目光好像能把你往左右两边扯开,中间是她的鼻子,锯子一样,高而尖锐,朝你直锯过来,嘴角一点讥俏的微笑,像看着她的刀下之鬼。

"怎么办?我觉得我爱上她了!"测绘师小李夸张地托着自己的腮帮子说。"我被掰直了?"

"你照样当你的小受,"汤铭铭耸了下肩膀,"我猜巫留是雌雄同体的。"

小李朝空中扇动两手,笑得近乎娇喘。但汤铭铭一点没笑。我看这个女人多半也是雌雄同体的,在实验室里,她比我和小李都更像男人。

一开始我们以为巫留的眼珠是古琉璃烧制的,把上面的风化层做了小心的清理之后,发现那是暗绿色的宝石,根据化学结构分析,这种墨绿宝石并非祖母绿、高古绿松、碧玺、沙弗莱这些常见的绿色宝石,它的结构更接近黑钻。

黑色钻石硬度跟钻石相当,但成分并不相同,成因迄今是谜。有科学家认为,黑钻是超新星爆炸的产物,他们在黑钻中发现了大量的氢元素,表明它来自富含氢元素的外层太空,甚至早在地球诞生之前,黑色钻石可能就已经存在于宇宙之中了。黑钻出产极为稀少,目前已知的只有中非共和国和巴西,南非也有极少量的发现,出土于中国湖南的巫留是怎么拥有这一对奇幻眼珠的呢?

巫留是去年在一处大型墓葬中被发现的,刚刚发现这个墓时,考古人员猜想可能是一处王公贵族的陵墓,墓葬规制十分尊贵,保存也完好,并无被盗痕迹。开掘之后,墓中没有发现骨殖,更像是一处衣冠冢,有亚麻的织物、青铜礼器、陶器、漆器、绿松石器、玉璋、玉琮,最惊人的发现就是这尊雕像。

雕像的身份是从随葬青铜器上的铭文确认的,从铭文上我们得知,这个叫"留"的女子自西而来,善卜,能医,通晓生死,被尊为大祭司,八方有惑,咸来问辞。除了面目模糊的随葬俑之外,华夏文明历来甚少为凡人造像,同时期几乎找不到同类的出土物。头像的雕刻风格也有外来文明的影子,石像背后刻有文字,这些文字跟青铜器上的铭文相去甚远,难以辨认。

学术界早就开始启用计算机识别古文字了,他们利用人工智能的图像捕捉和识别技术，开发出大型复杂神经网络的 Deep CNN（深度卷积神经网络），在海量数据训练之后，Deep CNN 学会了利用现有的青铜器铭文字库来辨认古文字。

AI 技术被叫停之后，人工智能计算机的学习能力也止步不前。它们像智力停止发育了的孩子。机器识别系统依然可以辨认大部分的甲骨文字，但是不再融会贯通，尤其是抽象映射能力和泛化能力，一旦字体字形发生变异，就难以随机应变。

"要是现在还能找到古文字专家就好了。"

"你想找哪个？王国维，杨树达，容庚，陈梦家，李学勤，裘锡圭，董作宾……"小李又说怪话，"活人早就不学这冷学问了，他们只有一个几代单传的弟子，就是计算机。"

"有一个人，可能还活着，"汤铭铭说，"可惜，他早年因为盗卖博物馆的国宝，声名狼藉，早就被文博界除名了。"

"还有一个笨办法，把计算机里的已知字库调出来，然后跟同时期其他可能的文字进行人工交叉比对。不过这样工作量很大，类似大海捞针。"

"哪怕能认出其中一部分字也好，有时候，关键的几个字，也能做出突破性解读。"

"要不，让我试试。"我一直没怎么吭声，此刻从汤铭铭手里接过了从巫留身上拓印下的文字。

星期三，我每周例行的"相亲日"。今天晚上的这个，约在离博物馆不远的一家健康餐厅。这姑娘可能在健身，从交友软件里的照片看来，她身形相当健美，日常也穿着紧身的运动衣。我对那些严格自律的女孩充满敬畏，我更喜欢随意、慵懒、放任自流的女人，虽然她们的身材缺乏管理，相处起来却更轻松，也普遍更有幽默感，我爱能让我开怀大笑的女人。

系统把朱莉推送给我的时候我并没拒绝，除了健身这一点让我有点怵之外，她其他方面看起来都还OK，嗜好一栏里面竟然填的是阅读、摄影和古董。

我点了同意约会的按钮。这种约会，对我来说，不过是一周一次例行发给自己的药丸，类似维生素，甚至连维生素都不算，只是那种药物实验里对比组服用的安慰剂。

推开芥绿色的餐厅大门，朱莉已经坐在里面，她很漂亮，看来她在社交软件上的照片并没有作弊。她的头发披在肩上，谢天谢地，穿的不是运动衣。一看见我，就笑了起来，露出很白的牙齿。

"我迟到了吗？"我一边脱下外套坐下，一边问。

"没有，是我习惯性地早到了。"她还在笑，"女生等男生显得有点猴急，但我总是提前出门的，以防路上遇到什么特殊情况。"

"好习惯。"我应和着。我们俩的目光在社交礼仪允许的范围内快速地彼此掠过，互相秤了一秤。每次约会，最让我不舒服的就是开头这十分钟，但这十分钟总会过去的。

朱莉打开菜单，开始点菜，果然不出所料，她点了一堆素的。

"素食主义者？"

"并不严格，"她耸了下肩膀，"但这个月我是。"

"你想吃啥吃啥，这家虽然是健康餐厅，但他们也有荤菜的。"她安慰我说。

我浏览着菜单上的肉类，不过是些无趣的牛排、鸡胸、三文鱼之类，我胡乱指认了其中一种，要了柠檬冰水。

侍者收走了菜单，我们俩又陷入了相对无言只好注目微笑的礼节之中。但我眼尖，瞬间看到了可以成为话题的东西，那是我最在行的东西，老东西。

"你的项链很好看。"

"啊，谢谢你。"她笑了起来，手下意识地朝脖子那儿抚了抚。

"英国新艺术时期的古董，"我的眼睛依然离不开那挂星芒和鸢尾花交织的项链，趁机欣赏她的锁骨，"著名的GWV款。"

她吃了一惊，很快醒悟过来。"识货！我忘了你是博物馆专家。"

我抓起水杯喝了一口，心里小得意。古董珠宝并不是我的专业方向，不过长期耳濡目染，看也看会一点。辨认GWV款很容易，这类珠宝必定要镶嵌三种颜色的宝石，绿色（Green）、白色（White）、紫色（Violet），这三种颜色的字母开头，恰好也是 Give Women Vote（给女人选票）的缩写。经历过维多利亚时代的大英帝国国力前所未有地强盛，到了二十世纪，女性地位日隆，开始团结起来为自己争取选举权。一时间，佩戴三色首饰成为风尚，仿佛进步女性宣言。一般说来，绿色的是翠榴石，白色的是野生海珠，紫色的是紫水晶，都不算非常昂贵的宝石，新贵或中产阶级的妇女都能佩戴得起，更保障了这场运动的普及性。

"所以你是女权主义者啰？"我问她。

她哈哈哈地笑了，"真正的女权主义者会觉得靠戴首饰来宣扬政治观点，是在物化女性吧？好像我们除了臭美，就没别的办法了。"

她停了一下，又说，"现在女权主义者应该都在产房外等着男人生孩子呢。"

这时候点的东西上来了，我们马上吃了起来。我有点饿了，觉得加了芝麻的鸡胸肉很好吃。这个夜晚远比我料想的要好，对面的女伴看起来也足够聪明，我发现我已经在跟她聊起博物馆的事情来。

"出土的位置离子弹库不远，就是之前发现楚帛书的那个地方，但是年代比楚帛书要更早。"

"我知道那个，"她点点头，又问，"所以上古的巫师都是女性吗？"

"不一定，不过女性通灵者确实更多。巫的身份可大可小，有时候，他们结束祭祀之后就会被杀掉祭天，也有一些高明的巫师，有预知能力，能占卜，或者通星相，会成为王族争相延请的国师、帝师，权倾朝野。有些厉害的巫师，地位甚至在君王之上，因为他负责与天沟通，代表神的旨意。"

"巫留属于这一种吗？"

"很有可能，从墓葬的规格和陪葬品来看，她生前权力不小，起码是相当受宠的。"

朱莉歪着脑袋想了一下，"可是你又说她墓里没有尸骨。"

"是啊，是个谜呢，而且她的墓里有象牙、瘤牛和印章，这些都是外来文明的迹象。"

"她好看吗？"

"嗯，"我犹豫着措辞，"不是标准美女。她长得有点奇怪，两只眼睛分得很开，看起来有点凶，但你却会一直忍不住看她，算是个性美女。"

"有照片吗？"

"没有。"其实我手机里是有的，可现在还在保密状态，不能轻易示人。"下个月就要公开展出了，到时候你来看。"

回家路上，我再一次经过梦境贩卖站，深夜这里还是挤满了人。他们戴着视听头套，从机器里下载别人的梦。

我站着等一个快结束的男孩站起来，他眼睛红红的，低头避开别人的视线，走出去了。我接手了他的机器，戴上试听头套，屏幕上出现两个并列的选项按钮：

I HAVE A DREAM

I NEED A DREAM

我刚要按下第一个按钮，老秦看见了我，走过来拍拍我的肩膀。还会做梦的人不多了，看到我这样定期的梦源，老板一般都很客气，有时候他甚至让我免费看看别人的梦。给你点灵感，他说，要是哪一天你们全都不会做梦了就不好玩了。

绝大多数人已经进化得不做梦了，他们只好买别人的梦。梦境贩卖站也卖机器合成的梦，但是人造梦更珍贵，也更受欢迎。像我这样还保持着做梦能力的人，可以在梦境贩卖站上传并出售自己的梦，收入可观。

老秦曾是很棒的造梦师，每天都做极其精彩的梦，人们源源不断地跑过来专门下载他的梦，他的梦在机器里是有署名权的，属于名家名梦。不像绝大多数人贩卖的梦，只能按情节分类。

老秦酗酒，喝得越多，梦越杂花生树，暗夜盛开。如果梦也谈个人风格，那老秦的梦，就像把达利、博西、庄子、瓦格纳以及马克·吐温倒进了同一只调酒器里使劲摇晃，最后撒上一小撮塔可夫斯基作为点缀。有一天老秦像往常一样喝足了大酒，歪歪扭扭，回家酣倒，等待奇梦如约而至，结果一夜黑甜，早上坐起来的时候，他像个喝到断篇儿的人那样茫然。

"我两手空空，一个梦也没有。"

他在脑中拼命搜罗，连一丝片段都打捞不到。从那天开始，老秦就再也没有做过梦，做梦的能力像鸟儿一样飞走了。他尝试各种办法，折磨自己的身体，刺激自己的神经，但无论他喝酒，他不喝酒，他喝咖啡，他不喝咖啡，他嗑药，他不嗑药，他跑步，他不跑步，他节食，他不节食……全都一点屁用没有。他比失恋还丢魂落魄，梦残忍地离开了他，连声招呼都没打。

他曾经做过的梦现在仍是经典，被整理成若干专辑，包装精美、隆重，价格也连续翻了两倍。在"人一生必看的100个梦境"里，他依然榜上有名。可年轻人渐渐地不太下载他的梦了，可能因为太贵，或者太老。

老秦用自己的版税收入，加盟了一家梦境贩卖站。他像一只大蜘蛛一样守着这张网，去粘别人的梦，卖给更多的人。这让他觉得自己跟梦还有关联，方便他遥想能够做梦的好年华。他认真查看每一个梦源卖出的梦，试图从中寻找天才造梦师。

"你最近的梦有点走下坡路啊，不如以前那么吸引人了。"老秦在机器里把我新做的梦归到"惊悚/灾难"的类别之下，标上时长，说，"你要不要看看我新发掘的一个梦源？"

"我看你的旧梦就够了。"我阻止他进一步说下去。已经很晚了，我只想赶紧回家。每次我上传我的梦，这厮都要凑在旁边虎视眈眈，真是怕了他了。我不止一次想过换一家梦境贩卖站，但看见老秦眼巴巴的样子，又于心不忍。况且，这是离我家最近的一个贩卖站。

老秦给我的梦开了个不错的价钱,我点头跟他作别,站起来往家走。真是漫长的一天,运气好的话,今天晚上也许能梦见朱莉。

第二天我到达博物馆的时候,馆门口挂起了临时闭馆的招牌,许多辆警车停在广场上,四面围了安保围栏。不知道发生了什么事。我出示员工证件,警察拨开护栏让我进去。怎么了?我问。警察像没听见。

馆里乱作一团,有人夜闯博物馆,很多展品的玻璃展柜被敲碎,满地狼藉,工作人员在紧张地清点着藏品,还有人在跑来跑去,衣服飘扬在身后。

现在看起来好像并没有东西丢失,汤铭铭说。库房他们没去,只有展厅遭到了破坏。这些歹徒,无论他们的目的是什么,他们似乎并不想洗劫文物。

馆长一脸如丧考妣的表情,歹徒们彻底黑进了博物馆的夜间警报系统,这可太丢人了,红外警报器像被集体麻翻的狗,一声也没叫。

可是这很奇怪不是吗?汤铭铭问我。

是很奇怪,他们是在找什么吗?

博物馆里的文物价值连城,但闯入者很明显醉翁之意不在酒,难道他们费这么多事只是图砸个高兴吗?在确定藏品没有丢失后，馆长长长地松了口气，马上召集全体工作人员开大会。

博物馆必须闭馆数日，一方面要配合警方调查，另一方面，所有的玻璃展柜、展窗重新订制安装也需要时日，紧急安保措施也必须马上出台升级办法，防微杜渐。

我和汤铭铭被抽调去协助史前文明展厅的藏品重新分类整理，对巫留墓出土器物的研究必须先搁一搁了。也好，我正好趁这几天去办点杂事。

"来了？"

"来了。"

走廊上有人跟我打招呼，看着面熟，多半是病友。久住医院也跟坐牢差不多，对外边来的人都很关注。而我看他们都一样，分不清谁是谁。我含糊其辞地点点头，走进病房，看见莫教授躺在床上，鼻子里插着鼻饲管，眼睛闭着，不知是醒是睡。我站在床边研究了一会儿他的眉毛，他整个人都已经停滞了，只有眉毛像抹了生发剂一样，不停地长，长到挂下来，像老寿星，里面有不少白的。

他的眼睛动了动，喉头咕噜一声，睁开眼睛，看见是我，又闭上了。

"你来干什么？"

"你以为我想来？"

他胸口起伏了一下,还是没睁眼,"你别签字,我不想受罪。"

我拿一张纸碰了碰他的手,又碰了碰。他睁开眼睛,我把纸举起来,横在他面前。

"看看这个,认识吗?"

莫教授皱了一下眉头,示意我把床头柜上的眼镜递给他,我帮他戴上,又把病床靠背摇了起来。他盯着我手上的纸,"有意思,哪来的?"

"初步判断是在商周时期,商晚期的可能性更大,能辨认吗?"

"需要点时间,可能要查一些资料。这个文字跟甲骨文有相通之处,但变体很多,又不是同时期常见的鸟形文……你看这几个字,有从印章文明演变过来的痕迹,你回头帮我把电脑带来。"

"身体能行?"

"放心吧,"他抖了抖手中的纸,"这不就是特效药吗?"

看完莫教授,我站在楼外面抽烟,他的主治医生走过来。

"还有多久?"

"不太理想,估计就是这一两个月吧。"

"就没别的办法了吗?"

"手术,不过风险也相当大,他本人拒绝。今天叫你过来,本来想让你劝劝他的。"

"他不听劝。"

"你考虑帮他办出院手续吗?有的病人希望最后能在家里。"

我沉吟片刻,"家人没人照顾。尤其这几个月,馆里最忙的时候。我也腾不出手。"

医生拍拍我的肩膀,表示理解,"要不,你再去黑市想想办法?"

在任何国家,时间都属于特供商品。由政府统一收购,控制产量,提取时间的尖端科技只由极少数科学家掌握。一罐一年容量的纯正时间罐头,价格相当于普通人十年的薪水,这是只有金字塔尖的人才能享有的奢侈品。

我从没见过真正的时间罐头,我周围的人也没有。但在黑市,有不少所谓的民科自行研发的仿制时间罐头,这种交易当然是地下的,价钱也高得吓人,但比政府渠道的还是便宜不少。

因为是非法交易,时间罐头的品质注定良莠不齐。那些买到假货的,或者使用后疑心剂量不足的也不敢报警,有人私下去找卖家算账,都被打了回来。很快,这一行当就被黑社会把持。高额利润加暴力维系,天然是黑社会属性的行业,比毒品还好赚。他们不断推出不同剂量、不同品牌和不同包装的时间罐头。这些罐头真真假假,但为了那点可能的疗效,依然有人铤而走险。

时间罐头的问世说来话长。随着医疗科技的发展，人类突破了寿命限制，越活越长，他们面临一个系统性的 bug，刨除掉那些实在活腻歪了的人自寻死路之外，绝大多数人还是不肯轻易死掉。曾经嫌生育太麻烦的年轻人，现在也乐得生几个孩子来玩玩。毕竟，当你有永恒的时间可供挥霍，孩子就不再是侵蚀，反而成了一种消遣。死亡率下降，生育率上升，地球上的资源迅速匮乏，星际扩张又一直不太顺利。人们开始醒悟到，如果说在此之前千万年的人类历史，都是一部分人奴役另一部分人，那在此之后的历史，恐怕一部分人必须得去杀掉另外一部分人了。

永生技术因此被封存了起来，这被视为全球科技史按下了一个暂停键。按了第一个，就会有第二个。全世界的报纸，用不同的语种发出了天问，《我们还希望科技继续进步吗？》。另有很多相关的争论，让大家吵破了头。在一连串混乱之后，人们达成了基本共识：永生是个好东西，但永生一旦普及，就成了坏东西，科学带来的其他东西也是这样，比如核武器，比如基因编辑，比如 AI……

联合国全球大会投票决定，科学可以继续发展，但是科技的普及和应用，必须慎之又慎。科技成为各国政府重点把控的行业，比军工行业还要机密和显要。日常生活的科技水平，人们选择了退步，各国统一调整回 2019 年 5 月。在这个时间点之后研发出来的任何新技术，投入民用之前都必须进行反复论证和多次全民公投，只有那些确保对绝大多数人有利的技术才有可能进入实际应用,同时国家元首还拥有一票否决权。

他们设计了一系列程序正义又极度繁冗的流程,来保障这一系统行之有效。"把科学关进笼子!"人们叫嚣着。所有民间科研机构全部被收归国有,私自从事科研被定义为违法。科学再次成为了少数人的特权——那个曾经为人类带来过巨大进步、便利、平等和自由的科学。

总有人想偷偷长生不老,位高权重的政要、富可敌国的企业家、还有那些直接掌握这一技术的科学家们,他们忍不住要给自己开小灶,于是人们又设计出一大套互相监督和惩罚的机制。只有那些饱受爱戴的人物才能得到局部翻盘的机会。上个月某个声音如同天籁的女歌手就通过了全民公投,得到了基因重组以延长寿命的机会,但每人拥有这样的机会不得超过两次。

就在这时,时间罐头被秘密发明了出来。当然,政府封锁了消息,人民一开始并不知情。直到黑市上出现了仿制品,大家才发现竟然有这样的好东西。

品名:时间罐头

容量:一年

功能与主治:为使用者提供与容量相对应长度的时间体验,从而达到间接延长生命之功效。

性状:无色无臭,使用时为喷雾状,瞬间消弭。

使用方法：用产品附带的生物电极贴片置于左右太阳穴和前额叶，打开产品顶端的安全阀门，拔出喷头，在使用者头顶部，保持一米左右的距离轻喷，喷完后产品会发出提示音。可以一次喷完，也可视使用需要分多次喷完。

保存：请在密闭阴凉处避光存放，开封后请尽快用完。

副作用：经动物临床测试未发现明显毒副作用。

时间罐头的说明书，像一切可疑的保健品那样语焉不详。不妨让我们举个具体例子吧：如果你今年40岁，而你此生的寿命原本应该是96岁，如果你有本事买通作弊，偷偷给自己用上永生技术，那么你90岁之后就会活在怀疑和监视之中，活过100岁马上会被检举揭发，接受审判，处以酷刑。可如果你在40岁这年消费了一罐容量为一年的时间罐头，你并不会为此增寿到97岁，但是你40岁的这一年会过得悠长而缓慢，每一天都无比从容，一年里抵得别人两年的体验。换言之，时间在你40岁的这一年变慢了，这种变慢，仅你可见。

你当然也可以购买更小的剂量，那样总价会更便宜。如果你买一个星期的量，那你的一个星期会有14天，如果你购买一天的量，你在那一天里会有48个小时。

世俗意义上对所有人都有效的时间，不过是一种刻度而已。一直以来，我们对时间都存在诸多误解，其中最常见的一种，就是以为时间像直线一样流淌。那么，使用了时间罐头之后的时光，就相当于变成了两点之间的一条曲线，曲线跟线段相减，多出来的那部分，就是你赚得的福利。

垂死的老人，用时间罐头增加了自己跟亲人相处的体验。临时抱佛脚的考生，买了时间罐头，好多背一会儿英语单词。终于鼓起勇气约会的羞涩男孩，出门前像喷香水一样给自己喷了时间罐头，跟意中人对视的每一秒钟，都像慢镜头那么意味深长：一颦，一笑，心里面突如其来的一甜，慢镜头里所提供的充足思考时间甚至治愈了他的口吃。

为了秘密制造时间罐头，政府鼓励穷人们出卖他们的时间，他们开出了很好的收购价格，人们趋之若鹜。但这种时间的萃取技术到底是怎么实现的却始终是个谜。表面上穷人们的寿命并没有因此缩短，可他们每一天里的有效时间却暗中消失了。富有之人优哉游哉，长日如小年，贫寒之人忙忙碌碌，弹指一挥间。

集贤街曾经是这座城市的粮食果蔬和水产集散地，现在是贫民窟。鱼虾摊位不见了，但腥臭味道已经渗透进了街巷的毛孔。一到下雨，这里就污水横流，人们不得不穿上套鞋，掩鼻而行。四周招牌林立，几乎每一个平方米上都开着店面，这些店彼此增生的样子仿佛一朵朵暗绿色的西兰花。

人行道很窄，一个穿着紧身裙的女人走过，我刚想侧身让她，她的胯已经蹭上了我的。她娇笑半声，向我投来了待沽的一瞥，卷翘的假睫毛是彩虹色的。

玫红色的按摩院，洗头房，理发店，美甲店，超市，货币兑换，银行，药店，水果摊，算命摊子，菜场，点心店，茶叶行，刀具店，酒庄，干货行，参茸燕窝馆，戏院，鞋店，金银首饰铺，假发店，美妆店，私家侦探社，律所，牙医门诊，正骨中心，讨债公司，打手直营店，器官专卖店，刺青店，乐器行，肉铺，瑜伽馆，婚纱礼服店，香料行，布店，钟表行，米店，服装店，小型赌档，当铺，保龄球馆，健身房，胶囊旅店，钟点房，书店，成人玩具店，儿童玩具店，内衣店，催眠师工作室，酒吧，迪厅，游戏厅，卡拉OK，棋牌室，歌舞厅，电影院，二手服装店，旧货行，唱片店，电子产品市集……一个人一生中需要的所有东西，不出方圆一公里全部可以办齐。凡所应有，无所不有，而且价廉物不美。

唯一物超所值的是大大小小的食肆，这里价格平，客人多，食材流通快，所以格外新鲜味美。曾有好事者专门整理过集贤街"天堂苍蝇馆子排行榜"，出了详细的3D手绘地图，在各大社交媒体上广泛传播，连本国元首和外国元首都按图索骥，亲自来吃点心，人气一时无两。这里就是美食的天堂，天使们挥动着苍蝇翅膀。

但是，哪里有卖时间罐头的呢？

"时间罐头我可不知道，不过我这儿卖另外一种容器。"彩虹睫毛妹妹已经用手指头在绕我的领带了。

我们耳鬓厮磨，我轻轻地对着她的耳边说了一句话，她听闻后脸色大变，一把把我推开，"滚！"

我不滚。我还黏着她。"你不是有什么容器要卖吗，拿我看看？"

她咬牙切齿地指了一个方向，"往东走，香兰讨债公司楼上。"

于是我把领带正了正，转身往东边去了。

香兰讨债公司，看起来就跟健身房一样阳光，一大排透明落地窗，里面摆满了健身器材，过路的人都能看见，一众彪形大汉在当窗表演跑步和撸铁。

落地窗两边贴着对联，字写得相当娟秀文雅。上联是：欠债还钱，天经地义。下联是：香兰一怒，血流成河。

我一边疑惑着讨债公司竟然起了这么娘炮的名字，一边按下了电梯按钮。电梯毫无反应。我又试了试，还是不行，只好从安全楼梯往上爬。二楼是一家卖美发用品的商店，橱窗里满满一整面墙各色各样的发胶发蜡，三楼是一家定做男士西服的裁缝店，四楼是串店，一排人埋头苦吃，店里飘出浓重的椒麻油气味，连地板都滑腻腻的，有点粘鞋。五楼是一家成功学培训机构，公司前台架着一尊红色战鼓，旌旗飘飘，印着"不成功，便成鬼"。旗子下面坐了一个瘦子，身上穿的西装明显就是在三楼做的。六楼玻璃门紧锁，里面人去楼空，一个办公隔断被推倒在地上。此刻我已经爬到顶楼了，没有一家像卖时间罐头的。我甚至爬上天台看了看，天台上有不少烟头，几盆枯死的花，从这里俯瞰弯弯曲曲的集贤街，就像一挂大肠，盘在城市的下腹部。

天台上风很大，把头发吹得乱糟糟的，我捋了一下头发，突然开了窍，转身往楼下走去。我怎么这么笨呢？

二楼的发胶店里坐了一个光头，真是近水楼台辜负了这满屏的好发胶，他的下嘴唇很厚，脖子处好几道褶挂下来，像一只忠诚的沙皮狗。

"先生买发胶吗？"他两手交握，笑眯眯地望着我。

"我想看看，你们有没有，嗯，那种特殊的发胶。"我举起手来，做出在头顶处喷洒的动作。

他看着我，一脸茫然的样子，似乎根本不知道我在说什么。有一瞬间，我怀疑我还是找错了地方。我们就这么僵持了一会儿，光头摸摸自己的脖子，然后伸起一只手指头，恍然大悟似的说了一句，啊哈。

这时，一个细眉细眼的溜肩美人从内室走了出来，穿一件改良麻纱旗袍，弱不禁风，拎一只黑色的塑胶袋，雪白的手腕细得好像要被塑胶袋拉断了。沙皮狗马上站了起来，满面堆笑。女人也笑吟吟地看看沙皮狗，又看看我，说，呦，又有生意？沙皮狗慌忙丢下我，送女人一路走出去。我听见他说，慢走啊香兰姐。

回来以后，沙皮狗明显放松许多，直接问我，多大剂量的？我犹豫一下，说，没来过你们家，先来个三月装吧，我试试货。

沙皮狗点点头，又问，是第一次用吧？我不置可否，眼睛在架子上看来看去。沙皮狗接着说，不建议这样买，如果需要三个月，建议买单月装的，买三罐。分散使用，时间分配更匀质，现在还有新出的缓释版和平行版。他带我看货，满满一货架的发胶，大概都是时间罐头。我不知道平行版是啥意思，正待细问，突然一群警察制服的人从店外包抄过来。

沙皮狗很有经验，他飞快地在柜台下面按了一个键，然后就迎上去跟警察周旋。警察应是早就摸清了情况，已经在搜查发胶货架。一个小警官很有把握地抓起一罐造型发胶，一按喷嘴，怪叫半声，还真是强力发胶喷进了眼睛。其他警察急了，抓起罐头查看，趁机一起乱喷，地上很快被扔得一片狼藉，刺鼻的香味在空气中弥漫。奇了，货架上每一罐竟都是如假包换的发胶。

沙皮狗叫屈连天，他捧出往来货单，向警察自证清白。我趁乱悄悄向门口退去，购买时间罐头也是犯法的，我可不想惹是生非。

退出店门之后，我马上从安全楼梯往下跑，这身西装平时上班挺合身，这时却紧得碍事，每一步都像被人扯着，皮鞋底也太硬，在楼梯上撞出很响的声音，像打了马掌。有一层台阶上我还滑了一下，差点跌下去，我觉得每一个警察应该都能听见我溜了，似乎他们正在我身后追来。

跑过一楼落地玻璃窗，我愣了一下，扭头一看，正是刚才那个彩虹妹妹，她正急切地跟香兰姐说着什么，隔着玻璃窗看见她嘴巴一张一合，像一条脱水的鱼。她也看到了我，一只手隔窗对我指来。

就是他！

我叫苦不迭，赶紧发足狂奔。虽然只有一秒，但我相信我已经看到了香兰姐眼中的寒光。香兰一怒，血流成河。

之前的恐惧现在成真了，我身后真的有人追来了，不是警察，是三个彪形大汉。我口腔里弥漫出血腥味，多半是肺部充血，跑太快了。我拼命绕小路，频繁拐弯，希望能够甩掉这几个巨型怪物。再这么跑下去，我一定不是他们的对手，我得智取。

突然，我灵机一动，朝集贤街尾的关帝庙跑去。三个彪形大汉在路口辨别了一下方向，也向这里追来。

关帝庙一向香火很盛，一开始人们过来求财，求事业顺利，后来，有家上市公司的老总在这里烧香时邂逅了他的梦中情人，一个小他二十四岁的女明星，并迅速闪婚。这夫妇二人都热衷于在电视节目和网络上秀恩爱，女的声称自己爱的不是他的钱，因为认识他的时候根本不知道他多有钱，男的则说爱的不是她的貌，因为自己有脸盲症，根本看不出她有多好看。两人循环论证了否定之否定和无中生有的爱情，很快把关帝庙也捧成了求姻缘的圣地。百年好合的木牌挂满了山门两边的柏树，来求签问卜的痴男怨女特别多。不少古装扮相的算命先生守着"文王课"的布幌和签筒，逗游客开心。正殿前香火缭绕，仿佛是谁投下了催泪弹。三个彪形大汉不得不放慢脚步，其中一个人劈面撞上了一位穿着长衫、戴着瓜皮帽和墨镜的算命瞎子。瞎子正从庙里往外走，似乎走得也急，竟直通通地往三个人身上撞，伸在前面左右探路的导盲杖甚至扫到了其中一人的腿上，大汉一抬手就搡开了他的导盲杖，瞎子应声倒地。

瞎子哎哎哎地叫着，大汉上去就是一脚，喊什么喊，赶紧滚。

他们三人互相示意了一下，决定分头往左右厢房和正殿搜人去。于是我爬起来，抠抠索索地摸到我的手杖，出庙去了。

朱莉问我，"你要不要见见我姑姑？"

"你姑姑？"

再见到朱莉是在我的住所。这是我第一次带她回家，我之前好多次想象过这一场景，但我并没有像我想的那样，一进门就展开暧昧的亲热。我只是紧张到无法在任何公开场合跟她见面。

电视新闻正在播放发生在集贤街的火拼。据称，武装警察今天下午查获了一个非法制造和售卖时间罐头的地下团伙，搜出暗室中的大量违禁制品，在执法过程中，该团伙跟警察发生了械斗和枪击,目前已逮捕七名犯罪嫌疑人,另有多人在逃,执行任务的警察有两人在与歹徒搏斗中因公殉职。

我跟朱莉规规矩矩地并排坐在沙发上,目不转睛地盯住电视,生怕漏掉一个镜头。沙皮狗被绑在担架上抬了出来,好像受了重伤,另几个被抓捕的人中,除了两个面相凶横,其他几人看起来都文质彬彬,应该是研发人员。躺在担架上被抬出来的还有警察的尸体,全部被白色的床单覆盖着,镜头一晃而过,没有看到血迹。

我的小腿肚子此刻还在微微痉挛,下午跑太狠了。

新闻播完了,朱莉转向我。

"所以你现在是被盯上了?"

"应该是,他们看到了我的样子,不一定真的看清楚了。不过,黑市以后肯定是不敢再去了。"

"那你干吗要冒充警察呢?"

"她缠得我心烦意乱。"

朱莉点点头,见我一副怂样,她竟笑了起来,揉了揉我的头发。"你点太背了,这种小概率事件都被你撞上。"

我靠在朱莉的肩膀上,恢复了一点勇气。我想,我已经逃出来了,城市这么大,他们既不知道我的姓名,也不知道我的身份,只要换个发型,从此不再穿这套倒霉西装,不去集贤街,估计他们就找不到我了。这帮人现在忙着应付警察还应付不过来,哪里顾得上找我寻仇?我越想越觉得有理,人一松弛下来,马上闻见朱莉头发上飘出来的淡淡松枝香味,忍不住凑过去亲她。

香兰一怒,血流成河。朱莉闭着眼睛回应我的时候,我脑子里竟然闪过这八个字,极度娟秀,极度杀气腾腾。

朱莉也像突然想起了什么,她推开我,问:

"对了,你要不要见见我姑姑?"

我一时不明所以。这是要见家长吗?为什么不是父母而是姑姑呢?我还没答腔,朱莉接着解释道,"嗯,说起来是我姑姑,其实她比我还小一个月,她是我奶奶五十岁时生的孩子。"

朱莉的奶奶四十九岁高龄怀孕,一开始,例假接连两月没来,朱奶奶以为自己绝经了,根本没当回事,她已经做好准备,打算坦然接受更年期潮热和躁狂,结果却等来了孕吐。

"我奶奶羞愧难当,因为那会儿我爸妈新婚,我妈刚发现怀孕,婆媳俩肚皮都一天天大起来,我奶奶竟然要跟儿媳妇同时分娩!"

为了体面,朱奶奶决定及时结果了这个孩子。她偷偷吃了打胎药,天天在家蹦跶,孩子却怎么也掉不下来。不得已,只好瞒着家人去医院预约流产手术。手术当天,出门的时候,奶奶被门槛绊倒,摔了一跤,小腿骨折,卧床两个月,错过了引产的最佳时间点。奶奶是个狠人,她咬牙切齿地想,一生下来，便想办法弄死这个倒霉孩子。

"也因为动了这个心思，怀孕后期，我奶奶几乎是什么不该干偏干什么，她吃冰棍，抽烟，喝大酒，跳广场舞，熬夜，怎么不合适怎么来。临盆的时候，吃了大苦头，在产房里死去活来了三天，挂催产素，孩子就是不出来。奶奶疼得受不得了，挣扎着爬起来，在产床边扑通跪下，跟观世音祷告发誓，'菩萨，我错了，我一定把这个孩子好好生下来，不管是男是女，是健康，是残疾，我都认了，我绝不弄死她。'"

表了这个态之后，孩子一骨碌就生出来了，滑溜得像一条鱼。奶奶给她起名，单名一个"诺"字。提醒自己不可对神佛失信。

"朱诺？所以你奶奶给孩子起了罗马神话里天后的名字？"我哑然失笑，简直难以置信。朱奶奶你还活着吗？请受我一拜。

"很奇葩吧？你知道，朱诺也是婚姻女神，掌司人类姻缘的，可我这姑姑，偏偏是个私生女，没人知道她爸爸是谁。"

"你爷爷怎么说？"

"我爷爷娶我奶奶的时候就是老夫少妻，那会儿早去世了。我奶奶很酷的，她有好几个男朋友，可死活不肯说孩子是谁的。不过，她倒是让我姑姑随了我爷爷的姓。"

于是，朱诺和朱莉，相差一个月，像一对双胞胎那样长大。从小学到初中，她们俩都在同一个班，可是一个得管另一个叫姑。到了高中，她们就自觉避免了这种尴尬。

"有时候追过她的男生又会跑来追我,这会让我们有一种乱伦的感觉。我们都不想这样,所以中学升级考试,姑姑报考了市里最好的高中,顺理成章地寄宿了。她一直是学霸。大学就跑得更远,直接去了英国。"

"你俩长得像吗?"

"你看到就知道了,小时候很像的。"

朱莉的姑妈长得就像毁容版的朱莉。

不,这么说有点太刻薄了。朱莉长得像美颜相机拍出来的,而朱诺则是用普通相机拍的、没有经过滤镜和美颜的真身。微整形医院可以分别拍下她们俩人的照片,登出去打广告,把朱诺作为"医美前",朱莉作为"医美后"。

朱诺,英国牛津大学天体物理辍学博士,女神,疯子,在精神病康复中心的花园长廊接见了我们。

我第一次到这种医疗机构,我以为精神病院都是铁窗森森的幽闭之所,没想到眼前却是一座花草庭园。草坪修剪得很好,四边长廊环抱。有人在踱步,作沉思状,也有躺在草坪上读书的。草坪上安置着一些木质的连桌椅,供人休憩,似乎我们误入了某个大学的操场。

不远处有个男人,身材特别高大,看上去裤子像短了一截,头发有点卷,汗漉漉的,他穿一件松松垮垮的套头衫,鞋子脱在一边,在他面前的连桌椅上,放了一瓶橘子汁。他试图伸手去够那瓶饮料，手刚伸出去，就跟被烫了似的缩回来，身子也为之一大晃，大脚趾紧紧地抠住了地面。他不死心，又想伸手，又缩回来，他开始咬手指甲，过一会又两手交握，好像在祷告，祷告给了他力量，他突然前跨了一步，勇敢地上前抓住了瓶子。

哎呀，他又败下阵来。此刻他已经痛苦地揪住了自己的头发，他不断地上前，退后，薅头发，天人交战，仿佛那瓶橘子汁是充满诱惑的恶魔，是恐惧本身。男人用颤抖的手捂住了嘴巴，手指的骨节巨大，仿佛随时可以把自己闷死。阳光下他一米八几的个头跟那一小瓶明黄色的饮料已经置换了力量对比，橘子汁才是霸权的一方，而他弱得像个婴儿。

"你看什么呢？"朱莉走了出来，她今天刻意打扮过，鹅黄色的铅笔裙，裁剪很合体，一顶黑白条纹的宽幅遮阳帽，伊斯特鲁坎古董炸珠耳环，衬得脸只有巴掌大。

我心里替汉子着急，我指指他，示意朱莉别出声。

男人心无旁骛，眼里满是痛苦，他又抬手去薅头发，套头衫被带起来，露出一截肚皮。他闭上眼睛，鼓足勇气，终于把橘子汁一把抓了起来。

我松了口气，转身问朱莉，"探视手续办好了？"

"办好了，医生说她现在在理疗，让我们稍等一下，估计二十分钟之后下来。"

我们在长廊里找了张桌子坐下，朱莉在医院小卖部点来三杯瓶装饮料，男子同款橘汁。阳光静好，如果没有刚才看到的一幕，我不会意识到这里是疯人院。

"那是你没看到重症病人的区域。"朱莉扬起下巴对庭院北边努了努嘴。我扭头看过去，只见毗邻的墙壁上缘布了一些铁网，而且立了一排探头和红外报警器。"我们在的这个区域，是给症状较轻、也没有暴力倾向的病人住的，会见一般也在这，看起来比较人性化。那道墙后面嘛，就不好说了。"

这时一个不客气的声音响起来，"这就是你给自己找的男朋友？"我扭头看去，看见了朱诺。她比朱莉略微高那么一点点，头发很黑，眼神也更严肃，眉毛皱着，嘴角向下抿。

朱莉跳起来跟她拥抱，朱诺身体很僵硬，被动接受了这一洋派的甜蜜礼节。她嘴里很嫌弃地说着好了好了，脸上却掠过一丝不易觉察的柔情。于是我们三个人坐下来，一起喝橘子饮料。

"烟呢？"她问。朱莉马上打开手袋，递了一包给她，朱诺撕开包装，谁也不让，叼了一颗在嘴里，自顾自点火，见我盯她看，她衔着烟咧嘴一笑，"这可是我的棒棒糖呢。"

她深深地嗒了一口这棒棒糖，眯着眼睛吐出烟来，拿下巴对我点点，"说吧，找我啥事儿？"

我一时语塞，竟不知从何说起。正踟蹰间，朱莉已经接手，吧啦吧啦说了一通。平时觉得朱莉聪明过人，没想到逻辑这么混乱，东一榔头西一棒，一件事情被她说得支离破碎。

我不忍心打断她，只好由着她说。可能思维跳跃的人都是这样吧。

朱诺没什么表情，眼睛望向虚空中的某个点，我怀疑她到底有没有在听。我有一个瞬间的闪念，这姐妹俩莫非都不太正常？啊，不对，是姑侄俩。这时朱莉也住口了，她也盯着朱诺。朱诺说，懂了。

我一时没忍住，问，懂什么了？

朱诺像看一个白痴那样看看我。说，放心吧，你懂的我都懂了，可能你不懂的我也懂了。

我哭笑不得，不知道该说点什么。朱莉却放下心来，说，那就好。然后很悠哉地喝了一大口橘子水。一时间无人说话，各自喝水，连草坪上那个男人也在喝水，好像某种奇怪的默剧庆典。

又坐一会儿，朱诺把烟头掐灭在烟灰缸里，站起来裹了裹外套的衣襟，说，走吧，带你们去参观参观疯人院。

她领我们穿过长长的回廊，路上擦肩而过的医护人员都含笑跟她打招呼，看得出来，朱诺大神在这里很受重视。一楼门厅上方垂下许多顶黑色的礼帽，帽子上绣着：Crazy Hat。我笑了起来，我们竟获得了爱丽丝漫游奇境的待遇吗？

康复中心的多功能楼正在举办展览，我们刚才看到的帽子，就是布展的一部分。这是一场精神治疗回顾展，名为《癫狂的历程》，参观者竟然不少，其中很多看起来是医疗工作者，或者病人家属。展厅里一眼望去有些恐怖意味，这里陈列的是人类应对疯癫的历史。疯狂自古存在，但直到十九世纪中叶，欧洲才开始有了专门收治精神病人的医院。当时的很多医疗器械，今天看来如同刑具：有把病人脑子紧紧绑住的铁箍；有女病人赤身裸体被钳住接受检查的板床；有浸入冰水希望激走邪灵的封闭浴缸；还有把病人绑住并高速旋转的吊椅，似乎这样就能把滑丝的脑袋转回正轨……对于我们脑子里发生的一切，人类真是知之甚少。

另一个展厅收藏了大量精神病人的艺术创作，这个时期治疗已经趋向人性化，患者被鼓励去做创造性的工作：画画、捏泥巴、手工乃至雕塑，他们甚至被认为是具备了特殊艺术天赋的人群，有人专门收藏和研究他们的作品。我们一幅一幅地细看这些画，大部分色彩都呈两极态势，要么重彩厚涂，艳如迷幻蘑菇，要么只有繁复的黑白。有些画面奇怪地呈现俯视状态，仿佛画者的灵魂已经飘浮了起来，正从空中俯瞰这个世界。

展厅里专门布置了一个房间，里面每样东西都被赋予了人格。这个病人看来痴迷于捏泥巴，成千上万张泥巴捏就的人脸附在拖把、鸟笼、扫帚、丝袜上，眼睛是戳出来的两个小洞，嘴巴是茫然的一个大洞。

不管你转向哪里，都是几百张这样的脸在看着你。

我有点心不在焉，不知道这趟探视意义何在。眼前这个房间也令我惊恐，这些意象如果今晚出现在我的梦里，恐怕又要被老秦归到"惊悚"类别。我正胡思乱想，朱诺从病号服的口袋里摸出一张卡来，刷开了展厅隔壁的门，说，来吧，带你们参观参观我的工作室。

这是一个极其混乱的大房间，堆满了书和仪器，第一视觉印象跟外面那个密集恐惧症的屋子差不多。我很惊讶地看着这些仪器，看起来似乎是实验设备。我对科学仪器知之甚少，但也认出了天文望远镜和显微镜，大量的量杯和烧杯安置在架子上，还有很多奇形怪状的机器，搞不懂是派什么用处的。按说民间研究科学是非法的，没想到在疯人院里竟还有人能拥有这么多科研装备。

朱莉显然之前来过这里，她很轻巧地避开了一只正在移动的机器臂，凑到其中一台仪器前看了看，问朱诺，"差不多了吗？"

朱诺说，原理应该是没错，不过大剂量的还没试过，没有那么多原材料。

她们两个人又互相聊了几句，我只听懂她们提到了宋代的汝窑瓷器。在她们的语境里，我完全是个局外人。为了打破尴尬，我咳嗽了一声，问道，你们不打算跟我解释一下是怎么回事吗？

于是我又在朱诺脸上看到了那种看白痴的眼神，那是一种混杂着不耐烦和近乎同情的眼神。还是朱莉体贴，她笑了起来，亲亲热热地挽住我的胳膊，安抚道，"差点把你忘了。不过，如果朱诺之前的实验结果没错，她就能帮你制作时间罐头了。"

一瞬间我脑中闪过无数念头，我怀疑朱诺就是集贤街黑市的一分子，朱莉可能也是。

这时朱莉已经拉上窗帘，打开幻灯机，对朱诺说，还是你来解释吧，科普讲座，我讲得不如你。

以下部分就是朱诺当天说的话。我只能有闻必录，并不代表我真正理解了其中的全部含义：

几年前我来到这里，原因我就不说了。但很快我发现，要想展开独立研究，没有比疯人院更好的地方了。我已经厌倦了高校，也不想成为政府的棋子。这家医院的院长是我的朋友，我帮过他很大的忙，他也愿意帮我这个忙。

因为周围接触到许多精神病患者，我开始沉迷于精神分析和神经学，尤其是意识的传递，以及意念对物质的扭曲，我发现那在力的形态上跟时空涟漪有某些相似之处。这又把我导回我的老本行，天体物理，进而是量子力学。宇宙是一粒尘埃，尘埃是整个宇宙，每当我们往宇宙中的极大处、极远处探究的时候，都带我们理解了那些最微小、最本质的东西，反之亦然。爱因斯坦，我想逃开这个老家伙，可每次都又绕回到他，绕回相对论为我们描述过的那个世界。但这次，我把研究的重点放在了"时间"这个维度之上。

约定俗成的说法其实不对。当我们考虑时间时，我们总忍不住把它视为一个独立维度，去跟多维的空间去咬合、匹配，但是时间有没有可能也是一种多维结构呢？

人类对时间的认知局限，是因为我们总把自己作为参照系投射进去。人能体察到的自我生命，是一个单向度的短暂旅程，我们认知的时间，也是一段有方向的线性存在，一支从生射向死的箭。——我们以为时间会流逝，有过去，有未来，像一根直线，从无限远的过去，流淌向无限远的未来。因此我们说，"夫天地者万物之逆旅，光阴者百代之过客"，"逆旅"和"过客"，都意味着一个先入为主的视角。从局限性看无限性，犹如坐井观天。

为了破除这一定见，我们不妨先把时间想象为一个空心的圆球，像一个透明的泡泡，它包裹着我们，它在所有的方向上都存在，所以它也就不分方向，没有前后左右，没有过去未来。

那么问题来了，如果时间是一个泡泡，它是包住了我们所有人？还是只包住了我一个人？这个泡泡，是不动的？还是变化着的？

既然这一切都是假说，那不妨让我们大胆一点。从日常经验里我们不难知道，不同的人对时间的感知是不同的，甚至在人的不同阶段、不同心境下，对时间的感知也是不同的。繁忙都市里的人和幽居空谷之中的人，他们的时间流速不同。人在年幼的时候，每一天都特别漫长，而成年之后，日子却过得飞快，几乎是以加速度在流逝。科学家们早就发现，对时间的感知，取决于单位时间内大脑神经束所接收和处理的信息数量，数量越多，则时间越慢。

许多遭遇过车祸、自然灾害或濒死体验的人都曾经描述过这种时间变慢的体验，有趣的是，一见钟情或热恋中的人往往也有相似的描述。原因是一样的，在特殊时刻，人所有感官全部打开，神经变得极度敏锐，因此接受到更多的信息。人在幼童时代也是如此，孩子的大脑神经网络的传导路径比成人短，传递阻力也比成人小很多，这就是为什么孩子的信息感知能力远超成人。

古代人对时间的认知，跟现代人不同，似乎古代人对应着人类的童年时代。在进入现代社会后，时间以加速度飞跑，表面上看人们普遍承载的信息量呈爆炸式递增，我们置身于一个信息碎片的海洋里，但我们的感受力反而大幅度下降，在单位时间内感受到的有效信息因此变少了。

为了便于理解，我们把时间视为一种物质，那么我们可以这样描述：不同个体在不同阶段下，时间的"质量"和"密度"都不相同。

我们所共同拥有的时间，我称之为"社会时间"或"大一统时间"，不过是人为制造出来的一种刻度而已。世间从不该有大一统的时间，就像世间本不会有天然的国界线一样。大一统时间，只出现在精准调校的钟表之上，而且依然要被地球的不同时区所割裂。

这样我们就很容易悟到，时间泡必不是一个放之四海而皆准的共有之泡，每个人在每个时刻都有自己的时间泡，我称之为"个体时间"或"去中心化时间"。 这些泡泡之间彼此存在力的作用，它们会互相吸引、碰撞、挤压、摩擦、排斥、分裂、合并，同时这些泡泡本身也在自旋。

2017年诺贝尔物理学奖得主 Barry Barish 说，"理论认为，引力波可以从宇宙诞生传播到现在，而不被吸收或漫射。我们预计可以用 LISA（激光干涉引力波天文台）做的是，在宇宙诞生 10 的负 12 次方秒后，会有一个电弱相变，改变非常基本的物理学定律……如果这个一级相变发生，就会形成泡泡，就像水中的泡泡，或者水蒸气中形成的水滴。在泡泡中有新产生的电磁力以及新的自然规律，在泡泡外面没有电磁力。这些泡泡会以光速扩张相撞，根据理论推测，会产生引力波"。

天哪！2017年！我怀念科学没有被按下暂停键的好时光，人类在下坡路上的最后一个黄金时代。那时候你可以在互联网上查到你所需要的几乎一切科学知识！而现在我只能把这段话背下来，强行记在我脑子里。

受他的启发，我做了幻灯片来模拟动态的时间泡。你看，想象你自己置身在这片肥皂泡之中，每一个最小的时间单位里（我们称之为普朗克时间）都有无限多的时间泡泡，每一个最小的时间单位内都有泡泡在坍塌和新生。每一个时间泡，都是对上一级时间泡的分形和模拟。每个泡泡都代表了你在时空中存在的一个可能性，你进入其中任何一个泡泡，其余的泡泡就会自行坍塌，下一秒亦然。

"共时性"是我们理解宇宙中万千平行世界的钥匙。当你与他人处在集体记忆、相似情景、相似空间、或者相似的信息认知体验之中时，你们的时间泡泡会彼此重合，形成交集，乃至发生变化。举例来说，当两个相爱的人在一起时，你们共有的时间泡会变大，而你所占有的时间泡越大，你的"个体时间"流速越慢。量子纠缠也是通过共享时间泡来实现传递的。

我们对时间的传统感受是匀速的、匀质的，因为每一个时间泡，都处在"红后效应"之中。看起来稳定、低熵，但无时无刻不在拼命迭代、修补和复制，才能把时间泡维持在一种表面上看起来不动声色的程度。

从这个层面上来理解时间的时候，时间就不复存在了，它本质上就是一种空间。

对于这些无所不在、方生方死的泡泡，人类早就有过最贴切的描述：如梦幻泡影，如露亦如电，应作如是观。

在我试图验证这些假说的时候，我发现政府也在做着同样的研究。以前这些科研进展很容易被查阅，但现在全部封锁了。我以前那些同学和同行，都被招募进了政府的科研机构，然后他们就彻底被禁语了，连打电话都会被监听，因为怕他们泄密。我们再没有办法讨论科学，即使我作为一个疯子都不行。

如果我没有发疯的话，我现在也肯定是这些机构中的一员。要么为他们服务，要么被他们干掉。

医院里的人很容易接触到时间罐头，这是病人最喜欢的探视礼物，总有家人会想尽办法从黑市搞来。我当然不会放过这么好玩的东西，这是我刺探时间研究前沿成果的好机会。

毫无疑问，时间罐头就是基于增加"个体时间"这一原理展开的发明。我在自己身上试用了几个罐头，测试记录了神经元的运作变化，又拆了几个罐头，分析了内容物的构成，这很容易，接着我花了点工夫，破解出了它们的制作方法，这稍微难一些，但最后也搞定了。具体过程我就不展开说了，反正你们也听不懂。

政府和民间黑市分头炮制时间罐头的风潮，让我意识到，我们正处在人类社会的一个关键性的历史时期：我们就像原始社会的原始人逐渐见证了氏族产生和财产私有化一样，我们将见证时间被私有化。

这一类似"圈地运动"的进程会快得惊人，因为对时间的私有化，从一开始就是以垄断和掠夺的方式展开的。时间资源的分配不平等，将取代财富分配的不平等，成为人类不平等的终极因素。

因此我开始反思我们现有的萃取时间的方法，我称为"活体萃取法"，是从活人身上榨取他们未来的时间值，这就必须说服（或者剥削与欺骗）他们让渡他们未来在时间上的可能性。我周围有不少病人志愿让我在他们身上做实验，利用他们来提炼时间罐头，但我忍住了，我觉得这并不是一种人道的办法。虽然这个办法最简单，成本也最低。

我进而想到，既然时间无向性，则我们认识的所谓"过去"没有被固定。换言之，除了从"或然率"中萃取时间，从我们以为的"既然率"中应该也可以萃取到时间。比如从古代器物上提炼出时间，这些穿越时空的幸存之物所占有和携带的时间泡泡往往够大，也许可以实现转化。我做了大量的实验，朱莉从她的古董店先后给我带来了一些北魏石雕的残片、宋瓷和一些明清老玉，想看看不同年份、不同材质的器物，在萃取效能上是否也有高低。

我目前还没找到特别明晰的规律，朱莉那儿的老物件都太小，而且年代不够久远。要是我也能去你们的博物馆砸橱窗，我可能会先试试商周时期的青铜鼎器，尤其是祭祀用的，然后是史前玉器和石器，我还想测试一下汉代老金……反正从古物上萃取时间已经被证明是可行的，而且转化效能比活体萃取高，只是萃取方法更复杂。所以，现在的问题只是：你需要做多长时间的罐头？以及我们是否能找到足量的古物？

我不能否认，当我听朱诺说着这些的时候我心跳加快，可她说完我跌入又一片茫然。房间里很安静，幻灯片的光打在朱诺脸上，在她的脸上也制造出许多泡泡，让她看起来像一条严肃的人鱼，正准备消失在泡沫里。

我突然明白了朱莉为什么会在社交软件上选我约会，我是博物馆研究员，我有大量的机会接触到古物。

我马上打消了这种胡思乱想。现在需要时间罐头的是你自己好不好？我暗暗提醒自己。

"我本来去黑市，也只想购买三个月的罐头。"我说，"不能因为我们留恋过去，就无限延长人的寿命，那是一种作弊。如果每个人都这么做，世界会乱套的。"

朱诺耸耸肩，"你这么想很合理，你就是被科技暂停洗脑的一代。"

"什么意思？"

"你知道以前有过两次世界性的战争吧？战后的青年被称为'垮掉的一代'。那么科技暂停之后的青年应该叫做什么？'傻掉的一代'？"

朱莉试图转移话题，"三个月时间，够他破译出那些铭文吗？"

"开玩笑，如果资料凑手的话，个把月就可以了，莫教授可是最顶级的古文字专家。要不是他现在身体虚弱，每天能集中精力的时间不多，他能进展得更快。"

朱诺突然问我，"从我刚才说的那些里面，你有没有联想到什么？"

我本来毫无头绪，被她这么一问，我倒灵光一闪，像是脑袋里有个电灯泡突然被通了下电，想起来了。"啊，那个！"

我还没来得及说，朱诺就鼓励似的肯定道，"没错！"

"黑市帮应该也研究出这个办法了，所以他们才会去砸博物馆，却不拿走文物，他们多半是带了设备，现场就把时间萃取了。"我急忙说。

朱诺点点头，"朱莉跟我说博物馆被劫，东西却一样没少，我就猜到了。毕竟现在文物有定位追踪，要销赃非常困难，抢劫之后没办法脱手，也是个大累赘。卖时间罐头会好赚得多。"

"所以要么是黑帮干的，要么就是你干的。毕竟你也知道这个方法。"

朱诺耸耸肩膀，"我倒希望是我。可惜我不能离开这家疯人院半步，不然院长不会同意我在这里做科研，太容易暴露了，会牵连到他们的。"

我心想，这可说不准，谁能保证你晚上不会偷偷溜出去？有本事搞定博物馆报警系统的人还能被区区一家医院关住吗？

朱莉说，"黑帮跟政府不一样，他们有充分的动机研发活体之外的萃取源。政府可以用各种名义鼓励平民去做萃取源，黑帮毕竟是地下操作，如果长期只能从活人身上萃取时间的话，牵涉的人太多，很容易招人耳目的。"

这倒有点道理，砸了一整个博物馆的橱窗，需求量应该很大，不太像是眼前这两个个体户所为，我暗自思忖。我正待好好理一理思路，看清我目前的混乱处境，朱诺已经急不可耐地搓搓手，一脸兴奋地问：

"所以，你什么时候能把巫留偷出来给我？"

"程墨,这个人怎么长得有点像你啊?"小李一边喝咖啡,一边在电子报纸上浏览当天的新闻。他最近在节食,每顿都在软件上折算自己摄入的卡路里,咖啡也换成了清咖。

我正在细看金杖上面拓下来的纹样,有趣得很,龙鸟嘴里衔着一枚叶子,叶子上成螺旋转地在滴落水珠,水珠掉下来变成了青蛙。中间两个蛇尾交缠的人,对应伏羲和女娲,右下方还有一些图案难以辨认,隐约能看到兽足和火焰纹。汤铭铭倒是走过去瞄了一眼报纸。"哪儿像了?看不出来。"

"眼睛啊,鼻子也像,要不是程墨最近改了发型……"小李拿着报纸来跟我比对。我不知他们在说啥,接过报纸一看,本地新闻的角落里登了一则寻人启事,上面那张照片,我觉得就是我。但是细看又觉得不像,嘴巴比我更阔,下颌也变方了,眉毛很粗。

> 张群峰,男,36岁,身高1米75,右脸至耳部有黑色胎记,左手轻微残疾,于三日前在北城区失联,走失时身穿深灰色西服,白衬衫,黑色皮鞋,知情者请联系****(下方留了一串电话号码)

"你看,不是我,是个残疾人,个子比我还矮点儿。"我轻描淡写地把报纸还给小李。

汤铭铭有点不耐烦了,她问小李,"你很闲吗?"小李转身刚走，我赶紧用电脑查了一下刚才硬记在脑中的那个号码，显示该号码属于北城区警署。

我接连几天都没见朱莉，我怕我们见面又会陷入不欢而散。我也想不出能把巫留偷出博物馆的方法。

"最近博物馆安保都升了等级，根本没有空子可以钻。如果朱诺能来，那我倒是可以晚上用员工卡带她进去，她可以就待在我的实验室里现场萃取。"

"她答应院长决不离开疯人院的，她这个人一诺千金。"

"所以她就让我犯法？"

朱莉做了一个天知道的表情，"她对法律没概念，她私自做科研也是犯法的。"

"我会被抓起来的。"

"你只要下班时候最后一个走，把巫留的定位系统关掉，包起来放进你的背包，然后第二天上班之前再放回去，以你们现在的安保级别也不至于工作人员出入都要搜身吧。"

"为什么非要巫留呢？"

"她的材质足够特别，年份也够老，石材本身已经是不错的萃取源，她眼睛的材料更加特殊，也许会有意想不到的效果。"

"万一中间出什么岔子呢？"

"还能出什么岔子呢？中间所有的过程你都可以在场，全程盯着我们萃取，萃取过程并不会损坏文物本身，你就当是博物馆的展品正常借出做展览，不也就是这么回事嘛？"

"那怎么一样？借展是公开的，有合法程序，有高额保险，在那种情况下展品有任何损坏和丢失，工作人员不会丢工作，也不会去坐牢。"

"你不觉得值得冒这个风险吗？如果没有时间罐头，莫教授可能撑不过这个月。"

"我还是没把握。"我有点烦躁，"你知道对文博系统的人来说，信誉有多重要吗？一旦我在任何一个环节被人发现，我这一生的职业生涯就完了！你确定朱诺没疯吗？"

"不，她精神上确实有问题。"朱莉有点沮丧，"当时她是在学校里发病的，甚至发生过攻击行为，学校没办法接受她继续完成学业，因为她对其他同学的人身安全有威胁。她本来还差一年就要博士毕业了，而且她是导师最看好的弟子。"

"可是她不是说，她为了继续实验，才主动选择了精神病院吗？"

"那是她的胡思乱想吧。把她接回国以后，这家精神病疗养中心是我帮她联系的，我向你保证，她以前并不认识院长。但她后来确实说服院长让她偷偷弄了个实验室，还有这么多仪器，我不知道她是怎么做到的，问她，她都含糊其辞。"

"她到底是什么病？"

"精神分裂，妄想症，中度躁郁，伴有幻视和幻听。她常常说自己是宇宙中另一个星系的来客，那个星系叫做荷云星系，是银河系的平行星系，类似镜像，但属于更高维度的文明，诸如此类吧，听起来荒诞不经，我也复述不来。我们猜测她发病的诱因是她过于沉迷研究，彻夜读书、思考和实验，她的室友说她常常接连好几天不睡觉，人却极度亢奋，嘴里经常喃喃自语，量子物理的研究深入到一定层次以后，我看也类似玄学。"

"你们都没想过她可能一点问题都没有吗？"

"你是说她是装疯吗？"

"这很难吗？她那天也暗示了这一点，不是吗？她熟悉精神分析法，以她的智商，她知道怎么回答可以骗过医生，甚至骗过仪器。"

"就为了能躲在一个清净的地方做独立科研？"朱莉摇了摇头，"我还是不敢相信。"

"可是你相信她所做的全部研究！而且说服我要帮一个疯子去犯罪，去偷我们博物馆的馆藏！老天爷，要么是你疯了？"

"朱诺在科学这件事上可没疯。"朱莉有点闷闷不乐，"可能是我疯了吧。"

下班之后我又去探望莫教授。医生说，最近这些日子，他每天昏睡的时间越来越多，但只要清醒，他就手里拿张纸在那琢磨。我给他带去的资料和他的电脑堆在床头。

"有一天他竟然跟我要咖啡喝，我可没敢给。"胖护士施施说。虽然丰腴,但她长得美,极深的酒窝陷在腮里,走路两瓣屁股互相摩擦得厉害,把护士服绷得紧紧的,总让人心惊胆跳,担心下一秒衣服就要绽开。每次她走进病房,连终日躺着的莫教授都是肉眼可见的精神一振。

"快了,"莫教授把纸展给我看,嘴里念念有词,我看到他在纸上像填字游戏一样打了格子,大部分字已经被填了进去,只有七八个字还没有确认,以空格示意,周围标注着一些可能的选项,打上了大大的问号。

已经辨认出来的部分是这样的:

天旁逹日月□在战无
而崡陵山□未卜谶定
葃天□□而竭唯王兹
□尔邦危□天报有勋
留乃遁去。

"但是这是什么意思呢?读不通啊。"莫教授像在问我,又像在喃喃自语。

莫教授在床上已经小了一圈,看起来像风干的肉,只有眼睛还孜孜以求。幸好他够有钱,能为自己安排单人病房和陪护,不用跟那些呻吟的病人挤在同一间房间里。我能出国留学,也是拜他所赐。我冷冷地想,你有什么资格鄙视莫教授,你自己就是既得利益者。

如果莫教授面临我现在的选项,他会不会毫不犹豫地把巫留从博物馆里带出来,让两个姑娘捣鼓一气,再偷偷放回去?

我跟朱莉在博物馆的古代佛造像馆碰面,她戴了一顶棒球帽,帽檐扣在眼睛上,正对着一尊犍陀罗雕像看得入神。这是一尊转轮王思维像,有局部残缺,转轮王身佩龙头缨,一腿单盘,另一腿垂下,头部微侧,以手扶额,陷入沉思,似有无限心事悬而未决。

"兴都库什地区出土,公元二世纪前后。巴黎集美博物馆有相似的一尊,但完整程度不如你现在看到的这个。"我走近,很客气地微笑着跟她握手,"欢迎。"

她转向我,"我们又见面了。"

"要不要去我办公室喝杯咖啡?"我领着她,向办公区域走去,一路佯作交谈,但是她明显话少,我感觉她有些紧张,她甚至都不朝我看。

昨天,朱莉已经正式拜访过我的办公室,以老年大学艺术史讲座教师的名义,联系我商议艺术公教活动的安排,她带了一个包扎好的大礼物盒,是给我的见面礼,一套艺术丛书之类的东西,总之又大又沉。我收下礼物,存放在员工区域我的柜子里,并带她做了来访登记,咕噜登记下她的面部特征、身份、ID和来访目的,我领她在博物馆的办公区域参观了一圈，好让她把路线默记在心。按照我们的计划，第二天，她会以游客身份进馆，我需要带她混过安保系统，让她在馆内想办法留到闭馆之后。等所有工作人员下班，她就从礼物盒里拿出仪器，按照朱诺事先教给她的方法，开始萃取巫留雕像上的时间。

朱诺有她的原则，她不肯离开疯人院；而我有我的原则，我不肯带巫留出博物馆。我们两个都很犟，谁也不肯让步。折中的办法，只能是好说话的朱莉出面顶替。

"会很难吗？"在电话里我问朱莉。

"很难，我试试吧，她会写一份详细的说明手册给我。不行就现场边查边干。"

最近博物馆安保升级，除了警报系统加码，人工巡查也增加了班次。闭馆前工作人员会对所有展厅做例行清场，但是博物馆的公共卫生间不能安装摄像头，人工巡查有先后顺序，能摸清规律路线的话，应该可以找到时间差。

每次闭馆，博物馆咖啡厅、卫生间和礼品店是清场最麻烦的地方，游客们总免不了有人拖拖拉拉，在这些路线上出现漏网之鱼，即使被视频拍到也不会引起太大的警惕，除非发生事故，否则不会有人去回看这些海量的即时监控。

"说实在的，把一个活人带进博物馆办公区，可比把一个文物带出博物馆办公区容易多了。"当周围终于安静下来，我感到一阵轻松，对朱莉说道，"刚才那个保安突然改变巡逻路线，我都快急死了。"

朱莉已经披上了我的白色实验服，戴着白手套和口罩，只露出一双略带憔悴的眼睛，她正在从昨天就带进来的大礼物盒子里往外拿设备，对我做了一个嘘的手势，我不知道为什么今天她看起来这么紧张。

巫留被记忆棉包住，固定在仪器内的圆形托盘底座上，看起来好像大变活人魔术的志愿者，等下这个底座会被高速旋转起来。幸好她不是陶制的，我想，否则可能招架不住这样的折腾。

朱莉话很少，她注意力全在仪器和旁边的操作手册上，确实有一大堆配件需要她去操心，看起来相当复杂。我发现自己完全帮不上忙，凑在旁边反而让她更紧张，便退到一旁，免她分心。按之前的计划，被分离和萃取出来的时间会被压缩在一个特制罐里带走，进一步的稳定处理就可以回朱诺的实验室再做了。我们需要三个小时左右就可以完成任务，完全可以在午夜的例行巡查前从容离开博物馆。

离开博物馆之前，朱莉被自然史侧厅的海报吸引住了，巨型球幕多功能厅正在上映经典太空科教片《暗物质与暗能量》。她像看见冰淇淋的小孩一样呆了两秒，然后问我，你会放吗？

没试过，不过应该不难吧。我看了看表，10点38分，这部科教片全长只有二十分钟，应该问题不大。我一只手拎着礼物盒，另一只手轻轻牵住朱莉，从边门绕进影厅，影厅里一片黑暗。

我摸索了半天才找到电源开关，灯光亮起时，我们俩的眼睛无法适应，赶紧闭上了。

你去找个位置坐下，最好的位置就对着天顶球幕的正圆心。

不，我宁可坐稍微偏一边，这样离球幕更近。她的声音在空荡的球体空间里回荡，听起来比平时要沙哑一些。

我以前在纽约看过类似的，美国自然历史博物馆，*Dark Space*。她又说。

现在可能效果更好了，我们馆的这个版本整合了哈勃和韦伯两代太空望远镜拍摄到的最清晰画面，而且现在的座位还有体感模拟功能。我说。

她已经坐下，我在放映室调试了一会儿，播放开始了。灯光暗下来，音乐和解说员的声音响起，头顶的星空开始旋转。我从放映室的玻璃看出去，看见她抱着膝盖，仰头坐在星空之下，半张着嘴，在巨大的空间里完全是个小孩。

星光洒在她的身上，这个场景似曾相识。我从放映室里出去，摸到她身边的座位坐下，像丢了什么东西，心脏狂跳不止。

球幕的效果太赞，当星星在黑暗里向我们纷纷落下的时候，视错觉是我们正在被太空慢慢吸进去，在宇宙的漩涡中心做着身不由己的无重力漂浮。人渺小如恒河沙粒，必须抓住一点东西才能够确认自身的存在。我只好抓住她。

这世上再也没有比星空更好的宗教了。她说。

无数光点在我神经深处闪耀，我感觉我同时长出了几百万双眼睛，浑身上下每一个毛孔都变成了一只眼睛，直到看清了每一颗具体而微的星星。

时间是奶油般的绵密，又如泡泡一样轻盈，一个巨大的时间泡包围住了我们，大到连头顶的夜空都似乎囊括其中，以缓慢的稳定性旋转。我从来没有过这种体会，她的眼泪流在我的脸上，跟我一起在星星里跌落。

我没有戳穿她，她也没有戳穿我。

这是什么东西？时间罐头？莫教授拿着我给他的铝罐，颠来倒去地看，又摇了摇。

哪搞来的？他问我，不是说黑市被警方端了吗？

你天天躺在床上，消息倒灵通。

病房里也有电视的好不好！这玩意儿一断货，住院部里唉声叹气的。

你倒没用过，算我失误，没早点搞来孝敬你。

很贵吧？

我朋友研发的仿货，可能是假冒伪劣，不包效果的啊，要不你试试?

莫教授笑着摇了摇头,把罐头又放回了床头柜上。生何欢死何惧,我已经不需要这东西了。

你就当帮我做个实验小白鼠。我不由分说地把电极给他贴上,拿起罐头对着他的头顶喷了几下。

莫教授倒没反抗,只半闭着眼睛说,行了行了,悠着点使,我有点困了,你帮我把床摇下来,我想睡会。

我前脚刚迈进梦境贩卖站,老秦就从柜台里出来,很热络地一把薅住了我的胳膊。好久不见,他说,你是不是不做梦了?最近忙什么呢?

博物馆下个月有个大展是我们部门在负责,天天加班,连觉都不够睡,哪有时间做梦?我说。

最近好梦不少,我跟另外几家贩卖站做了资源共享,你要不要看看,找找灵感。

做梦还要找灵感?又不是写小说。我咕哝着,他已经把一个头套硬塞给我,很熟练地在机器键盘上按了几下,我来不及说不,梦境已经扑面而来:

漫天黄沙的楼兰古国,我正顺着螺旋形的楼梯往上爬。这是当地人建造的塔楼,也是用黄土垒成,站在塔楼的顶部,就可以俯瞰下方整个的墓葬区。

梦境深处传来鼓声，在下面大片的黄沙里，有许多圆形的大洞，像一个个陨石坑。当地气候十分干燥，白天炎热，夜里苦寒，活人死后尸体会被迅速风干，经久不腐，因此他们并不急于入土为安。族人们相信，死去的亲人依然以某种形式与他们同在，他们保留尸体，事死如事生，以期待灵魂随时来作归乡之旅。这些尸体斜靠在这些半人高的洞里，下半身倚着洞壁，上半身探出洞外，仰面望天。

每隔一段时日，他们还会过来，帮死去的亲人做清洁擦拭，抹去风沙。每一个洞可以放置十具尸体，从塔楼往下看去，黄沙中像盛开着花朵，每一朵花都有十个花瓣，每一个花瓣是一具尸体。

其中有一朵花，才刚刚只有五片花瓣，像是只开了半边，其他花看起来已经是干花，只有这半朵还是鲜花——那些尸体都新死不久，肉体尚未消褪掉色泽。

最边缘处的一枚花瓣，是斜倚着的一个老者，身体精瘦，他的媳妇正在旁边帮他擦身，换衣服，老人的身体还很柔软，被摆弄着，去适应那些袖管，显然才刚刚咽气。

此刻时当正午，烈日当空，人如隔岸观火，眼看着空气被灼烧，一切视觉皆轻微抖动，远处传来呼吸一般的铃铛声。我在塔楼上俯瞰着这超然的生死，竟如日常家务，毫无怖惧之意，仆仆风尘把景色虚化，仿佛置身海市蜃楼。正在这时，原本第一视角突然发生了奇怪的变化：似乎又分身出一个我外之我，站出来俯瞰这个站在塔楼上的我。

镜头这一往后拉开，我外之我分明看到了我的样貌：我有一个硕大的后脑勺，满头浓密头发高高挽起，皮肤是健康的麦色，两只眼睛分得很开，像比目鱼一样可以看270度，褐色眼眸，眼梢高挑入鬓，下巴尖俏，脖子很长。

原来我就是巫留。

我吓了一跳，赶紧把视听头套摘了下来。老秦的大脸很兴奋地凑在近旁，怎么样？是不是很精彩？我就知道你们搞文物的人最喜欢这种风格的东西。

你这梦是哪来的？我问。

老秦翻查了一下电脑记录，是兴隆大街一家梦境贩卖站的梦源，没有留下姓名。

我越来越频繁地接到莫教授医院的来电，他的拼图已经快要完成，每认出一个字，都意味着令人雀跃的决定性进步，所以每次当他终于又解出一字，他都会让胖护士给我打电话，或者给我留言写出那个字。我感觉我们已经快要破解巫留的故事了。

说实话，甲骨文我固然是难以辨识，但莫教授破解之后的字，我常常也不认得，比如说今天护士发来的短信上就只有一个字：敡。天知道施施的胖手是怎么把这个字打出来的。

我掐指数了数，这已经是倒数第五个字了，拼图马上就要完整了，即便是现在，铭文也大致可以通读，古代碑文常常这里那里残缺几个字，有时也并不影响理解上下文。

莫教授看见我来很高兴，他指了指床头柜上不知谁送来的枇杷，示意我吃。

"你小时候院子里也有一棵枇杷树，记得吗？"

"记得啊，种下去的时候那棵树苗还没我高，我那时不肯好好吃饭，你们总叫我跟树比赛，看谁长得快，骗我多吃点。"

那年我六岁，刚刚被接回我爸妈身边。头一两年，我还能赢得过小树，后来哪里还追得上？十岁以后，树干上一年一年地划着我的身高。那棵枇杷树结的果子卖相可不如这个好，又小，颜色又淡，吃起来倒很甜。

"我这几天也老是想起过去的事。"莫教授说。

"是不是时间罐头起作用了？还有什么别的感觉？有没有觉得每一天都特别长，时间过得特别慢？"我问。

莫教授把手垫到脑袋后面，慢悠悠地说，"你有没有想过，对一个卧床等死的人来说，时间变慢其实是件非常残忍的事情哪……"

"要死你也得等到把所有文字破解之后才能死啊，我就不信，要是还有字没认出来，你能舍得去死？"

莫教授微微一笑，"这罐头要是早点发明出来就好了，现在都奄奄一息了，没质量了，偏倒要延长。"

"如果有得选，你最想延长哪一段啊？"

莫教授没有马上回答，他望着天花板，好像陷入了长长的思索，我也不催他，继续抓起小碗里的枇杷剥着吃。

"我不后悔。"莫教授突然说。我有点愕然，不知道他指什么。

"就是有点对不住你，害你在文博界隐姓埋名，连真名都不能用。"他说。

"跟真名也差不多。我在国外留学的时候，那些外国朋友也都喊我'Chen Mo'。"老外都把姓放在后面，我也习惯了。

"你在国外留学的时候，见过那幅画没？"

我点点头，"只见过一次。"他们轻易不肯拿出来展，古画太脆弱了。不过那次特展规格很高，不但展出了那幅传为东晋顾恺之所作的《洛神赋》图卷，还从伦敦博物馆借展了宋人摹本，从台北故宫博物院借了馆藏册页，从北京故宫博物院借展了有赵子昂题跋的卷子，再加上他们馆自藏的陆探微画卷，存世的《洛神赋》图卷聚齐了大半数。真迹本身已经存疑，摹本又似镜像，放在一起看的时候确实是很有意思的，像在玩找别扭的游戏，又像是在猜真假孙悟空。所谓"神光离合，乍阴乍阳"，神女无心一瞥，世间多少缱绻官司。

我心里打鼓，莫教授跟我一直存有芥蒂，他知道我怨恨他，他也从不提那事，今天为何主动挑起话题？是人之将死其言也善？还是时间罐头带他频繁回忆起过去？我不想接茬，过去的疮疤，何必再去揭呢。

"画是我卖的，不过，我可把画卖了个好下家。"莫教授挡不住地要说，"当时的博物院不像现在，那时候管理很混乱。我们又只是地方性的博物馆，接连好几任馆长都不学无术，到了刘馆长，更是个欺上瞒下的家伙。就是他把馆里将近三分之一的字画都用赝品替换了，真品他自己拿出去偷偷交易。那年头，展览也少，藏品常年在库房里落灰喂虫子，没人管，林风眠、黄宾虹、张大千……卷轴一拿出来，扑簌簌往下掉粉，作孽啊。

"一开始他偷梁换柱，只拿近现代的字画下手，也是因为近现代的好仿，这倒罢了，后来不知怎么，猪油蒙了心了，海外有个实力很强的私人藏家，暗中接洽，点名要收《洛神赋》图卷，开了个很大的价钱。刘馆因为过手了太多东西都平安无事，也是有点托大，竟应承下来。

"我那时候年纪不算大，'文革'刚过去不久，我在博物馆也还是靠边站的状态，刘馆的事情无意之中被我发现，我就一直盯着。我想，这幅画太紧要了，我可千万不能让姓刘的得逞。"

"你不会是要告诉我，是你拦截了国宝外流吧。"我出言相讥，老家伙大概是把自己臆想成民族英雄了。

"当然不是。"莫教授翻了我一个白眼，"姓刘的千算万算，没算到螳螂捕蝉、黄雀在后。我顺着丫铺好的路子把画给卖了！哈，那可真是一波神操作！不过，我才不会卖给私人，我卖给了一个更值得的买家。"

"屁个更值得的买家。"我气得站起来，"你为了赚钱，把国宝拱手卖给了外国人！害得现在我们要看这幅画还得买张机票飞出国还不一定能看上。亏你还有脸说，你是博物馆专家，监守自盗这种事情，行业败类好不好？"

莫教授鼻子里出了一口冷气，不屑地说，"你跟你爸一样蠢。"

我气得差点把手中吃了一半的枇杷砸过去，我爸爸一生郁郁不得志，最后不得不忍辱改行，就是因为摊上了这么个自私自利又自以为是的爹！我狠狠地瞪着莫老头，却看见他的眼神竟落寞起来。

"你刚才不是问我，最希望延长哪一段时间，我最想延长的就是你爸爸出生的头几年。那时候我太忙了，恨不得晚上都睡在所里，每天时间都觉得不够用，还没怎么参与，孩子就长大了，跟你就不亲了。老婆跟你也不亲了，一屋子里跟你最亲的就是那些不会说话的古董。现在想来真是追悔莫及。"

他顿了顿，又说，"妈的，本来这桩事情我想带到坟墓里去的。今天既然说起来了，索性跟你说说清楚。当时，明里暗里最顶尖的几个，说好听点叫摹古高手，也就是造假高手吧，跟我都熟，我摸清楚了刘馆的节奏，专等他把赝品定制完成，入库，真品掉包出来，我就潜入他家，把东西偷走。这时候刘馆有苦说不出，又不能去报警，我就可以从容操作。再把真品放回去是不可能的，就算这次搅黄，下次他说不定还会再卖掉。东西留在我手上太不安全了，而且不合法。普通人家根本不具备长期保存古画的条件。最好的办法，就是赶紧接洽一家靠谱的正规机构卖掉，找一个能够彰显这些宝物真正价值、并且能够尊重这种价值的学术性机构。"

"所以你就找外国人？"我依然一脸讥诮。

莫教授摇了摇头，"国内文博系统都是一体的，要找机构买家，我当时没有太多其他选项。你没经历过我经历的时代，你没有见过成箱的字画被画家泡进浴缸踩烂，冲入下水道。我不懂国的概念，考古做得越多越不懂，历史上国、政权、边界，永远是变来变去的，谁也没见过所谓永恒的国，我只理解什么叫做人类文明的共同财富。"

"你就不能提前去报警吗？在他没有把真品置换出来之前？"

"我想过，把握不大。此人一手遮天，如果这个置换动作没有完成，那我也没有确凿证据，反倒把自己暴露了。我一个博物馆坐冷板凳的研究员，在各方面都不是他的对手。唯一有把握的办法，只有用其人之道还治其人之身，用小偷的办法抵制小偷。"

"所以后来东窗事发，把你和他当成了一路。"

"这个法庭上倒是辩得清，我只恨我偷少了。早知道这样，与其被他偷，不如我来偷。你看，我也没把东西托错人。几年前，当年来找老刘的那个大收藏家在纽约死了，他的收藏被几个孩子打官司争来抢去，好几幅重要作品都下落不明，据说老头儿还活着的时候画就被自己人偷去卖了。而我经手的画,现在还好好地珍藏在美术馆恒温恒湿的库房里,位列镇馆之宝。"

"但是你把自己搞成了文博界的丑闻,现在就算你的学术研究再牛逼,也不可能用你的名字发表了。"那几年,刘馆和莫老头都进了班房,报纸上长篇累牍的讨伐,连我爸出门都抬不起头来。

"总得付出代价的,不是吗?"莫教授说,"这笔账划得来。何况我还收了钱,一大笔钱。钱这东西,不得不说,很他妈管用。"

朱莉电话打来的时候我正在开展览筹备会,她听起来方寸大乱,又陷入了说事情说不清楚的状态。我问了半天才听明白,朱诺不见了。医院监控拍到她在晚上悄悄潜入了监控室,然后通向大门的监控就被关闭了。医院报警后不久,警方在附近江边找到了朱诺的一双鞋子。

我觉得朱诺最近的状态稳定。时间罐头的顺利萃取对她是一个莫大的肯定,她每天花更多的时间泡在实验室里,甚至连以前那种刻薄的态度都消失了。我和朱莉每次去看望她,她都表现得十分温和,嘴角时常萌生出笑意,好像在独自玩味着一件有趣的事情。

从巫留身上,她萃取出大量的时间,远超预期。除了给了我一罐三个月的时间罐头，还剩余不少可供她实验，但具体是什么实验她却不肯多谈，可能也是体恤我们的智商吧。我们三人还像以前那样，坐在长廊里，一边喝橘子汽水一边聊天，我们聊艺术和古物，聊精神病人的怪癖，聊星辰的排列组合方式，我再也没有从她眼睛里看到以前那种看白痴的眼神。

但是医生的看法却跟我们恰恰相反，他拿出最近的检查记录告诉我和朱莉，病人这几周的情绪都不太稳定，额前叶受损情况出现恶化倾向，时常表现出莫名欣快和妄语，有两次抗拒治疗的记录，且记忆力衰退，注意力无法集中，幻觉加剧。

"不管怎么说，我还是不相信她会自杀。"朱莉对我说，"就算她要自杀也绝对不会用溺水的方式，她从小最怕水，学了那么多次游泳都没学会。"

警察确实在水中没有打捞到尸体，很快他们就放弃了搜寻。按朱莉的理解，朱诺把鞋子留在江边，就是为了给一个合理结果，让大家在社会化的层面上放弃寻找她。"同时留一个信号给我，告诉我她并没有死。"朱莉说。

我无言以对，到了死生重大关头，才显示出亲缘关系的深刻。我就没办法用朱莉这种肯定的语气说出任何判断。虽然我跟朱诺惺惺相惜，聊过很深的话题，自以为彼此是精神上的同类，但事到临头，我还是发现我并不了解她。我不确定她因何出走，又去了哪里。她没有给我留下只言片语，也让我心里一寒。

我们之间一直没有捅破这层窗户纸。我知道那天晚上来的是她，但我不知道她是否知道我已经知道她不是朱莉——这说起来可太绕了，简直是灵魂绕口令。

对我来说最纠结的是，她是否以为我以为她是朱莉才跟她如此亲密？换言之，她接受我，是否只是在尽一个女朋友的义务，因为有任何的反抗，都很容易暴露自己并不是真正的女朋友。她按朱莉的样子化好了妆，戴上朱莉的古董首饰，而真正的朱莉，那天却换上了她的病号服在康复中心信守寸步不离的诺言。

在那之后，我总试图从朱诺看向我的眼睛里读取到一点点与众不同的情意，但这就跟时间泡泡一样既无法证实，也无法证伪。

我曾专门去了一趟兴隆大街的梦境贩卖站，打听出售楼兰古国干尸之梦的人，老板只能回忆起是个女的，很少来。再问长相，就一问三不知了。我给他看了汤铭铭和朱诺的照片，他依然犹犹豫豫，无法指认。这个老板空长了一副蜻蜓也似的大凸眼，但对梦源完全缺乏老秦式的热情。

所有关于朱诺的事情，都像一个不确定函数。就像我永远无法确知朱诺到底是天才还是疯子：她确实提炼了一个时间罐头给我，但这并不能证明她在科研上的成功。莫教授也并没有证实那罐头起没起效果，就算他明确认为起作用了，也可能只是他的心理作用——这几乎可以视作时间罐头最重大的一个缺陷了，即个体时间是难以被测量的——莫教授变得怀旧、沉静，终日湎于往事，我们不再针锋相对，老爷子甚至对我流露出舐犊情深。但这些，也许统统只是一个老人垂死前必经的心路历程。

焦头烂额如我，无力参与朱莉旷日持久的搜索，只有她还在孜孜不倦地寻找朱诺。我甚至无法跟她分享我的疑惑，我们一直很有默契地谁也不提那个夜晚，为了免除尴尬。莫教授也在经历最后的考验，他已经无法进食了，说话变得困难，对插管也很抗拒，每次这种时候，他就用痛苦的目光谴责我，而我只能逃也似的离开病房。

展览日近，除了这次出土的这一批文物，博物馆还借了辛追墓和妇好墓的一些有针对性的藏品作为补充和对比。汤铭铭很有策划头脑，她给展览想了个颇有卖点的标题：《王权与红颜》。这是最能吊起观众胃口的角度，在一个日渐固化的世界里，每个人都需要传奇。

莫教授解出的铭文，在展签上只是短短的几行，但这几行却是我们理解遥远过去的钥匙。也可能万事万物之中都有钥匙，有时候我们只是这些钥匙的保持者，在一代一代的传递中，钥匙时有遗失，这时候我们不免怀念那些拥有开锁能力的人。

"这些字不是按中原习惯从上往下竖行书写的，而是从左往右横排书写的。我先从我可以辨认的字入手，在我认出大部分字之后，我觉得很疑惑，有些句子能够读通，但有些又不明其意，我就开始怀疑有些字我认错了。这中间走了不少冤枉路。后来我发现，在这些排列里，有些词似乎是反了，比如第二行里的'陵山'多半是'山陵'的反置。第四行里'邦危'，也可能是'危邦'的反置。这让我突然联想到，印度河流度失传的古老文明哈拉帕文明，他们的书写体系里面，第一行从左到右，第二行即从右往左，交错往返，如牛犁田。我试着用这个方法再去看这些字时，就豁然开朗了。"我按照莫教授教给我的说辞，对研究小组解释道。

按这个方法再去解读，并加上句逗，这段文字是这样的：

天旁遣，日月敗，在战无定，谶卜未祥，山陵嶽而戬天霈，暑而竭，唯王兹勋，有报天成，危邦尔祀，留乃遁去。

受西亚美索不达米亚文明影响的哈拉帕文明，是人类史上灭绝的早期文明之一，这一文明跟三星堆文明之间有千丝万缕的相似关系。"部分史学家相信，当时失去家园的哈拉帕人，有一部分进入了东部的恒河平原，然后借由蜀身毒古道，进入华夏，最远甚至到达了长江流域下游。所以，咱们的巫留，很可能就是来自印度河流域的一个通灵女。"

莫教授给出的文本，隐约勾勒出巫留的故事：在一次重要的战事之前，王公多次请巫留占卜，得出的都是战败的结论，但是仗又不可不打，当地的王族生怕颓了斗志，密议杀巫留以祭天。巫留提前知道消息，她在自己随身带来的一尊小像上刻下文字，"留乃遁去"。

墓葬里的青铜器上也刻有铭文，那是巫留走后，当地人为祭祀而篆刻的，仿佛后传。在巫留离开之后，战事竟取得完胜，巫留从此再未现身，楚地小邦的王侯厚葬巫留石像，建衣冠冢，以志不忘。

不得不说，对于我们的展览，这可是完美的奇情。这两篇铭文被放大，喷绘在两匹夏布之上，悬挂在展厅中央，成为整场展览的线索。

"其实莫元涛就是你爷爷，对吗？"开展前的最后一天，布展的工人们都走了，我们在博物馆里做最后的检视，只剩下汤铭铭和我的时候，她突然问我。

"我爸以前听过莫教授的课，那天我在家里翻到一张老照片，是他在莫先生家里拍的合影，照片反面按顺序写了照片上每个人的名字。照片最边上站着一个小孩，表情很严肃，手里抓着个玩具，是一匹带着翅膀的飞马，那个男孩的名字叫莫澄。每次我们在铭文上遇到麻烦，最后你总能搞定，我才突然联想到，有可能你就是这个小孩。"

我正蹲在地上调整一个展柜的柜脚。这名字是爷爷给我取的，就像一个礼物。我想，他倒没有给我起个名字叫莫辩。

我没说是，也没说不是。我只说，"我知道有一个方法，可以改进现在的机器识别系统，有一些古文字的辨识补丁，但是需要重新做整理和录入，这也是过去的专家遗留下来的。"

汤铭铭点了点头,说,那就好,我爸爸过去常说,莫先生的学问是很好的。

我事先给朱莉发去了邀请,开幕那天,我在观展的人流里看见了她,她穿一身极简的黑裙,配白底布鞋,脖子上挂了一坠古玉,汉代的生坑寒蝉,手里竟提着一只透明的方盒子,盒子里是几只夜光水母在一吞一吐地漂浮,态极雍容。

"怎么不让我去接你?"我快步迎向她。每次看见朱莉都让人眼前一亮,我不得不承认,当她跟我站在一起,我的男性虚荣心总是隐隐得到满足。

"我估计今天是你最忙的时候,就自己进来了。"她指了指博物馆门口排队的人群,"很轰动啊。"

"之前宣传攻势做得足,我们还专门帮巫留拍了一个动画短片呢。"

"我没想到她这么美,她的后颅骨,非我族类哪。"

我朝她看看,她自知失言,马上转移了话题。举起手里的鱼缸给我看,笑得憨态可掬,"我把朱诺养的水母带来了。"

"你不说我还以为这是新款的手袋,用来配衣服的呢。"我开玩笑道,"原来这是朱诺的宠物吗?"

"是啊,如果她还在,她一定会很想来看,我带她的水母出来遛遛,就当是她自己来过了一样。"

"幸好她养的不是猫或狗,博物馆不允许遛狗遛猫的人进来,遛鱼的倒还是第一次碰见,我看以后也要加进禁止名单。"

"喂,我这个鱼缸密封得很好的,不会漏水。"

这时候博物馆馆长领着一位要人从我们身边走过,汤铭铭也陪在旁边,一边讲解着什么,态度谦恭。看得出来,对方一定是位贵客。那个女客身材亭匀,穿一身很考究的高领旗袍,这种衣服特别难穿,穿不好就像饭店端盘子的服务员,她却穿得如珠似玉,颇有闺秀之风。我在哪里见过这个人吗?我突然心里一惊,想起来了。那是香兰姐。

我下意识地别过了身体,他们没注意到我。这时候我应该迎面上去,勇敢地检验一下之前她们帮我使的那招障眼法是否生效——那则寻人启事一定是朱诺的主意,她跟展柜里那个眼睛闪着幽光的女巫一样,她们都擅长金蝉脱壳。

但我还有另外一件勇敢的事情需要去做。

"来了?"

"来了。"

忙完展览首日的事务已是深夜,医院的走廊上居然还有不睡觉的病友认出我来,我含糊其辞地点了点头,推开了莫教授的病房门。

他仰面躺在那里,看上去好像已经死了,连鼻息都不甚明显,但是病床旁的机器还在鞠躬尽瘁地记录着他的心跳。真希望我可以穿越进梦境,那我就可以帮莫老头儿脱下这身倒霉的蓝灰色条纹病号服,把他开成一朵鲜花的花瓣。

他好像觉察到身边有人,微微睁开了双眼,看见是我,又闭上了。

我坐下来,周围很安静,我得小声点。

"听着,我知道你说话很费劲,那我说你听,听懂了你就眨眨眼睛。"

莫教授眼睛动了动。

"展览很成功,来的人非常多,很轰动。汤铭铭接待了一个女的,是个富婆,看了展览之后,说要给我们博物馆捐一大笔钱。"

莫教授眨了眨眼睛。

"汤铭铭说她爸是你学生,你想想,你学生里有姓汤的吗?"

莫教授眨了眨眼睛,脸上浮现出一丝笑容,然后又眨了眨眼睛。

"所以你看,搞文博这一块的,都得是家学渊源。你留下来的古文字笔记,我打算拿起来学,行不行?"

莫教授一时有点没反应过来,都没顾得上眨眼睛,他呆呆地看着我。

"我要是学成了,是不是也算你的弟子?那我岂不是跟我爸爸、跟汤铭铭的爸爸都成同辈了?辈分全乱了?你就喜欢这样对不对?喜欢犯规。"

他还是毫无反应。

"我认识的一个女孩也这样。她躲在一家疯人院里做科研，被发现是要坐牢的。你们都是藐视规则的人。"

莫教授眼睛里开始涌出泪水，我也是。

"你听着，你要听清楚我下面说的每一句话。我知道你在受苦，可是我一直下不了决心让医生放弃抢救，毕竟你是我在这个世界上唯一的亲人了。你可真他妈能活啊，我爸爸要是像你这么能活就好了。"

他的眼睛里涌出了更多的泪水。

我握住了他的手，放低了声音，"我刚才来的时候，在走廊上被人看见了。所以等下我会守着你，你听好，你先睡觉，尽量让自己睡着，等你睡着，我就关掉你的氧气，这样比较没有痛苦。等我确认你走了，我会再次打开氧气，然后我会趴在你病床上接着睡过去。等明天早上大家发现的时候，就是你在睡梦中安详地走了。否则我会要坐牢的。"

他眨了眨眼睛，又眨了眨眼睛，紧紧地握住了我的手。

"你一直说我爸爸怂，我其实也很怂，我现在，特别特别害怕。如果一件事情，只有你一个人觉得应该这样做，别人都说，你错了，你怎么知道自己不是判断失误呢？我不知道我现在这样做对不对。天哪，我在杀人。你说什么？你想说什么？"

他把我的耳朵拉向他的嘴巴，我听见他说，"快点，下手，不然，就找，那个胆子大的，女孩来下手，你个小兔崽子，你怎么，不带她，来见我？"

我跌坐在凳子上，定了定神，看见时间罐头还摆在他的床头柜上。我抓起来,摇了摇,好像还剩一点点,感觉像是朱诺和莫教授联手给我留的。我对准自己的脑袋喷下去。接下去的动作就很连贯了。我深呼吸,站起来,关掉氧气,坐回床边,抓住他的枯手,说,"你睡吧,我就在这。你现在不需要时间罐头了,但是我很需要。爷爷。"

我跟朱莉的关系止步不前,我们常常一起吃饭,像一对真正的好朋友那样交谈,也相约去逛古董市场,配合默契地砍价。她雀跃地买下大理石的古罗马头像,沉如千斤顶,我毫无怨言地替她扛着。在她不开心的时候,我也依然出借我的肩膀。但我们彼此都清楚地知道,界限已经定下。

我毕竟还是一个凡夫俗子,虽然你曾经描述出时间的真相,但日常生活里,我能感受到的依然只是线性的时间。我宁可非此即彼,也不要又此又彼。人有时候会犯糊涂的,我怕当我沉溺于跟她共同的时间泡,我跟你之间曾经拥有过的那巨大的一个就会瞬间坍塌。

"有时候追过她的男生又会跑来追我,这会让我们有一种乱伦的感觉。"我又想起朱莉说这句话时脸上失落的表情。现在我领悟到,她应该是故意说反了,出于小小的虚荣心。真实的情况可能是,在她们的少女时代,每一个追过朱莉的男生,后来都忍不住爱上了朱诺,那个容貌、性格、情商都不如她的朱诺。

朱诺意识到了这一点，为了不伤及朱莉的自尊心，她不露痕迹地考去了别的学校。

我回忆起我跟朱莉在一起的时光，那时我是个幸福的人。我每分钟都想看见她，我的嘴有说不完的话，也有填补不满的焦渴，渴望合而为一。她那么美好，爱她就像爱人类，而人类的本质是残缺。我们像柏拉图《会饮篇》里被神劈成两半的球状人一样，总希望在跟他人的关系中得到弥合，这种妄念，终其一生，无法摆脱。

但是你不一样，爱你就像爱神性。

我和朱莉对此避而不谈，我多少觉得有点抱歉，她少女时代的魔咒又一次上演了，希望她已经有足够的成熟去释然。

她好像对你的离开也释然了。"反正她从小就是个怪人，就算她在这里，你也觉得她在别处。"有一次她说。

对你的去向，朱莉有很多不同版本的猜测。香兰姐成了我们博物馆的赞助人之一，可以公然作为博物馆理事会理事出入博物馆了。黑市案没有牵连到她，貌似她已东山再起。"她一定找到了很厉害的人帮她继续研发时间罐头，可能那个人就是朱诺。"如果必须借助一个力量去跟垄断抗衡，即使那个力量是黑帮可能你也会接受的，你的秩序感跟常人不同。

我在博物馆里多次跟香兰姐劈面相遇，最近的一次是上周的内部会议。我做青铜鼎器主题汇报，她就坐在三张椅子开外的斜对面，听得很认真。当我说到青铜器泰斗张光直老先生选择弟子一定要选吸过大麻的，因为只有这样，他们才能理解青铜器上的罗纹在致幻作用下，可以模拟出星辰的旋转，古代巫师祭祀时都会依靠致幻来通神，我看见她露出会心的笑容。可是她并没有认出我。

另外一些时候，朱莉又会迷信你确实回到你的星系里去了。"她说过，一旦突破了维度的限制，人就可以摆脱肉身。"

我们有时候仰望星空，猜猜你可能在哪。虽然你说过的那个星系，如果真的存在的话，无论如何都超出了我们的目力所及。

每周两次，我去梦境贩卖站按下按钮，"I HAVE A DREAM"。有时候，我也会随意浏览浏览别人的梦，梦的海洋太大，漂流瓶我只接到过一次。

工作还是那么忙，我报名当了每周三"博物馆之夜"的义务讲解员，一大群孩子们簇拥着我，我得回答他们的提问。有时候我忍不住随意发挥，发表我不负责任的猜想。关于远古我们知道得太少，关于未来也一样。孩子们的眼睛严肃无比，像考官一样充满审判意味。你一定会无情地打断我，说告诉过我多少次了，过去和未来都属错觉，时间是没有向性的。我当然没忘。但这人为的刻度并不虚妄，它方便我们理解我们短暂的旅程，方便我们标记出每时每刻。我们不愿意承认时间是静止的，飞逝的是我们自己。我们也不愿意理解时间甚至根本不存在。因为如果时间不存在，则生命无意义。

生命的意义就在于局限性。你同意吗？

闭馆之前，人群散去，博物馆里所有的声音像退潮一样突然消失，我会随便挑一件藏品，闭着眼睛站在它面前，仔细分辨那上面扩散出来的时空涟漪是怎么围绕住我。

那会是一天里的高光时刻。我独自一人占有巨大的时间泡，流速变慢的时间，介于液体和固体之间，丰盈而有弹性。

我依然在等待属于我的顿悟时刻，怀着无限耐心。夜晚的广场上，从博物馆离场的孩子们还在欢笑戏耍，不肯回家。一个小丑打扮的男人在兜售老式泡泡棒，看他卖力的样子，你会觉得他一定有一大家子人要养。他面前有一盆肥皂泡，他用两手抓住一根粗绳子的两端，在盆里浸过，借着风力，往空中轻轻一拉，一个巨大的泡泡就起来了，很快裂变成许多小小的泡泡，在路灯和月色之下流光溢彩，往高处飞升，孩子们追逐着仰面望，他们依然相信神话。

泡泡只能飞一小会儿，就无声地破碎了，消失在夜空里，往上看是博物馆的穹顶，再往上就是满天星斗，永恒得好像一个瞬间。你说得真对啊，再没有比星空更好的宗教了。

慈云喜舍

他们终于平静下来，他用下巴扣住她的头，脚缠住脚，两个人互相挨着的地方开始出汗，而脚始终是冰凉的。

"你的脚很寒。"他帮她焐着，把热量传递过去。

"唔。"她应了一声，声音闷在喉咙里。她并不想交谈，昨天的酒好像还在血管里流淌，先是白的，然后是红的，然后又是白的。她吃很多东西来对抗酒精，薯条，鱿鱼，没完没了的花生。胃醉了，不想继续工作。应该敏感的部分都失去了敏感，被动接受一切动作，而大脑是她身上最勤勉的器官，常常不分昼夜地清醒着，痛苦、喜悦、忏悔、肉身的疲倦、睡眠和偶然发作的茫然迟滞，都不能使之彻底罢工。她闭着眼睛计算时间，还可以再睡二十分钟，也许二十五分钟，然后起来，清洁自己，收拾东西，十二点之前，必须退房，拎着自己的行李离开，退进原来的生活。

窗外是没心没肺的海，明媚又深沉，浅滩上很规律地插了许多粗枝桠，仿佛在波浪的乐谱之上标出黑色小节符。中间挂着网，浸在海里，也许是在养殖珍珠，她没问，她没信心靠打手势完成这个复杂的提问。有时候看见包着鲜艳包头布的当地男人赤裸上身爬坐在枝桠上钓鱼,他们很结实,不穿鞋子,牙齿很白,迎面相遇的时候,露出羞涩的微笑。信号灯一样的牙齿在黑色中亮起,像是一种提醒。

"别忘了你的充电线,"他已经把充电线整整齐齐地绕成了一个小圈,放在桌上,而她从来是乱作一团的,"你有舒服的衣服在飞机上穿吗?"

"有的,我总是带着的。"她穿上她的T恤,薄薄的亚麻裤子和球鞋,把湿漉漉的毛巾扔进垃圾桶。

想到要跟那一团人会合她有点烦躁,一个多星期前,她跟随这个佛教考察团来到斯里兰卡,一团三十号人,有一半是穿着僧衣的和尚和比丘尼,另外一些是在家修行的居士,还有像她这样,所谓"亲近佛教的人"。

行程安排得很紧凑,每天都有大量的参观,组织者是一个手上戴无数手串的童花头胖女士,胖女士做一些水晶碧玺的生意,也运营着一个佛学主题的微信公众号,粉丝不算多,倒都忠诚,黏性很高。

她能参加这个行程纯属偶然,她开一家素食餐厅,因为净尘法师的缘故,在信徒中颇有口碑。素食餐厅生意永远不好不坏,但房租和人工永远在上涨。她本来只做午餐和晚餐,后来为了摊薄房租成本,又增加了早餐,卖养生豆浆和豆腐皮包子,下午供应禅茶,古树普洱,配几味素果,员工三班倒。她算了算,如果营业额再不突破,而成本每年都以现在这个比例递增下去，再过三年，她就不必开张了。

静姑婆把慈云喜舍留给她之后，她花很大一笔钱把店面重新装修了一下，之前的装潢太老气了，只能吸引一些初一、十五还烧香礼佛的老人家，价格也就卖不上去。慈云喜舍的房子旧了，但位置很好，闹中取静，不远处就是新建的Shopping Mall。她找了一个年轻的日本设计师，扒掉原来的房顶，改成通透阳光房，重新铺了木地板，打了能把一切都藏起来的柜子，显得偌大空间空无一物。室内装饰全部走侘寂风，枯山水，小桥造景，水声潺潺，熏香炉袅袅地吐纳轻烟。桌子上本来是新鲜的插花，北京天干物燥，花摆一天就显出颓相，太浪费，于是改成插枯枝和干花，那是植物的尸体，也有死者的庄严，一枝斜卧，旁逸横出。

最让她得意的部分是她自己的点子，玻璃房顶特殊加固过，做了个夹层，里面有换气设备，可以养鱼。相当于屋顶就是一层扁扁的玻璃水族箱，锦色鲤鱼在里面游来游去，随着天光变化，在室内投下梦幻泡影，粼粼水波纹在墙壁和地板上起舞，浮尘毕现。雨来时叮叮咚咚，敲在玻璃屋顶，人如端坐钟磬中，四面都是木鱼声。

改造刚结束，设计师藤佐秀树就拿了家居杂志的年度设计奖，不是什么权威的建筑奖项，但是传播度很高，各种时尚类、生活方式类的媒体全来了，拍大片的，拍视频的，耽于颜值，或者讲情怀故事，慈云喜舍成了网红店。

以前的阿婆们不敢来了，她想了想，在菜单上保留了之前卖得最旺的几道罗汉斋和素面，价格不变，初一、十五，早餐免费提供素包子。这是静姑婆的店，她不能静姑婆走了，就丢掉她从前的老客人。

静姑婆最后的日子拒绝在医院度过，她变得极度安静，几乎不说话，白天她坐在轮椅上，人已经缩得很小，晒成了一粒葡萄干。膝盖上盖着一条毛线毯子，手在毯子里微微蠕动着，阿晏知道她在很慢地拨动那串念珠。她让阿晏把她的轮椅推在窗前能晒到太阳的地方，过了个把小时，眼看太阳拔腿要走，阿晏就把轮椅再挪一挪。每天日出日落，静姑婆在室内上演小型的、慢动作的夸父逐日，从房子的东边追到西边，脸晒得红通通，循环往复。

阿晏小时候在静姑婆家住过几年，每天午睡起来满脸绯红，坐在床牙子上，发茨菰愣，静姑婆看到了总要上来给她搓脸，说不把血液搓开，要生冻疮的。她在阿晏的肉脸上用力揉搓，一双大手如在发面，搓得阿晏晕头转向。那是记忆之中她们最后的肢体接触。现在阿晏看着姑婆干巴巴的红脸皮，她可鼓不起勇气伸手搓上去。

静姑婆死前只留了一句话：莫怕，莫要害怕。她愣了一下，想不出要怎么回答，也不知是对谁说的。待要细问问，静姑婆已经走了。

藤佐秀树获奖后来过店里好多次，日本人礼数大，每次来都不忘给她带小礼物，包扎得极考究的煎茶，传统工艺的日式毛笔，和风果子，冲绳的黑糖，叫她很不好意思。他不像她印象中的日本人，他工作中也会穿牛仔裤和球鞋，笑起来很阳光，并不拘谨，甚至学会了用北京话说"谢您嘞"。但每次这种细节：笔直地坐着，手搁在膝盖上，礼物端放在桌子一角，让他又变回了异族。

"又来添麻烦了。"藤佐搓着手说。他换了合体的灰色西服，不打领带，胸前的口袋很正式地塞了手帕，而衬衫领口敞开着，是精心打扮出来的随意感，身边跟着杂志的记者和摄影师。阿晏一边给他们泡茶一边想，一个男人都这么会穿，真是叫人不放心。相貌帅气的外国建筑师，用东方意境，保护和改建老建筑，中国媒体就喜欢这种调调，每次采访，都要求藤佐到他的代表作里去现场拍摄，藤佐只好一次又一次来叨扰阿晏。

藤佐之前给一个国际建筑大师当助手，后来自立门户，开了自己的设计事务所，日本市场趋向饱和，因此到大陆寻找机会。他跟着大师的时候，接过两个北京的案子，对中国暴发户的一掷千金深有体会。自己来了以后却一直接不到什么像样的案子，第一个非常有把握的大单，几轮竞标下来，不知怎么临门一脚时被另一家路数诡异的小公司撬走了，之后勉强接了两个公司写字楼的室内设计全案，全都被甲方折磨到要死。直到慈云喜舍，规模虽小，可是很出效果，几乎算声名鹊起了。

每次有人来采访，阿晏准备好场地，稍事寒暄后，便借一事退场，她不想因为她在场而让气氛变得尴尬。记者们总是就那个令人惊艳的屋顶创意追问不已,她不止一次在公众号里看到视频,秀树谙练地引用经典,中文脱口而出,"一切有为法,如梦幻泡影,如露亦如电,应作如是观"。表情很自然,完全没有口音,不知道暗地里练习了多少遍。

他一次也没有提及她的贡献,她也从不戳穿他。他才是那个才华横溢的设计师,而她不过是面目模糊的甲方。再见面时,两个人依然是客客气气地喝茶,双手握住瓷杯,一起欣赏投射在地板上流动的波光,看见坚硬的固体,同时又是不可能的液体。一尾鱼的影子呆呆地停在他们两人中间,突然一摆尾巴,游走了。

宏声的电话打过来的时候她正在宾纳瓦拉大象孤儿院,看大象洗澡和拉屎,它们结队走过河滩,庄严,缓慢,如临大事。庞然大物连排泄物都这么惊人。她看过一个BBC的纪录片,讲那些野外摄影师如何利用四周环境制作仿真的隐形摄影头,从而能够近距离地拍摄到野生动物的生活习性。拍摄大象的时候,一开始他们把摄影机隐藏在一个乌龟壳中,在远程遥控这只间谍乌龟爬进大象的族群,象群踱来踱去,满不在乎的巨蹄,把躲闪不及的机器龟踩得扁扁的。后来动物学家发现,大象不管如何鲁莽,他们始终会小心地躲开自己拉的大便,改良后的摄影机就埋伏进了粪便里。有时候这坨大便为了追踪某个特定的拍摄对象,径自开动起来,把一旁其他的大象惊得目瞪口呆,以为大便学会了走路。她回想起那个镜头便乐不可支,继而不可遏止地爆出一连串哈哈大笑,对此,大象满不在乎地甩着尾巴，慢性子又好脾气的巨人。斯里兰卡人对待大象的便便怀有一种更加实用的态度，他们用大象的粪便做成环保"便"笺纸，比马粪纸细腻一些，配上原木枝桠做成的圆珠笔，当地特色花纹的外包装，就是有趣的旅游纪念品。付钱的时候，她把纸凑在鼻子底下闻了闻。

就在这时候，她接到了电话，她已经删掉了联系人，删不删也无所谓，那个号码是忘不掉的。

"哎，是我。我来北京了。你在哪儿呢？"这个声音一直那么不温不火。

"我在斯里兰卡。"她停了停，"谁让你来北京的，你来北京干吗？"她知道自己的口气没道理，北京又不是她的，他也不是。

"来见人，谈点事，已经完事儿了，多留几天，以为能见上你。"

"不是说了不见了么？"

他不接茬，"我刚去店里转了转，生意不错，你招店长了？"

"嗯，厨师长也换了，要不要安排你试试我们的新菜？"

"不用，我刚才已经自己点过东西吃了。"

"又是黑胡椒菌菇炒饭？"她举着电话走来走去，刚刚买的东西在腋下夹不住，快要掉下来。

"嗯，挺好吃的。"他笑了。"晏初，我想你了，我来看你好不好。"

"不是跟你说了嘛，我在斯里兰卡。"

"旅行吗？"

"嗯，算是吧，考察，跟一个佛教团。"她开始放松下来，语气也没有那么冲了。

"斯里兰卡是落地签，是不是？"言下之意，马上飞过来也不是不可能啊。

"我要上车了，去下一个地方。先挂啊，回头再说。"胖女士在朝她招手了，她匆匆挂掉电话，朝集中地的大巴车跑去。

几乎是到斯里兰卡的第三天，她就后悔参加这个团了，人太多，所有环节都在互相等来等去。他们的团在中国集合的时候显得古怪扎眼，僧俗杂处，有人穿着僧衣，有人穿着仔裤，到了斯里兰卡，这种违和感竟然消失了，在一个佛教、印度教、基督教、伊斯兰教共处的国家，一切都理所应当。吃自助团餐的时候，她看见旁边一位大和尚正在往自己的盘子里大勺地舀着菜，她凑过去，小声地提醒说，"法师，这个是咖喱鸡，里面有鸡肉，荤的。"

大和尚抬头看看她，笑了笑，"没事，我当它素的来吃。"

她赶紧端着自己的盘子走开了。

吃饭的时候，她跟胖女士和几位太太坐在一桌，忍不住跟胖女士打听大和尚，胖女士说，哦，那是和印法师，东雷音寺的住持，也是全国做房地产做得最好的大和尚。他们周围连绵几座山头，以寺庙为龙头，全都开发出来了，除了观光旅游度假，还有高端养老地产。大和尚人脉深，能量也大，懂易经八卦，尤其擅长看风水，凡是他老人家加持过的地段，全都风生水起。

"我知道他，我老公他们公司的房子就是请他看的。"桌子对面有位太太搭腔。

"是嘛尹太，我都没听你讲过哎，是沙河湾紫气城吗？"胖女士身子探在前面，胸口的荡领都要挂到汤碗里去了。

"就是的，你知道那块地，转了好几次手都不成，烂在那里，他们公司也是胆大，不信邪，说可惜了那个好地段，就接过来试试，结果一期工程队才进场，他们董事长就被带走了，这个风声一出，哪个银行敢放款？之前走了手续的也一直批不下来，工程又不能停工，停工了窟窿更大，东挪西凑的，就僵在那里，我们家老尹头发都白了一片。"尹太法令纹很深，说话喜欢撇嘴，像有两根线在牵着嘴角。

"后来呢？"

"也是别人介绍的这个师傅，他对外一般不看，但是房地产圈子里名气很大。去那块地看了好几次，一直不开口，请了又请，后来才说，那地方风水其实很旺，就是东北犄角上有暗坑，一般人扛不住，富贵煞，是个险局，这坑不化解，来谁谁填坑。"

"那最后怎么解决的呢？"阿晏问，沙河湾紫气城现在是京郊最俏的房子之一，靠山望水，连她这样丝毫不关心房价的人都听在耳里。

尹太又瘪瘪嘴，"具体怎么弄的也不晓得，反正是师傅做了法,埋了点什么东西,镇在东北角,神秘兮兮的,还都保密,老尹也不肯讲。他们董事长后来就出来了,对外说只是配合调查,你看他们股价现在涨得。"

"中国人就是这个心理呀,你出事了,又没事了,说明就是后台硬铮呀。这个比看财务报表管用,财务报表还作假呢。"一个穿着藏蓝色布衫的老太太说。老太太姓姜,她有很多件这样非僧非道的中式布衫,同款不同色,一天一件。姜老师跟阿晏住一个屋,天天晚上要拉着人唠嗑,她是第四中学退休的历史老师,先生是北京大学的物理系教授,跟牛顿一样,晚年相信了有神论。先生去世以后,儿女都在国外,她一个人闲着没事干,除了炒股,就热衷于报名参加佛系社团活动,天南海北地乱窜。

"哦?这么灵?那他帮人看阴宅不看?"左手边一位戴着翡翠老玉镯头的女人明显来了兴趣,她皮肤又白又薄,红血丝清晰可见,气质很娴雅。

"应该看的,法师慈悲为怀,回头你托托他呀,怎么李太你要看阴宅么?"

李太不肯多话,只微微一笑,"也没什么,想看看祖坟,可能需要动一动。不知道法师肯不肯帮忙,老家有点远。"

胖女士热心肠,马上发动对面的团友,"尹太太,等下吃完饭我们俩一起去帮着说一说呗,你先生是沙河湾的高管,师傅肯定记得的。"

宏声搭乘的班机到达斯里兰卡的时候是半夜里,阿晏关机了,等他们相见时,阿晏已经摆脱了胖女士和她的佛学团。

"怎么逃出来的?"

"说好回程的时候在机场碰头,团费不退。"

"就这么放你走了?不怕你黑在这儿?"

"她又不是旅行社,我们都是个人按自由行过来的,她不担责任的。再说了,我跑得掉吗?北京的店不要啦?"

"这么说已经进入角色了?不回去了?"

她摇摇头,"回不去啦,房子都卖了。"

"还说这个呢,说起来我就生气,你急用钱,为什么不来找我?"

两个人躺在海边,并排两张沙滩椅,棕榈树叶在脸上割出一道道阴影。他从北京来的时候穿着厚羽绒服,完全是意外的旅程,毫无准备,剥洋葱似的,一件一件脱出来,最里面是一件秋衣。临时在机场买了两件短袖衫和沙滩裤,全都是奔放的热带大花,套在他身上显得格外滑稽。宏声没那么老,虽然是私营老板,可是有一种机关老干部的风范。在生意场上,这种国有气质竟然很让人放心。相形之下,她是流浪的三毛,妆也不化了,头发在海风里吹得一缕一缕的,披拂在肩膀上,三千烦恼如丝,那一两年她掉发掉得厉害,整宿整宿地睡不着觉,现在慢慢长回来了。

他们订的是海边的小别墅,房子有点旧了,视野很好,推窗见海,晚上不拉窗帘,躺在床上就能看见海面上起伏的细小鳞光,深不可测,具体而微。大海只有在夜里才微微叹息，清晨的时候几乎是严厉的，一言不发。别墅里带厨房，可以自己开伙，太阳起来了之后，把换下来的衣服丢进洗衣机转，他们俩就提个篮子去附近的市场买菜。宏声喜欢做饭，时常在外面应酬，挺贵的吃喝，心不定似的，总像没饱，回家还要自己下厨，煮一碗面，一丝不苟地切着葱花辣子，才能放松下来，消消停停嗞一口宽汤。

"以后退休了，就去你店里，给你打工。"他把碗端到她面前，她一向不太擅长做饭，没承想现在开了餐厅，一天三顿都有着落了。"粉是素的，搁了豆芽，汤就是荤汤，我拿蛤蜊吊的高汤。"

"没事儿，"她端起碗来喝了一大口，"香。"

"可惜没买到面，米粉还是差点意思，这大蒜也不行，要我说，海鲜米粉哪里比得上我们那儿的鸡蛋豆角打卤面。"他们两个算老乡，彼此的村庄只相隔四十公里，从味蕾到胃壁，都是一路的，渴一口热乎的面汤。这里菜场上各种古怪的香料被尊到了主菜地位，堆成小山，按斤大宗采购，两人不太有把握，最后也就只买了薄荷、香茅这几个常见款。小青柠对半切开，丢在茶里，她挺爱喝，他就不乐意，什么怪味道，酸里吧唧的，糟蹋了我的好茶。

活蹦鲜跳的大虾简单灼一下，蘸点酱汁就很好吃，他怕她只是客气说不碍，后来看她的吃相，好像确实也是没什么顾忌，不像在持戒，才放心下来，又去开了支酒。

净尘法师来大陆的那天，静姑婆让她去给法师送一件棉袍，是之前静姑婆自己缝的，絮了极好的丝棉，又轻又暖，静姑婆很虔诚，缝一针，念一声阿弥陀佛。但是静姑婆已经走不动了，阿晏跟净尘法师身边的弟子妙华法师联系了一下，带着衣服就去了，没想到一进去，房间里正在举行一场小型的皈依仪式，六十多个信徒，屏息静气地立着那里。净尘法师是蜚声海内外的高僧大德，此刻端坐在椅子上，双目微晗，声音很小。听静姑婆说，法师年迈，这几年身体越发弱，不但患有严重的糖尿病，还做了心脏搭桥，眼睛也不太看得见了。

人们按照净尘法师的指示，跟随持颂，皈依佛，皈依法，皈依僧，行跪拜礼，低低的佛乐缭绕，信徒们朗声念诵，气氛庄严感人，她也随之喃喃，六十多号人齐刷刷地跪下去，她不能独自站着，于是也赶紧找个蒲团跪下，双手合十，跟着做完了全套。最后人们排成一个长圈，挨个上前，等待大师伸手为他们摩顶，表赠法物。轮到她的时候，她把棉袍举了起来，说明原委，法师身边随侍的一个弟子赶紧把衣服接了过去。净尘法师并未开言，也不知听见没有，依然是微微地合着眼，在她的头顶摩挲了一圈，然后赠与她一串黄色水晶手珠，她来不及有更多的表示，排在她后面的人已经走了上来。

仪式结束后，这些新晋的佛门弟子都在殿外领取戒牒，当然没有她的。妙华法师特意追出来，向她道谢，询问静姑婆最近的身体状况。她们都认得静姑婆，知道是净尘法师多年的旧交。净尘法师特别交代，要妙华趁着在北京的时候，介绍一个姓雷的名医给静姑婆看病，雷医生是拔尖的肿瘤专家。对方一开腔，阿晏才知道妙华法师是个比丘尼，容颜清癯，没出家前应该是个美人，现在青筋骨骼毕露，没有头发又穿了僧衣，完全看不出女性曲线。

"所以你要说我皈依了呢，我其实没有师傅给起的法号，也没有戒牒，等于没有官方认证文件，但你要说我没皈依呢，我又是按流程走了全套，师傅面前起了誓言的。"她抬起腕子，让宏声看她手上那串黄澄澄的念珠。

吃完饭，宏声有点微醺了，倒在沙发上剔牙，阿晏端了脏盘子去洗。你耕田来我织布，过起小日子来的假象。于他们两个来说，这都是难得的假期。洗完碗，她把盘子一个一个擦干，收进碗柜，抹布用开水烫过，晾起来，然后很仔细地洗手，涂手霜。她希望她走出来的时候，宏声已经盹过去了，他有午休的习惯，中午总要眯那么一会儿。

他拍拍沙发，示意阿晏坐过去，两个人就那么靠着坐了一会儿。

"她好点了吗？"她还是没忍住。

他好像确实是困了，摇摇头。过了一会儿说，"化疗这两天刚做完，可能后面还要再做一期。"

"你出来了，谁照顾她？"

"薇薇不是放假回来了嘛。她们那种病房，我一个大男人老在里面也不方便。"又停了停，"请了个护工陪夜。"

她拍拍他的手,"你困了,要睡床上去睡,沙发上腰疼。"

宏声站起来,拖跋着鞋子回卧室了。她找根皮筋把头发扎起来,拿本书想去沙滩上找个荫凉地方待会儿,临出门了,看到茶几上宏声新泡的茶,又折回来,倒进一个有盖的玻璃瓶里,随身带着。

太阳很好,晒得人睁不开眼睛,她没有戴墨镜的习惯,每年入夏都会买新墨镜,总是随买随丢。试过像别人那样,不戴的时候很潇洒地把眼镜推至头顶,但她前额的角度有点斜,老是尴尬万分地滑脱下来。来斯里兰卡前新买的墨镜,已经毫无悬念地丢在了机场的快餐店里。

站在沙滩上张望,正午的日头,并无一丝风花,每一棵树木,只在正下方吝啬地吐出一小点阴影,这可不是散步的好时候,但她觉得温暖。热量从每一个毛孔里钻进来,把别的什么东西一点点从身体里挤出去,感到一种想要大声喊叫的冲动。大海把人还原成动物:双足,无毛,喜怒不能自理。她脱了鞋子,朝海浪的方向走去,她不会走到海里去的,她可不想打湿双脚。她要始终感觉干燥、滚烫的细沙,偶尔夹杂着粗粝的石子,碎贝壳尖锐的边缘,顶住她的脚心。

店铺装修的时候,跟藤佐秀树商量软装风格,阿晏坚持要把店里原先供的那些石雕佛像、刺绣的观音、莲花灯统统撤掉,只留下一幅净尘法师的墨宝,写的是,"一念之间"。

"你确定吗?要不要保留一尊石雕佛像,放在通道的尽头,也不增加成本,我们可以给他一束光,会美得很高级。"

她想了一下,"还是不要了,太复杂,我希望空一点。"

最初是秀树提出来的,他考察了周边的社区,旧房改造工程之后,年轻人渐渐成为这里的租户,周边新建的商场和创意园区也带来了很多潮人,"他们吃素可不是礼佛,而是为了减肥"。他建议她弱化餐厅的佛教色彩,往养生禅意那个路数去走,没想到她弱化得这么彻底,干脆什么都不要了。

"你简直像个异教徒哦。"他笑着,开她的玩笑。

"没说错,我出生就受洗了,我以前是非常虔诚的天主教徒。"她也笑。

"真的假的?你开玩笑?"

"你呢,你信什么吗?"

他耸耸肩膀,"我信铜锣烧。哆啦A梦最喜欢吃的,你看过哆啦A梦吧?"

"看过,我们那会儿翻译不叫这个名字,叫机器猫。"

"对,就是那个蓝胖子。浅草寺门口,一条街全是小吃摊,红豆馅的铜锣烧特别好吃,我小时候去浅草寺,都是拜铜锣烧。"他笑嘻嘻地挤个鬼脸,做作揖状。跟不同种族的人说话真累,不配合夸张的表情就没办法表示这是一个笑话,他觉得自己像个小丑。他不想说节日里母亲和服盛装起来,一大早就领他去祈福,滴滴答答的木屐小碎步敲在石板路上,让人无端地紧张,觉得有不祥的事情要发生。母亲逼他用水勺洗手,在庙前挂上心愿木牌,祈祷爸爸回家,而他惦记着行为举止如果不出错,等下就能吃到铜锣烧。人们的心愿重重叠叠，在风中彼此敲打，喀喇作响。抬眼望着那欲念的巨阵，他可不像妈妈那么好骗。这么多心事如麻，按逻辑和概率，肯定会有张三李四彼此矛盾的心愿，老天爷帮谁不帮谁呢？只有铜锣烧是立等可取的。

正是把室内极简做到了极致的时候，阿晏想出了屋顶的主意。她很兴奋地跑去找秀树商量，秀树一开始很抵触，工程已近尾声，他心里知道这也许是个好主意，但这一改动，意味着很多地方得推翻重来，整个屋顶要全部扒掉，承重要重新计算，排水要额外设计，订制这个尺寸的特种玻璃需要时间，更何况还要把它改造成水族箱。真是一个异想天开的女人。这么小的一个案子，他并不想在其中浪费太多时间。

"这样就必须做成平顶，北方的雨雪会给屋顶带来很大的承重考验。之后的清洁维护也是问题，灰霾天气，玻璃屋顶估计一个月就黑掉了。而且这个屋顶的成本可能会比你整个改建工程都贵。"他用不带任何感情色彩的专业性说话，希望能就此唬住她。

她想了一下，"我会再找我另外一个建筑师朋友咨询一下可行性，另外也拜托您做一个大致的预算价格给我。"

秀树故意拖了一个星期，然后报出一个不可能的价格。她会知难而退的，他想。没想到，犹豫片刻之后，她竟然答应了，只说要再给她一些时间筹钱。他没什么可说的，真要按这个价格去做，他相当有利可图。他再一次确认了之前对中国客户的认知，他本来都要动摇了，结果他们确实是钱多、任性。

"钱多、人傻，速来！"他想起以前同事跟他开玩笑说的那个网络段子，自己偷偷用生硬的中文学了一遍："见多、人杀，出来！"

他不知道她怎么筹的钱，也不便细问，阿晏看起来不像有钱人，不过这可说不准。他并不了解中国人，他到中国来的目的也不是为了了解他们，他们有点像亚洲的犹太人。十天之后，一笔预付款打到他公司的账上。他也不含糊，一周之内他们就出了图纸，把屋顶扒掉重来。让他们见识见识日本人的专业程度吧，他投入的热情高涨了很多，这个小工程从现在起开始有点儿意思了。

阿晏天天到店里看进度，之前的厨师班子，除了几个自己要走的，剩余的都答应了不辞退他们，装修期间给安排了重新培训，现在培训早结束了，店面装修还没着落。好在屋顶改造只是前厅，不影响后厨，水电气也基本做完了，她就跟秀树商量，白天让厨师来上班，集中在后厨研发新菜。

新来的厨师长陈方奎是个能人，之前在一家叫做天城彼岸的高端素食会所当厨师长，手底下管着四十多号人，会所后来换老板，新老板带来了一个自己信得过的总厨，想让他只负责白案面点，薪水不变，把原先负责白案的安师傅开掉。陈方奎面子上过不去，直接辞职了。

"这还不光是降级的事儿。你想啊，我不能保护我手下的饭碗，我还自己挤掉手下人的饭碗。我脸往哪搁？安师傅跟了我好几年,其余弟兄又都没走,都还在,他们会怎么看?我以后还怎么带他们?所以我说,你们也别为难了,安师傅面点做得挺好,当个白案主管,尽够了。我走。我走还替你们省钱。我不能拿着主厨的钱,干着他妈的不是主厨的事儿。"面试的时候,阿晏问他为什么离开上一个东家,陈方奎突然就激动起来。

他开口要的工资很高,阿晏也答应了。毕竟是资历摆在那里,又是对自己有要求的人,不肯屈就的。她想想自己对餐饮一窍不通,到北京时间还短,人面也不熟,就算招聘普通厨师,都不知道要招什么样的,直到昨天问了人,才搞清楚打荷、炉头、上什这些工种分别是什么意思,也是需要一个经验丰富的厨师长帮着带带队伍,这个陈方奎,憋了一肚子的不甘心,听起来应该肯卖力。

果然,建筑工人在外面敲敲打打,陈方奎领着炊事班手下在厨房里面热火朝天,菜单最后敲定之前,所有的菜品和流程都需要再过几遍,每一道出来,所有人都参与试菜,打分,讨论。阿晏特意吩咐他们每天多做几道点心,端出去给外面的工人尝尝。

慈云喜舍以前菜品比较传统,素菜要鲜,浓油赤酱重调味是最取巧的,陈方奎在的天城彼岸有港资背景,经常光顾的客人里面,粤港澳台的占了不小比例,所以总体上口味清淡,尚食材,格外重视汤品和甜品,这些都跟北方客人的饮食习惯有距离。在这个基础上怎么调和,陈师傅跟阿晏之前已经反复商量沟通了好几次。阿晏是个糊涂人，给不出多少具体的建议，只能提些大方向上的关键词：年轻化、创新融合的概念菜、健康养生、少油、低糖、轻食。

陈师傅果然出手不凡，几道简简单单的菜都料理出了新意，一个黑色小炖盅上来，胖胖的白色淮山药已经焖得绵软，撒了一些橙红的枸杞，颜色很悦目。陈方奎瞪着他的一双牛眼：你们谁能吃得出里面的调味的食材？

"拿椰浆炖的啊。"这个没难度。"莫非搁了陈皮？"有点没把握了。"小豆蔻？""还是丁香？"另外两个人说。

这种味道清淡的菜，陈方奎想了折中的一招，旁边会额外配有三个迷你小碟，作为伴菜，里面是相对重口一点的时令调味菜，提供口感上的丰富性，一般来说，会有一道咸口的，一道脆而香的，一道辣的或酸的。这道椰汁煨山药的伴菜分别是，老醋花生、辣萝卜丁和海带豆腐。

毕竟是高端料理店出来的，陈师傅做起珍贵食材来毫不手软，他跟阿晏说，素食里面，所谓高净值的菜品，一桌素菜就指着它们挣钱。松茸人参猴头菇，黑松露白松露，接下来是那些有滋补作用的药膳，新鲜的芡实，难得一见的海葡萄，航空运来的蕨麻，产量稀少的石耳，还有黑蒜、羊肚菌、竹荪……高汤也有讲究，荤菜厨房的高汤一般是骨汤或鸡汤，素食厨房的高汤就靠豆芽、菌菇来吊鲜，素汤难以炖出黏稠感，那就需要用熬制的米汤做底。

阿晏心下惴惴，那天妙华法师跟她短暂的闲聊中，委婉地表达了一个意思，慈云喜舍并不算净尘法师的素食道场，但在信徒中颇有声誉，很多客人也知道慈云喜舍是大师加持过的，静姑婆无儿无女，未来如果仙逝，这家素食餐厅应该是交给阿晏接管了吧？如果是这样，还希望阿晏能守住喜舍的水准和口碑。此刻改建工程已近完工，坐在初具规模的餐厅里试尝精心熬煮了八个小时以上的素版佛跳墙时，阿晏想，我是不是把这件事整得太奢华了？

似乎也没什么退路了，为了做这个屋顶，她把石家庄的房子加急卖掉了。五年婚姻，留下来的只有这个壳。现在她必须往前走了，她得再细细地算一笔账，不要失控。她跟陈师傅说，照顾到以前的老客人，菜单上还是得有一些人人都消费得起的平价菜，以前那些便宜的罗汉斋、素面，必须保留。

陈方奎心里老大不乐意，太普通的饭菜，何以值得他出手一做呢？他统统得加以改良，"晏总你放心，我这种改良，只是贴工夫，食材成本上保证不增加"。翡翠炒饭被他升级成了黑胡椒菌菇炒饭，罗汉斋面也添了花样，西红柿卤面、酿茄子面、银丝干拌面。"不过，不能盯着卖这种基础款，不挣钱的。"他嘀嘀咕咕。

她也没空惶惑，太多杂事，已经团团转。菜单的设计、制作，服务员的培训，定做员工服装，消防年审，菜品拍摄，跟大众点评、饿了吗等一堆服务性 App 纳入合作，开微信公众号做早期营销……她从没想到开一家店意味着这么多琐碎的劳作，像是突然接到了地气，每天晚上回到家里，躺下就睡着了，巨婴一般的睡眠。

施工的时候不需要秀树在场，最后收尾那几天，他来得比较勤，做最后的把关和调整，有几个筒灯，光线打来打去，效果都不对，秀树对梯子上的工人喊，你下来吧。他自己爬了上去。

阿晏盯着藤佐秀树的背影，这种时候比较安全，眼神不会相遇，也不会被发现。站在梯子顶端，秀树抬手去旋一个筒灯的方向，他很专注，衣服被带上去，她扶着梯子，瞥见他腰间的一段皮肤。他穿着粗棒针高领毛衣的样子，干净又温暖。阿晏发现自己竟然很喜欢看见有这么一个人在店里大步走来走去，对别人指手画脚。夜间灯光亮起的时候她简直要掉眼泪，花多少钱都是值得的啊，她想。穿过透明屋顶，看见月亮在鱼群里游动，水族箱里做了蓝色夜光效果，他们像置身在海底，普鲁斯特描述过的那个似水流年。一瞬间她的脑子里涌进许许多多不相连的诗歌，句子和短语，每一句都像一个注脚，从古至今人类所有的故事都已经被讲完。鱼水之欢，掬水月在手，星垂平野阔，月涌大江流，抽刀断水水更流，举杯消愁愁更愁，流水落花春去也，天上人间。

"你知不知道观音有一种相，叫做水月观音？"她问秀树。

"听过，日本也有，但我不知道为什么叫水月？"

"观音有三十三种相，哪一种度人方便，就用哪一种相貌示人，水月观音就是一个朝水中望着月亮影子的相。我总觉得这跟时间有关，水中月，在中文里意味着无法触及，以假为真。水和月都代表时间，水会不停流动，月亮变化轮回，它们都是在说消逝，在说一无所有，在说空。"

秀树把仰着的脑袋转向她，"我以为你是基督徒。"

"不知道我还算不算，我受过洗，但十六岁离开家乡之后就不再去教堂了，而且几个月前，我还误打误撞参加了一个佛教的皈依仪式。"

"你自己心里呢？更信哪个？"

"我也不知道，我很矛盾。"

"无论哪种宗教都不想要一个三心二意的信徒吧。"

工人们陆陆续续告辞了，阿晏去开了一瓶红酒，"庆祝一下，"她说，"佛教徒不能饮酒，但是基督徒可以，那是基督的血，为了救赎我们的罪。"

"然后你开了一家素食餐厅。"秀树把酒杯跟她轻轻碰了一下，"你太奇怪了。"

"餐厅不是我的，是静姑婆开的，她死后留给了我，静姑婆是很虔诚的佛教徒，吃长斋，一辈子都没有嫁人。"

他们俩在桌子边坐下来，店里特别特别安静，秀树一时不知道说什么好，想了一下，他问，"那她为什么不干脆出家呢？"

"我也不知道，这事儿在我们家是个谜，只知道她在净尘法师出家之前就认识他了，我们都猜想她有点爱他。她一直不嫁人，其实完全可以追随他出家的，但她也没有，也可能是因为他后来离开了大陆。他现在身边有不少都是女弟子。"

"你没问问她？"

"不敢问，我们见面也不多。小时候不懂，长大以后，又觉得跟她有距离。静姑婆不爱说话的，也不爱笑，小时候我有点怕她，她其实一点儿也不凶，就是有一种威。"

他又喝了一口酒，点点头，有点放松下来，"那现在这个秘密已经被带进坟墓了。"

"是啊。"

"敬你。不是佛教徒，接手了佛教徒的素食餐厅，还修得这么美，你是真的懂。"他抬起酒杯，轻轻碰了碰，喝了一大口。

"我哪儿懂啊，这段时间跟着静姑婆，才听到一点皮毛。回想起来，其实我哪一边都不懂。你去过中国的农村吗？"

"没有。"

"我老家在河北，你知道河北吗？就是紧挨着北京的一个省，我家在一个小村庄，到现在都不富裕，但是很奇怪，那里有乡村教堂，清朝起就有人在那传教。我们家后门出去，隔一堵墙，就是教堂，家里的老人都信主。我父母这一辈，因为正好赶上解放了，不敢信，神父修女也撵干净了。那个教堂很朴素，跟我在国外看到的教堂完全不一样。从外面看跟农民房也没什么区别，就是多着一个尖顶，顶上多一个十字架。把十字架拿掉，就不是教堂。到了我这一代，十字架又装回去了，教堂里又有人了。我一出生，家里就让我受了洗。我小时候经常跑去隔壁，跟修女玩，听神父布道，半懂不懂的，听到赞美诗，心里就安宁。可是，静姑婆最后的日子我陪着她，天天听经，也不大懂，一样觉得安宁。我就想，我小时候受洗，并不是我自己选的。教堂是邻居，这算是宿命？还是偶然？如果我们家隔壁是寺庙呢？"

"可是现在你是成年人了，你可以自己选择，你还是不知道要怎么选？"

"我搞不清楚这两个到底有什么区别，我难道不可以同时爱两个神吗？我以前觉得同时爱两个人都是不可能的事呢，后来发现其实也可以的。"

秀树耸耸肩，"不管怎么样，祝你生意兴隆。"

坐在斯里兰卡的海滩上，中午喝的酒被阳光的热量蒸腾上来，在血管里加速流动，她竟然有点晕，跟那天晚上一模一样。事后她很懊恼，不应该喝那么多酒，话总是说得太多，人总是不能默默自处。人在伊甸园里偷吃到的禁果，并不是从此明白了羞耻，而是不再能够耐受孤独。幸好宏声已经在屋子里睡了过去。

两天后，她跟宏声告别，在机场回归了胖女士团队，宏声独自坐另一趟班机回国。胖女士看到阿晏很高兴，很有上来拥抱她一下的意思，两只圆滚滚的胳膊抬起来手里全部是duty free 的袋子，只好算了。阿晏用眼睛找了一下同行的人，那个和印大和尚显然已经在团友中发展出了一批不小的粉丝群，都簇拥在身边，姜老师走过来，拍了一下阿晏的肩膀，"跑哪里去了？你这只迷途的羔羊。"

阿晏心下一惊，上帝没可能要通过这么一个穿着棉麻袍子的老太太来发出声音吧？姜老师可能只是有点不高兴，旅程的后面几天，她被丢下一个人住一间屋，换别人是求之不得的，但老太太晚上没人聊天，感觉白瞎了一半团费。

北京天气很糟，飞机下行的时候往窗外看，一团灰黄的雾霾悬在半空，很黏稠，像有人在空中啐了很大一口浓痰，飞机义无反顾地一头扎了进去，北京到了。

她做了一晚上的梦，第二天早上醒来，眼睛还习惯性地朝窗外看，那里已经没有海了。她得赶紧爬起来去店里，一个多星期不在，虽然店长每天都给她发微信，汇报一切如常，心里总是不大放心。

网红店有网红店的烦恼，来的客人不少，但翻台率并不高。素食餐厅本来就有一种慢下来的暗示，慈云喜舍尤甚。玩自拍的，聊天喝茶的，拿本书看着的，点了两道菜可以悠然坐上很久。里面的客人不出去，外面的客人进不来，每次看见门口一群人排队，阿晏心里就有点着急。店里给等待的客人预备了甘草茶和海苔脆枣，但这也治标不治本，海底捞可以给等座的食客做美甲，难道她给门口每个客人发一串数珠让他们念经不成。

"怎么不请客人进来呀，里面不是还有位置空着么？"

"那几桌有人预订了，晏姐。"前厅负责接待的小沈头上别着一枚亮闪闪的夹子，她回头得想想怎么说服她摘了它。"再等一下，预订时间超时二十分钟还没人来，我就放后来的客人进来。"

一连几天都是这样,座位早早地订了出去,临了大部分客人变卦不来,她问店长李晓娜,你觉得是怎么回事?

"好像,我怀疑,有人成心在捣乱?"晓娜说得很斟酌。

她们比照着预订本,查了这几天的预订记录,并没找到什么头绪,那些最终放鸽子的客人,并不是同一个号码打来的,有时是男的,有时是女的,如果真的有人恶意做了这件事,那他一定费了不少心思。

"要不要干脆取消预订?"阿晏问晓娜,"一律到现场安排,以示公平。"

"小桌散客取消预订倒是可以,里面一排隔间基本上都是高端宴请,不能提前预订,恐怕这一部分客人就要流失了。"

"那只好改规矩了,以后隔间预订只保留十分钟,让小沈在预订时间前一小时打电话给客人,确认是不是能来。"

晓娜提了一个合理化建议,周边的写字楼和创意园里年轻人很多,午餐时间紧张,不可能浪费在排队上,可以推一种"每周素一天"的餐盒,搭配好主食蔬菜水果,外卖配送,如果包月订,可以有优惠。盒子外面标明卡路里,并附一张设计得很漂亮的净尘大师禅语卡,可以做书签,也适合分享到朋友圈,"保证每周不重样,秒杀心灵鸡汤。"晓娜说。

城市里正发着一种叫做创业的高烧,也许只是流感。大街上到处是热情的项目在拉拢它们的早期用户,抢占流量,抢占入口,像是"圈地运动"的升级版,这次他们要圈的是手握移动终端的人。圈地运动把人从土地上分离出来，圈人运动把人从旧有的关系链中分离出来。社交软件解构了情感关系和家庭组织，内容创业和知识付费分离了人与职业机构，在线支付、在线医疗、最后一公里投递分离了人与传统社会服务机构。人与人成为了点对点，人变成了只是人自己，他们手中伸出无数触须，一体两面地感受自由和孤立。即使是后知后觉的人们，也隐约感觉到脚下的大地开始摇晃。一轮新的巨潮即将到来，革命性的突破，伴随着革命性的破坏，机会在哪并不十分清晰，但不管是出于贪婪还是恐惧，勇气还是洞见，都必须把赌注押在新生事物这一边。整个世界有一半人都变成了投资人而另一半人成了创业者，把自己投进快到看不清的轮盘，为了赢得一张登上未来的船票，只要还没下赌桌，就都不能算输。

隔壁的创意园区里新开了一家沙拉店，虽然是最传统的餐饮生意，但因为触及了移动互联，也带上了O2O、消费升级等一系列概念光环。这家沙拉店的商业逻辑链条很长，首先，他们做了一款叫做"执意"的健身App，里面有各种健身短教程，增肌减脂力量训练曲线雕塑驼背改善仪态纠正一应俱全，免费的。然后，为了增加黏度和提高频次，补入社交属性，在线私教随时解答你的健身疑问，免费的；健身论坛用来交流和分享心得，免费的；当然还有相册，供那些挥汗如雨撸铁不止的用户适时晒出自己的人鱼线马甲线以及八块腹肌，这些统统都是免费的。健身App烧着投资人的钱，亏损运营了两年，圈粉逾亿，信任和依赖渐渐成型。所有耐心的耕耘都是序曲，现在收割的季节到来了，他们开始贩卖健身器材、运动装备、各种利润率很高的蛋白粉、代餐粉和保健药丸，高歌猛进地在多个城市配送量身订制的纤体或增肌餐食，他们从线上走向线下尝试性的第一步，就是开了一家很酷的同名沙拉店。

这家名为"执意轻食"的沙拉概念店，看起来可真不像一个吃饭的地方，它更像青年人的公共客厅，生活方式迷狂症者朝圣的殿堂，挑空挑高的大空间，墙体挂满文化名人，王尔德伍尔芙奈保尔们在黑白照片里炯炯有神地盯着今日之青年，并给出了他们的格言警句，天顶画是古希腊诸神完美的肉体。中间一张巨大的原木色长桌，有铺张的绿植和慷慨的鲜花，周围一圈椅子，可以开会，也可以坐下来聚餐。巨大的LED屏幕和可供随时书写的白板，让空间的功能得以多元切换。长桌一边是许多独立的高桌，如果是独自一人，或者三三两两，站着就把那份仅够果腹的健康餐吃了。长桌另一边是一排小隔间，像教堂里一间一间的告解室，互不打扰，拉开隔间暗色的玻璃门，里面仅容一榻，不是胶囊旅馆也不是榻榻米，铺的是厚厚的专业瑜伽垫。一灯，一垫，一充电插座，一音乐耳机，一轻体健康秤，此外无他。那些没有地方午睡的公司职员，可以在这里小憩，去不了健身房的人也能打个坐倒个立冥个想，当然，中午吃多了的人，也特别适合来这里扪心自问，残酷地计算一下当日摄入卡路里，并陷入深深的忏悔之中。

　　慈云喜舍运气不好，"每周素一天"的餐盒刚开始推广不到两星期，就撞上了执意轻食的开业大酬宾。他们当然不会使用"开业大酬宾"这么土鳖的说法，他们创造了一个新词，叫做"baby view"，这个 baby 一出生就媚眼翻飞，平均每三天掀起一轮事件营销的高潮："完美肉体方程式""来邂逅你的瑜伽私教""那些套套教会我们的事""减肥不减胸，增肌不增重""魔盒开启专属月度菜谱""捐出日益变大的牛仔裤""旧情人配不上新的你"……与此同时是低到不可思议的价格，烟熏鸡胸藜麦沙拉，甜虾芒果芝麻菜沙拉，油醋汁龙利鱼小番茄沙拉……统统只要十二元，加送鲜榨果汁。

　　执意轻食很快成为现象级的网红店，他们根本不指望通过线下店铺挣钱，店铺不过是一个为粉丝增加体验的空间而已。因为离得近，阿晏也去实地考察了一下，店里放着爵士乐，连收银员都帅到飞起。这天店里新一轮的活动是"超人执意为你送沙拉"，几十个男模，上身半裸，斜绑着一条黑色皮绳，下半身穿着紧身皮裤，外面套一条银色三角短裤，背上披着披风，手里捧着餐盒，正在店里笑眯眯地拍照，他们的肱二头肌或者腹肌上，有貌似刺青的图案，定睛一看才发现是二维码，四周围满了兴奋的围观群众，都在拿手机拍合影，发微博微信。

　　"他们真要穿成这样出去送外卖？今天外头可冷了。"阿晏搓着手对收银小哥说。她点了一份全素的蓝莓南瓜甜百合沙拉，饮料是西芹汁。

"不怕，我们的男模身体都是棒棒哒。"一身黑衣的小哥，一开口竟然特别嗲。

果然，拍完照片，男模们出发了，他们跨骑上门口一排黑色的哈雷摩托，在粉丝的尖叫声中绝尘而去。

她走回慈云喜舍的时候，看见一辆哈雷摩托停在慈云喜舍的门口，一个留着长长鬓角和小胡子的帅哥正从店里往外走，他把披风在胸前披得紧紧的，恐怕是太冷了，这笔出场费也真不好挣。经过阿晏的时候，他很专业地对她微微一笑。

服务员都很兴奋地簇拥在前台嬉笑，小沈满脸绯红地拿着手机，据说英俊的超人奉上外卖沙拉之后，还挽起她的手合了个影。看见阿晏走进来，大家都有一秒钟微妙的尴尬。

营销没有取得预期效果，在活色生香面前败下阵来，阿晏倒也没有特别沮丧，因为投入并不多，只是一次性订做了许多餐盒和包装袋，算是资金积压成了库存，留着慢慢用好了。只有一次，一个穿西装背双肩包的男人来到店里，手里拎拿着他们的餐盒，禅语卡上印的是：白马非马，无常是常。他很不高兴地对前台说，给你们提个意见啊，以后饭盒上不要写这种触霉头的话。

从斯里兰卡回来，她去找过一次雷医生，带了礼物。因为是净尘法师介绍的关系，雷医生对静姑婆一直很上心，她不肯去医院，他就来家里望她，甚至对静姑婆最后放弃治疗都很支持，"生命有它自己的规律，有的时候，勉强治疗只会让病人更痛苦。"

雷医生看见她很高兴,"小晏,你来了,你那个店不得了啊,我在朋友圈都看到过好几次了,生意好吧?"

"生意还行,说了好几次,让您来店里试试新菜,您怎么不来啊?"

"我这不是忙吗,刚从贵州交流回来,那里医院专业人手很缺,尤其是心脑血管、外科和肿瘤这几个方向,北京政府跟他们签了对口帮扶,后面可能还得抽调我到贵州去挂职一段时间。"

"雷医生,我有个事儿得找您帮忙。"

"说。"

"嗯,就是,店里想推一点时令的药膳,想找个养生专家,在食材搭配上,给点建议什么的,您看是您亲自出马,还是您帮我推荐一个中医?"

"这要找什么其他人,我回头帮你琢磨琢磨得了,你怎么支支吾吾的,还有什么事?"

"是这,我呢,有个朋友,宫颈癌,三期了,在石家庄动的手术,也做了化疗,效果不太理想,医生怀疑她出现转移了。我想让她到北京来,您帮她看看好不好?"

"怎么现在才找我?应该手术之前早点介入的嘛。"

"就是的,之前她家属给她在石家庄找了熟悉的医生,也是图照顾起来方便。"

"行吧,你到时候带她过来,我先替她看看,如果确定要在我们医院治疗的话再说。"

"我怕我万一店里走不开,我让她家里人陪着来好不好?直接找您。"

她想着怎么把这个消息告诉宏声,他不会怪她多事吧,毕竟这样就要向病人解释,为什么要舟车劳顿地去北京,她突然没把握起来。她曾经祈愿过让他成为自由的人,向不同的神,现在她知道这是错误的,她并不想以这种方式应验神通。

也许她想错了,她不能以一种罪过去解决另外一种罪过,神也不会通过伤害一个人来满足另外一个人。

跟着静姑婆吃素念经的时候,会想到以前她虔信的时刻,十五岁,在海报上看见大眼睛女孩的照片,她上初三,身上一毛钱都没有,瞒着大人跑了七里地,跑到乡卫生院去卖血,得了两百块钱,寄给希望工程,她没想到自己一年以后也成了辍学少女。"傻死了,居然去卖血!没染上艾滋都算你走运了!"陈重老这么说,他总是有理,毕竟她是在河北的乡村啊。

想起老陈,就想起她对神所有的失信。离开家乡以后,她只进过一次教堂,那时她爱上陈重,带他回家去见奶奶,陈重是律师,年轻有为,身材也很高大,奶奶没别的意见,只是不同意她嫁给一个不是天主教徒的男人。她出了后门就去找本堂神父,"神父,你快去劝劝我奶奶吧,我嫁给教徒,今后只能多贡献一个教徒,就是我们的孩子。我嫁进非教徒的家庭，天长日久的影响，不光我的孩子，说不定我孩子的爸爸，以及他的父母姊妹未来都能信主呢。"

神父被她说服了，那时候她可真敢说。爱是永恒信仰，什么都拦不住她的渴愿。她如愿了。她总是可以如愿的。她活在对自己的信心中：赤手空拳从农村来到城市，为自己挣出一个家。她拼命工作，奋勇挣钱，结交各路人脉，一有机会就去读书，这个世界没有奇迹，只相信实力。

宏声没有异议地接受了她的安排，他和薇薇带病人来到北京，雷医生很快给安排了病房，并重新做了全身检查。他们没见面，只通了几次电话，宏声告诉她，不太乐观，可能得在北京的医院住上一段时间了。

转眼已是春天，陈方奎在按照雷医生的食疗方，为他们夏季要推的莲荷清宴研发新菜。雷医生是个渊博有趣的人，他对阿晏说，莲即是佛，你有没有发现，佛学经典里记载的很多植物都是致幻的，简直是毒品，比如曼陀罗，比如曼珠沙华，只有莲花不光没有毒性，而且浑身上下都可以给出去，为人所用。

她想了想，真是这样，花可以观赏，荷叶、莲子和莲心都能入药，莲藕好吃又滋补，就连枯掉的残茎莲蓬，都可以晒成清供干花。这么一身是戏的食材，正好供陈师傅大展身手，仅是小拇指粗的嫩藕苗一味，他就整出了配水芹清炒、青芥笋丝凉拌、跟莼菜焯汤和裹面粉轻炸后跟松仁荸荠丁包成米纸卷四种不同的料理方法。

店里的生意渐渐上了正轨，她终于学会了看财务报表，偶尔，人手忙的时候，她也帮忙上上菜，跟客人寒暄两句。其间不是没有发生过插曲，有一次她发现，慈云喜舍在大众点评上的网友推荐菜相册里，竟然出现了许多荤菜的照片。麻辣鸭四件，鸭拐鸭蹼直挺挺地在砂锅里伸着，似有无限冤情。烤乳猪按照广东人的习惯，一只完整的小猪卧在大盘子里，眼睛部位装了小灯泡，通上电，咧着嘴笑的仔猪，亮出血红的目光炯炯，留言里出现了差评：残忍！素菜馆里的败类！这很明显了，有人在恶搞她的店。

她想不出谁会怀有这么深的恶意。嫉妒的同行吗？素食生意本身市场很小，就算竞争激烈，恐怕还没到你死我活的分上。她辞过后厨一个小伙子，起因是他老在上班时间用手机打游戏，误过几次事，她批评了他几句，年轻人火气大，当场就脱了工服甩在灶台上，老子不干了。那段时间老有客人预订了座位又临时放鸽子，她就怀疑是他搞的鬼，不过也没有证据。听其他同事说，他好像去了深圳，投奔一个在华强北的老表。另外有嫌疑的就是房东，厨房通风改造的问题一直没彻底解决，他们有过几次不太愉快的沟通，房东是个老北京，在事业单位上班，看起来算个体面人，不至于玩阴的，不过也不好说，毕竟这种作恶成本很低。她只能想办法去找大众点评申诉，要求他们在后台删除不实照片，她问他们，能否查看到发布照片者的IP地址，大众点评的回复无懈可击，充满了政治正确：对不起，除非有公安司法部门授权调查，否则我们有义务对用户身份信息保密。

这件事情本身给她带来的愤怒感，进而被一种她什么都做不了的愤怒所代替，她站在明处，而对手是看不见的。阿晏用那个最常见的说法开解自己，不要把宝贵的时间精力，拖到低水平的战斗中去。"狗咬了人一口，难道人要再咬狗一口吗？"但这种说法充满逻辑缺陷，人不能咬狗，但人如果拿不出任何措施，就等于白白给狗咬了一口，狗失去约束，下次会更加肆无忌惮地咬人。她有时无法理解这种恕道。

莲荷清宴推出之后很受欢迎，来尝新的客人很多，餐厅陈设也应季地改成了荷花主题，十天之后，店长李晓娜在手机上给阿晏看了一条公众号推送，那是雍和宫附近一家规模很大的素菜馆，也在推他们的夏日特色菜，"夏令清补名医食疗方"，照片里的大部分菜，都跟慈云喜舍荷花宴里的菜品如出一辙。

阿晏想来想去，要么是别家餐厅的厨师来慈云喜舍吃饭，按味索骥，自己悟出了食谱，对有经验的厨师来说，这不算太难的事，要么就是慈云喜舍的厨师，把他们的菜谱外泄了。可能性最大的就是陈方奎，因为几乎所有的新菜都是他研发的，对工序食材最为了解。他手下那些年轻厨师，未必每道菜的做法都掌握。而且陈师傅在素食圈浸淫多年，跟同行很熟，有人找上门来，许之以利，要求传几道时新菜，也属正常。雍和宫店跟慈云喜舍压根不在一个区，如果不是微信朋友圈转来转去，可能就相安无事，不会知道。

对荤食餐厅来说，除了那种主打创新菜概念菜的，普通餐厅彼此之间"撞菜"，实在不算什么大不了的事情。酸菜鱼好卖，家家餐厅都做酸菜鱼，麻辣小龙虾红火，大家又一窝蜂地加卖麻辣小龙虾。就像粤菜餐厅都有卤水拼盘深井烧鹅白灼芥兰、本帮菜馆子都有四喜烤麸糟小黄鱼腌笃鲜一样，同款竞争，方显滋味正宗价格公道。但是高级素食餐厅不是这样，素食餐厅在食材口味上的选择余地太小，要吸引客人，拼的就是功夫。加上素食餐厅大多走健康养生路线，讲究"不时不食"，菜单常常随四季更换，菜品得不断花样翻新，不能只是几道寡淡的绿叶菜豆制品罗汉斋卖来卖去，主厨不断创新，做出独特的菜品来极为关键。刚刚兴起用 Pad 代替纸质菜谱点菜的时候，很多高档素菜餐厅第一时间就换了 Pad 点菜，就是看中 Pad 修改起来简单容易，无须重新印制菜单。餐厅推出新菜，或者因为进到了某样时鲜或珍稀食材，可以临时"加戏"、"改戏"。高端素菜餐厅，都有自己核心竞争力的主厨，不会贸然去别家抄菜，但是另外一些规模较大、能够跑量的素菜馆，就不会在菜品研发上头下这么多功夫，也不会花很高的薪水去延请所谓名厨。

阿晏性子直，与其猜来猜去，不如把陈师傅叫来，把手机递给他看，直接问他：这怎么回事？

陈方奎眼睛瞪得老大：怎么回事？

你不知道？

我不知道。

不是你把配方传出去的？

不是我把配方传出去的。

两个人句型训练一样说来说去，陈师傅一口咬定，不关他的事，阿晏挥挥手，也就不再多说了。

秀树很久都没来慈云喜舍了，听说忙得脚不沾地，刚刚又在天津和上海各接了一个公共项目，成了炙手可热的新锐设计师，那天破天荒地给阿晏打了一个电话，问她知道不知道日本有个天妇罗之神。

阿晏说，天妇罗之神不知道，寿司之神小野二郎倒是常常听见说的。

"这就对了，天妇罗之神跟寿司之神齐名，还有鳗鱼之神，在日本大名鼎鼎，三人合称'江户前料理三神'，这个天妇罗之神下周要来北京，问我有没有什么值得一试的餐厅，我就推荐了慈云喜舍。"

"是嘛？那太好了，我们一定拿出平生绝学招待他。"阿晏笑了起来。

秀树说，他跟这位天妇罗之神，颇有些旧交情，所以他特意央了老先生，到慈云喜舍也露一手，现场展示一下天妇罗绝活，算是相互交流吧。"他们很严格，不可能轻易传授，不过现场做一次，站在旁边看的厨师如果灵光的话，或许能学到个七八成，诀窍主要是火候和面衣的配比，你让厨师事先准备一下。你知道，在日本，由于土地稀缺，我们把蔬菜看得比海鲜要金贵，很多蔬菜都可以用天妇罗的方式来料理，特别适合素食餐厅。"

阿晏惊讶极了，这真是不可多得的机会，难为秀树竟然这样想着她，她心里一甜，不知道怎么表达才好。

"你不用谢我，其实一直是我要谢你，您是我的福星，我在中国有一点起步，全是托了您的福。"电话里的秀树听起来又像一个日本人了。"不瞒您说，我本来想着，等我赚到在中国的第一桶金，我就拿出一定比例出来参股慈云喜舍，算作我的报答。但现在店里生意一直往上走，再这么做就不合适了，简直像要占便宜了。"

接连几天都没睡好，晚上，阿晏做了一个梦，梦见自己又回到了以前的生活状态中，她作为嘉宾去参加某个活动，但是活动的地点分明是在北京颐和园里。一进公园，就惊讶地看见陈重，已经先来一步了。他也是嘉宾吗？她看着他，好久不见，竟然有点陌生，新理了平头，露出脸部的线条，鬓角和下巴的骨骼，第一时间不敢相认。负责接待的活动方把他们俩让到休息区，就告辞了，阿晏松了口气，她不知道要跟陈重聊什么，就抓拿起旁边一本书来看，周围都是旧书，她拿到的这一本，牛皮的封面，书脊上竟然镶着西洋老珍珠，翻开来一看，是一本手绘《圣经》，花体字母，四周画满了描金的纹样。这时候陈重突然站起来，说，"已动"。然后就快步地离开了，阿晏追了出去，看见一个知客僧也在气喘吁吁地追陈重，追上他之后，塞给他某样东西，然后又折返回来，往阿晏的手里也塞了一样东西。阿晏拿起一看，是半个被剖开的铃铛,中间依然悬有铃舌,铃铛外面刻了一个字,"鹊"。她心想,不知道塞给陈重的是不是也是半个铃铛呢,让我来摇一摇铃,看他是否回应。于是她摇动手里的铃铛,铃铛发出洪钟大吕一般的声响,把她惊得醒了过来。

她不知道这个梦是什么意思,但是再睡不着了,在床上翻来覆去,烙大饼似的耗到天亮,起来去店里。她想到一个解决陈方奎事情的点子,陈师傅是个能人,店里正是要用他的时候,何况她也没证据。

静姑婆把店留给她的时候,她很忧自己不懂餐饮,没想到开店会碰到的问题,几乎都跟餐饮没关系,都是人。如果当时不是她遭遇个人生活的停摆,她怎么可能答应接手这么一个店铺,换了城市,换了职业,换了航道和思维方式。

这时候她看见一只通体漆黑的大鸟,好像昏了头,跌跌撞撞地,走在快车道上,鸟的模样很奇怪,身体胖胖的,既不是乌鸦,也不是八哥。这时还是清晨,马路上车辆不多,阿晏心里一动,快步向路中间走去,想要抓住那只鸟。

一辆汽车开过来,那只鸟左顾右盼,也没有要避让的意思,司机下了车,手脚很快,一把薅住那只鸟。阿晏有点悻悻地,上去对司机说:你把这只鸟给我吧。

司机是个中年男人,着急上班,他看看阿晏,也没说什么,就把鸟递给她,开车走了。阿晏用两只手捧住黑鸟看了看,看不出它哪里受了伤,这鸟可能是养熟了的,并不怕人,恹恹地趴在阿晏臂弯里头。她就带着它,一路走到慈云喜舍。

店里的员工已经在忙早市,阿晏让小沈想办法找个笼子来放鸟,再弄点清水和小米喂它,小沈去了半天,回来拿了一只厨房装菜的大竹篮,把黑鸟放了进去,上面找块板子盖上。好多人跑来看鸟,你一言我一语的,也说不出这是什么品种,鸟窝在笼子里不动,只有头转来转去,啜了几口清水,对小米碰都不碰。

上午阿晏要跟司务去大宗采购,以往这种时候都是阿晏开车,但今天她没睡够,头昏昏沉沉,眼皮乱跳,就让司务开车,自己在副驾驶上闭闭眼睛。车刚开到望京附近,突然砰的一声巨响,还来不及看清,一桩巨大的东西迎头撞过来,车窗玻璃被砸得粉碎,车顶也凹下去一截,司机一瞬间踩了急刹车,他们俩向前重重地一冲,安全气囊像棉花爆炸一样膨开了。

阿晏一觉睡醒了似的,脑子里突然格外清晰,她看见司务满头是血,赶紧下车,从另一边把他扶出来,幸好车门没有变形,还能打开。她问司务,你没事吧?

司务摇摇头,这时他们已经缓过神来了,看见对面车道,一辆面包车侧身翻在地上,前方斜停了一辆白色轿车,几截护栏被冲得歪七扭八,应该是面包车为了避让白车猛打了一把方向,速度没下来,撞倒了护栏,其中一截护栏被撞飞,砸向他们的车顶。

交通瘫痪了,周围围了一圈看热闹的人,不一会儿,警察到了,救护车也开过来。对面的司机,据说刚跑完长途,疲劳驾驶，伤得比较严重。司务和阿晏看起来没什么大问题，目测有一点皮外伤，不过也还是要去医院检查一下。车子已经没法开了，得找拖车公司拖走，然后再找保险公司理赔，阿晏想想就头大。这截铁栏杆，看起来得有一二百斤，劈头砸过来没有死伤，警察敲着本子对她说，"你们真是命大。"

轻微脑震荡，医生开了一些消炎和镇静的药物，让他们俩挂水，司务的创面处理过了，看着挺吓人，其实清洗了之后几处伤口都不深，无须缝针。

阿晏惊魂甫定，挂水的时候，她想起昨天那个梦，忍不住给陈重打了个电话，想告诉他车祸的事情，这是他们离婚以后她第一次主动给陈重打电话。陈重的声音听起来鼻音特别浓重，他告诉阿晏，自己发烧了，三十九度多，也在石家庄的人民医院挂水。

他们聊了一会儿，她没想到他们终于还可以这样平静地说说话。挂完水她本来应该回家休息的，但她心神不定，还是去了店里，小沈一看到她就迎上来："晏姐，你没事吧？那只鸟死了。"

她们说不上来鸟是什么时候死的，当时店里事情多，忙完已经是下午两点过了，再去看鸟，鸟在篮子里一动不动，怕是来的时候就已经受了伤。

下午店里客人不多，晚市之前，服务员和厨师都可以休息一下，听歌，聊天，拿着手机打游戏。她把陈方奎喊来，请他坐下喝茶。陈师傅不知道又要对什么口供，表情一度生硬。她先跟陈方奎说了天妇罗大神要来店里吃饭，并且要交流绝活的事，让陈师傅做好准备。接着又说，她想好了，既然那么多人想学慈云喜舍的菜，她也不怕分享，打算从这个月开始，在店里开一个素食班，公开教。主妇和同行都可以来学，每个月两次课程，每次教一道慈云喜舍的素食料理，就利用下午茶的时段，对店里生意影响也不大。"客人来学是全免费的，包括上课用到的食材，都是我们供给。你负责教课，我给你发奖金。对外宣传推广，既打慈云喜舍的招牌，也打你陈师傅的招牌，我要把你打造成素食界的网红名厨。"

　　热烘烘的太阳转向西边，有光照进来的时候真好，她觉得自己开始有点像静姑婆了。她希望静姑婆此刻就在这里，设计这个透明屋顶的时候，她想到静姑婆在房间里追着太阳晒的最后时光，脑子里灵机一动，如果把屋顶全部掀掉，太阳不就到处都是了吗？

无花果

陶复递来烟斗,大麻花飘出一阵异香,他看出我们有点紧张。音乐低回,夹杂门外的风声。台风已经拔倒了院子里的一棵小树,地上一片狼藉,碎花盆,瓦片,缺胳膊少腿的树枝。院子里一方池塘,水面上积满落叶。房子对面的红砖别墅废弃已久,主人不知道为什么消失了,所有的门窗都开着,白色的窗框里黑洞洞的,好像盲人眼窝里留下的虚空,瞪着我们。

关上门,我们就安全了。

陶复的脖子比他的脸年老,那是老人的脖子。皮薄,通红,绉纹纸一样。瘦子比胖子诚实,瘦子说出了骨肉筋皮的真相。此人骨骼周正,年轻时必是条挺拔的汉子。红色T恤被洗了太多次,褪色得有点斑驳,他的皮肤就像是被衣服染红的。国字脸像一扇绷得很紧的油画布框。

对面的别墅多少钱啊,我们买下来吧?

大胡子在打听房价。台北真好啊,比大陆好啊。东西好吃啊。姑娘温柔啊。对面的房子怎么空了,主人呢?是不是可以转手啊？肯定很便宜啊。

我们抱着的纸袋里有两支红酒，当然不是什么好酒，但我们在高速公路旁的便利店里能找到的也就只有这个。

"如果你们要去洗手间，二楼就有一个。"

我跟半夏对视一眼，要去。

大胡子在看画。画摊在架子上，刚画了一半，两个女人表情淡漠并排坐着，她们穿着过时的衣服，青灰色，小领子，拘谨的考究。两个人的膝盖上横抱着一条大鱼，没什么来由地抱着，就像圣母抱着圣子，她们的身体提供了某种庇护，但又与此无关。她们身后是一道台阶，细细的铁艺栏杆，很考验画技。

"我最近重新开始画一些小画。"陶复示意我们看楼梯拐弯处挂着的一幅油画，24×30的小画，暗绿的底色上一支蜡烛，火苗燃烧得很迟疑，前面一小块骨头，像某种献祭之物。

房子的地上也胡乱堆着骨头，细看令人骇然，让这个凌乱的房间带有某种变态狂穴居过的迹象。骨头有各种尺寸和形状，骨头这东西，肉刚被啃掉的时候，骨头上会留有油光，然后时间会风干和剥夺掉水和油分，颜色越来越浅，骨质出现隙裂和疏松，发干，发粉，发白，仿佛某种风化过的石头，这个时候的骨头变得很轻，掂在手里，不盈一握。

陶复做了一个灯光装置，一个嵌在电视机柜下方的长龛笼，三面镶着镜子，几枚射灯可以调节方向，这样他可以得到自己想要的光，也可以借着镜子的帮助，得到物体不同侧面的形状，这是他画特写的辅助装置。

龛笼放着一块骨头，光线铺出来，这枚骨头就得到了博物馆里史前遗迹的庄严感。用"剔透"来形容骨头是件很奇怪的事情，但从字面上看没有问题。剔得很透彻，应该被一副耐心细致的牙齿反复啃咬过，吃净了每一丝肉纤维。Pizza死了，他的玩具留了下来，被爸爸反复摹画。

陶复的爸爸是屠夫。皮，毛，骨，肉，对陶复来说，不过是零件，每一块都可以拆解示人，或者剁得更碎。

即使在他爸爸那一代，庖屠也不是什么体面事。肉贩不能亲手屠宰，必须事以专人。屠夫凭借杀戮获得报酬，贩子挣贩卖的那一份，这是食物链，也是行规。陶复的爸爸，本来是肉贩，有一两次，眼看着猪要病死，来不及请屠夫，心一横，自己操刀上了，顺便省下了屠宰费，从此成为集屠杀与贩卖于一身的角色，这是坏了规矩，也是自轻身价。不过，五六十年代的台湾，物业艰难，陶老爹纵有一丝羞赧，也被磨得越来越快的刀子斩断了。

借着叶子的劲儿看陶复的画可真他妈的过瘾，我感觉我眼睛都被订书机订进了画里，那些无根的器官向我扑面而来，每一块肉都比上一块更为无耻。

我蜷在陶复家的沙发上，头发蓬乱，满面油光，坐姿颇为难看，人也因为旅行和失眠而变得浮肿，连续穿了几天的黑色沙滩裤已经很脏。要是再抽下去，我就可以闻见肉的咸腥味，裹在叶子妖娆的异香中。半夏和胡子比我也好不到哪里去，大胡子的胡子已经可以给小鸟做窝了，不过他俩比较节制，拒绝了陶复一再递过来的烟斗。

"你没事吧？"半夏瞥了我一眼。她不抽，一口也不抽。

"可是女人，你怎么看待女人？"大胡子虽然没抽，估计酒已经喝得不少，脸红扑扑的，像个老苹果。我之前没见他醉过。胡子平时画水墨涂鸦，风入松林，平沙鹤影之类，偶尔私下亮出几张，上面满满的几百个都是乳房，每一只都沉甸甸，胀鼓鼓。水墨的乳房不知道为什么看起来那么骇人，水墨这种介质，默认应该含蓄，突然跳出这种礼崩乐坏的题材，圆圆的白底中间一颗突兀的黑色大枣，像八大山人那些翻着白眼的鸟。让我想起 E 罩杯的曾姑娘，曾姑娘身形娇小，童颜巨乳，常常是身未至而奶先至，她挂在嘴边的名言："我就用我的胸瞪着他呀。"

我平时要尊大胡子一声老师，所以他给我看这些画时难免有些羞愧，会补充一句说明，用以盖脸："我这个，画的是苹果，苹果。"

丰收的乳房装满筐，都是压抑的果实。

"女人，可爱的女人。一边是心爱的情人，一边是可爱的老婆。"陶复的老婆不在房子里，他从九份的山上把我们三个捡回家之前，给老婆打了个电话。听说他竟然带了三个陌生人回家，老婆大吃一惊。

这个房子也确实不像有女主人的样子。几年前，陶复就和太太分居了。起因了无新意，"无非是男人贪得无厌"。一定要说的话，也可以套用《卡萨布兰卡》里描写致命邂逅的那句台词：世界上有那么多的城镇，城镇中有那么多酒馆，她却走进了我的。

全台湾有那么多酒馆，只有车伯小酒馆的车伯还在弹琴为客人伴奏。前几天我们和大胡子被朋友带过去喝酒唱歌，大胡子帕瓦罗蒂式的歌喉一出，迷倒全场，邻桌几个老得肯定已经当了奶奶的女客人目露痴缠。

"当心，这帮女妖怪要吃掉你喽，胡子老师。"

胡子笑得几乎是很陶醉了。

要不怎么台湾妇女不管多大年龄还是叫"女生"呢，她们也确实有股女生做派，当下就扭着小腰过来给胡子敬酒。老太太虽然年事已高，难为她还有腰身，跟着节奏起舞的时候，小屁股也像装了劲霸电池，透着股骚劲儿。衣服已不时髦，但胜在领子够低。酒吧的灯光历来比任何的美颜相机都管用，灯光底下的老太太，眉眼竟颇有动人处。大胡子已经憋不住沾沾自喜了。相形之下，我们这桌大陆女同胞，虽然个个年轻貌美，但生就不会撒娇的女汉子人格，实在不招男人待见。念及此处，我忍不住又站起身来，要用刘欢式的肺活量，吼一首大河向东流啊天上的星星参北斗啊。

"这个歌我不会弹耶。"车伯翻着已经卷边了的老式歌本，摇摇头。

车伯是陶复的老友，年轻时也是台湾的艺文骨干，陶复是车伯酒吧的常客，在车伯酒吧里，完成了他的致命邂逅。

陶复也是阅尽人间春色的主儿，娶了个太太又很美，怎么知道多年之后老房子着起火来。对手是个酒女，年龄大了，倦鸟知归。

妻子知道了之后，没怎么闹，只是报名去台南的大学重新读书，读雕塑系硕士。妻子之前是做首饰设计的，一直想转纯艺术。如果不是人到中年出现家庭变故，恐怕永远也下不了决心任性这一次。

"我担心得不得了，她那么漂亮，那里又都是搞艺术的，搞艺术的都是人渣。"他忘记了自己也是搞艺术的，忘记了妻子已经是四十多岁的高龄，而大学里大多是二十啷当岁的男孩子。仿佛她这一去，就要红杏一枝，探出围墙。

他开车送她去台南入学，回来哭了一场，又病了一场。妻子把自由给了他和他的情人，这自由让他恐惧，几乎是一种惩罚。他们的狗狗 Pizza 很懂事地趴在他膝下，偶尔舔一下他的手。他们没有孩子，Pizza 就是他们的孩子。妻子走了以后，Pizza 成为陶复每天的功课，给 Pizza 做饭，带上 Pizza 去海边散步。起先是他遛 Pizza，后来是 Pizza 遛他，只要 Pizza 还在，似乎他们的家庭形式就还完好地存在。

医院里的护士给他开了药，妻子放假回来看见药袋子，眼泪掉下来。"精神科。"

"你看看我的画。"这会儿大胡子竟然又摸出手机，点出一幅画来递给陶复，黑色茂密的蚌形，里面吐着血红色的蜜蕊，扭曲得很狂野。虽然画得抽象，但一望而知是女性生殖器。我猜胡子是胖女人的拥趸，不是出于美感上的，只是丰腴、肉感、慷慨的女人，往往擅长不经求索就轻易给予的爱，感人得热气腾腾。胡子常常告诫单位的年轻女孩子不要减肥，"你们不懂，微胖是一种境界呀。"

陶复还没来得及置评，大胡子又解释了："这个，画的是火龙果，火龙果。"

陶复从他的书架上拿画册送给我们，某次台风，家里进水，书架被泡了，画册已经扭曲，有些页码已经彻底粘在了一起，如果硬要撕开，有时候就会看见左边的画被转印在右边的画上，而右边的画的印刷油料又渗进了左边的页码。如果那一页恰好画的是肉身就更惊悚了。

"你这个是怎么画出来的？"我的眼睛已经斗鸡了，指着画册里的一幅画问陶复。那画的是一方怪石，上面长满了苔藓，苔藓里诡异地游着一条鱼。石头古老的纹理、苔藓毛绒绒湿答答的质感，小鱼身上每一片反射着微光的鳞片，逼真得吓人。

陶复的画分几种，一个系列是邪恶的肉身，各种开肠破肚，各种蒜泥白肉，各种交配，不合时宜的器官以不可思议的形式扭长在一起，技法极其粗暴，目的就是让观者爆发生理不适。另外一个是丛林系列，繁茂的雨林里，各种生物遮天蔽日，像欲望一样生机勃勃。还有一种枯木罗汉，苍凉的古藤和枯骨，结成了罗汉的轮廓，此时陶复的技法已经十分圆熟老辣，罗汉无悲无喜，亘古常在。沿着这个脉络看下来，几乎是阿修罗变成了阿弥陀。

年轻的时候，他画了大量的街头流浪汉，越脏越颓的流浪汉，他就越喜欢。流浪汉是不加掩饰的际遇的产物，画他们，几乎就像是直接在写生命运。而他自己也过着半流浪的生活。那时候侯孝贤还没有拍《悲情城市》，九份老街上用很低廉的价格就可以租一套房子，喝酒，画画，狂歌，为了姑娘大打出手，时而醉死在街上。

我们走在九份老街，感觉那些淘金矿工们客死他乡的冤魂还在海峡上空跌跌撞撞，我要回家啊我要回家啊。妓女和寡妇们彼此提防，但又常常互换了身份。陶复突然指着一间几乎要倒掉了的房子说，看，我年轻的时候就住在这个地方。有只黑猫轻轻走过，鄙夷地看了我们一眼。

这里是九份景区的背后，游人较少，房子很矮，屋顶用黑色的柏油铺就，在太阳下吸足了热量，人们洗了衣服，就直接摊在柏油屋顶上晒干。当时侯孝贤来这里看景，也相中了让他演戏里的男主。帅嘛，又年轻，可是他夜夜烂醉，摔断了鼻子。

"两次耶，鼻梁同一个地方，摔断两次！阿公摇头，不要我，侯导就只好算了。"他没错过什么，白天他在街上给人画画，赚够了钱，就呼朋唤友出去玩，他带着姑娘，朋友们也带着姑娘，他热烈地付账，把钱花光，然后再去挣。金钱多罪恶啊！好东西都是罪恶的！十五岁第一次看到裸体女人，是叔叔的收藏，满满一屋子的裸体女人，浑身都滴着蜜糖。在那时候的台湾，色情杂志也是稀罕之物。叔叔见识过这么多美好的肉体，所以他更爱上帝了。

为了求学方便，他寄宿在台北的叔叔家里。叔叔是个神父，布道虔诚，日常也极为自律，见了女信徒，不苟言笑，终生未婚，把一辈子都奉献给了神，做侍奉主的仆人。奇怪的是，他在一切事情上都对陶复施以修道院式的清严戒律，却默许陶复翻看他的 *Playboy*，在侄儿面前，他并不掩饰自己的收藏。他对待这些情色杂志有一种超然的态度，就像陶复的屠夫爸爸对待他案板上的肉。

放学尚早，叔叔还在教会没有回家，他就邀请长得漂亮的女同学到家里玩，理由常常是听音乐。叔叔家有上好的音响设备，那时候神职人员供养丰厚，叔叔没有家累，可以生活得很优渥，听进口音响，喝进口咖啡，看进口书籍。他住在叔叔家的阁楼上，在阁楼上看《阁楼》。

女生很好奇地来了。你一个人住这里呀！她们爬上绳梯，往阁楼里张望。音响是陶复的终极武器，按钮旋开，立体声在阁楼里激荡，"我事先把我叔叔不太看的过期杂志里那些奶子偷偷剪下来，密密麻麻地贴在音箱功放的黑膜上，音乐一起来，共振嘛，那些奶子就一跳一跳的啦。女生就不行啦，脸红啦，咿咿，呀呀。"她们扭捏想要逃走，但是绳梯早就被陶复藏起来了。

"可是女人，你怎么看待女人。"大胡子估计喝多了，开始像一张卡针了的黑胶唱片。

"我不懂女人。"

"那你的情人，她是个酒吧女，那么你，你，你怎么知道她是不是，啊，啊，啊。"

大家都不作声。谈话有点尴尬了，大胡子一时也没有组织好合适的语言。你怎么知道她是不是真的爱你。你怎么知道她是爱你的人还是爱你的钱。你怎么知道她不是逢场作戏。你怎么知道你是不是她线上唯一的一条大鱼。你怎么知道你不是一个傻逼。

"你的画多少钱一幅啊？我要买！"我痛苦得叫了起来。

"真的，我们帮你在大陆做展览吧。我们有场地，而且可以搞定媒体。"大胡子急于补救失言。

陶复没有接茬，只是慢慢地喝酒，抽烟，过了一分钟，他说，"她挣钱比我多太多了，她是全台湾最成功的酒女之一，所以她从来不用我的钱，她不需要。"

于是半夏站了起来，伸个懒腰，"都两点了，我先去洗澡，你们也累了，喝完这一杯，就休息吧。"

我和半夏睡在客房，湖绿色的被子，因为夏天的台风变得湿乎乎的，我尽量不翻身，不去触碰半夏的身体。大胡子被安排在了隔壁，陶复老爹睡过的床上，老爹中风之后，被接过来住了一阵，所以那张单人床是张病榻，可以用摇臂把床头摇成坐起的姿势。陶复一个人睡在 loft 的主卧，那是个没有门也没有隔断的大空间，超大的榻榻米上铺着铅灰色的床垫。这样他带酒女回家的时候不太好办吧，没有门。没有门怎么办？我还没有想出答案，就睡着了。

没有门是不太好，早上我刚翻了个身，就听见陶复在外面起床的声音，他听见我们醒了，要起来给客人做早饭。

我们陆续起床，彼此微笑，礼让，按顺序使用洗手间，漱洗，徒劳地化妆。往面如死灰的脸上扑欲盖弥彰的粉。然后下楼吃陶复做的早餐：每人一杯黑咖啡，几粒已经软掉的腰果，盛在一个粗陶的盘子里。陶复对我们抱歉，他的房子能找到的食物只有这些了，而且因为台风，最近也没有出去买。

睡了一觉起来的胡子终于停止了关于女人的追问。我们借着晨光再次打量了陶复的油画，画得真好啊我们说，我们又反复看了他被台风揉捏过的庭院，房子真好啊我们说，我们继续看了对面无主的房子，台北真好啊如果能找到房主他又愿意卖房然后房子又不贵的话你一定要联系我们啊我们说。我们互相留了电话号码和邮箱，许诺要保持联系，大家都知道，告别的时候到来了。

"你们等等，我带你们去个地方。"陶复突然说。然后他开车把我们带到海边，一片无人的海，像一幅灰蓝色的布匹，谦逊地铺在那里。海滨有一排餐厅和商店，现在不是旅游旺季，所以这些店也就大多不开门。陶复带着我们走啊走，一直走到最远端，有一家还开着的Pizza店，我们坐下来，开始点东西吃。等上菜的时候，我和半夏一直在玩自拍，虽然我们的脸都还丑陋地浮肿着，但是遮阳帽和美颜软件会解决这一切的。陶复心情大好，他和胡子像兄弟一样并排坐着，他们不再费力交谈了,只是笑眯眯地看着我们,任由我们给他俩拍照。

"以前 Pizza 还活着的时候,我每天都要带他到这里来散步的,散完步我们会在这家店点一个汉堡吃。"买单的时候,他和胡子打了很久,最后他打赢了。

遛完我们,按照之前说好的,陶复开车送我们去最近的捷运站,我们坐捷运去台北。车很快开到了捷运站,但是陶复突然想起来,啊,他画画需要一种塑料花当道具,他要去台北的某个特定的市场才能买到那种特定的塑料花,然后他继续开啊开,开了一个多小时,载着我们一直开到了台北。沿途看见被台风抛在地上的广告牌,被连根拔起的树,被砸坏的栏杆,全年地表最强台风过境的那个晚上,我们住的酒店大楼晃得像风中的树叶。但今天大海息事宁人地一路陪着我们,还有汽车里车伯的老歌:哎呦南海姑娘,何必太过悲伤,年纪轻轻才十六半,旧梦逝去有新侣做伴……她在轻叹,叹那无情郎,想到泪汪汪,湿了红色纱笼白衣裳。

汽车终于开到了我们住的酒店,找不到任何理由再继续这场偶遇和拖延这次离别了,我们从车里钻了出来,反复说着我们还会再见。

但我们也许不会再见了。想到这一点,我不禁冲上去,抱住了陶复那被 T 恤衫染红的、皱巴巴的老脖子。

平安夜　夜安平

雪从四面八方落来，直落了一个晚上，外加一个白天。

下午三点的时候，罗小草在手机微信的家长群里收到消息，由于天气原因，幼儿园提前到三点半放学。她叹了口气，保存正在写的文档，一边看钟，一边脱掉小棉袄，去拿衣架上的厚外套。巨大的狐狸毛领子兜在头上，地主似的，在雪地里嘎吱嘎吱地走。雪并没有冻实，一踩一泡水，冰水很快渗进鞋子，打湿了脚。想起小时候《听妈妈讲那过去的事情》之抒情唱腔，"她去给地主，缝一件狐皮长袍，又冷又饿跌倒在雪地上。"穿着狐狸毛的罗小草就是这首歌里的所有人：辛勤的妈妈、无情又贪婪的地主、饥寒交迫的女工。

果果早上起来撞开房门，冲进他们的卧室，妈妈，快来看看外面的美景吧，他一阵风一样冲了出去，站在阳台上往下看，楼下停了几辆车子，车顶上一片雪白，小区花园里惊起几只飞鸟，瞬间又不见了。果果对窗外大声念：江山一笼统，井上黑窟窿，黄车身上白，白车身上肿。

楼上阳台晾衣杆上的一团雪吓得掉了下来。

从幼儿园把果果接回她父母家,一进门,看见母亲正在阳台上打电话,表情很凝重,玻璃隔门关着,不知道在说什么。果果踢掉了雪地靴,换上拖鞋,闹着要出去玩雪,白天在幼儿园,老师不允许他们出去打雪仗,只能坐在教室里学习,可把他气坏了。

"只能玩一会儿。"她说。果果已经飞快地重新套上了雪地靴。"我带他出去玩一会儿。"她对坐在沙发上的父亲说。

"我们来对砸好不好?"一出去,他就抓了一个巨大的雪球捧在手里。

"不好,砸到我我会很痛的,而且我讨厌打仗。"

"那我可以砸谁?"

"砸一堵墙,或者砸那棵树,我可以帮你做雪球当子弹,然后我们找个目标一起砸。"

"可是我自己会做子弹。"

"我帮你做可以做得更快。"

他又看了一下手里的雪球,犹豫着说,"我要砸你了,你准备好。"

罗小草无奈地侧过身去,护住脸,"那你砸吧。"

"你不躲吗?"

"你砸吧,快砸。"

雪球在地上碎开了。他高兴地说,"你躲开了。"

"我们来搭雪人吧。"她在地上滚一个球,她没有手套,手冻得冰凉,草地上的雪并不干净,滚过的地方露出污浊的痕迹，沾满了泥巴和碎草屑。果果站在旁边帮忙，紫色的手套已经浸满了水，"就跟《大雪天》那个故事里一样的对吧？要把雪球的上面磨平，雪人的头才能放上去，我们拿什么当雪人的装饰呢？"

她费力地撅着屁股在地上滚动雪球，三个大小不一的雪球垒在了一起，一个极其粗陋马虎的雪人，用树枝插在身子上当手，又摘了一些红果子拼出眼睛、嘴巴和纽扣，一片绿色的椭圆树叶当大鼻子，她想摘一朵雪中的茶花，给雪人戴上，但是那些花朵被突如其来的冰雪冻傻了，才轻轻一碰，鲜红的花瓣就全数脱落下来，惨烈地跌在雪里，像溅出一串血滴。最后她摘下小孩头上的绒毛帽，给雪人戴上，她的鞋子全湿了，他的鞋子也都湿了，真是无聊的游戏。

"这个雪不够干，而且很脏，不太好玩，我们回家吧，你的袜子都湿了，你会感冒的。"

"我可以回家换袜子。"

"但是外婆家没有你的鞋子，就算换上干袜子，穿进湿鞋子也会潮掉。"果果很不情愿，他跑向一个刚会走路的小孩，他妈妈也给他搭了一个雪人，搭得更小，而且更丑。

"如果你回家我就给你看电视。"

"那好吧，我要看三集行吗？"

"可以。"

他开始往家里走去，她的爽快让他后悔条件提少了，"四集吧我要看四集，我可以看四集吗？"

"只能看三集。"

"那这样吧,那就看五集吧。"他拿起遥控器,很快地在菜单上找到了哆啦Ａ梦。这时候母亲走了过来,对罗小草说,"阿姨死了。"

"阿姨?哪个阿姨?"

"什么哪个阿姨,南京阿姨,茉莉阿姨,今天刚刚走的。"

"啊?就是今天吗,是冻死的吗?"

母亲白了她一眼,"瞎七搭八,怎么可能是冻死的?"

"那是怎么死的?"

"老了哎,从元旦开始就不吃东西了。"

她算了算日子,元旦刚刚过去,新年的第四天。

"她几岁了?"

"八十岁。"

她看看母亲,母亲今年七十四岁。"八十岁那不是还小得很。"她赶紧说。

"你们不要说话,你们说话我都听不见声音了。"义正词严的尖利童声从沙发上传来,果果用遥控器把动画片音量调到超大,罗小草一把抢过遥控器,又把声音调小。

"我们今天早点吃晚饭,吃完去趟阿姨家。小峰呢,小峰什么时候下班?能不能一起开车过去,你也出席一下。"父亲说。

"好的,我打电话让他早点过来。我现在就烧饭吧,你们歇会儿。"

小峰电话没人接，打了两次，她按掉手机，在厨房开始洗菜，洗了一半，突然想起来，果果还穿着冰凉的湿袜子，她赶紧到房间里找袜子，没有。柜子里，抽屉里，都没有。阳台上挂了一双红色的袜子，她拿下来摸摸，幸好，已经干了。她把果果的湿袜子扒下来，他眼睛盯着电视，她把干袜子扔给他，"赶快穿上，穿袜子，脚不能受凉"。说了两遍，他才慢慢吞吞地摸到一只袜子往脚上套。

韭黄择好，切段，芦蒿择好，切段，香干切丝，母亲已经把一大碗肉丝腌在那里，她辨认了一下，应该已经加过葱花、盐和蛋清，她又倒了一点生抽，重新调味。按她的安排，炉灶上一锅腌笃鲜也已经提前炖好，鹅黄的冬笋很嫩，鲜肉是老气的灰色，而咸肉反而是娇媚的胭脂色，汤上浮着一层薄薄的油珠，一道适合大雪天的热汤。她想起谁说过，冬天是老天爷出来收老人了。

她炒菜的时候母亲一直站在旁边看着。"以前我烧饭的时候你奶奶总是站在旁边盯着看，我最不要她看。"母亲说。

"你看吧，你随便看，我炒菜是经得起考验的。"她在锅里扒拉着铲子，肉丝在热油里迅速地收紧了自己，母亲笑了，走出了厨房。她飞快地炒好两个菜，然后破天荒地把灶台也拆下来擦洗了一遍，把自己的手也刷了一遍。

中途果果进来了，"我们现在可以出去玩雪吗？"

"不行。"

"为什么不行？"

"因为你鞋子湿了,你在外婆家没有衣服,这是最后一双干袜子,如果再湿了,就没有袜子可以换了。"

"我不怕。"

"等下爸爸会给你带一双干鞋子过来,那时候才可以出去玩。"

"那我要吃这个肉。"果果把手伸向碗里,那里有一碗半生不熟的肉,只焯过水。

"不行,这是生肉!不能吃!放下来!"她大声喝止。

"为什么不能吃?"

"这是生的,还没有烧,你脑子坏掉啦?"

"生肉为什么不能吃?"

"有细菌,有猪肉绦虫,你看不见它,吃下去之后,它就会钻进你的脑子里,长到一米多长……"

"那我要出去玩雪。"

"不行!"

"为什么不行?"

"为什么不行我已经说过了。"

"那你让我干什么?你说!电视也看完了。那我要吃生肉。"他又伸手去抓半生的肉丝。

"放下来!"

果果生气了,"什么都不行,总是不行!我要做什么都不让我做!"他端起滑板车,撒泼打滚地向厨房后门上撞。罗小草失去了耐心,她摔下锅铲,一下子打开厨房后门,"要出去玩是吧，那你出去！"她拎起他往外面扔。

"怎么了？"爸爸听见吵闹声，过来了，他一把拉起果果，拉去房间里单独教育。罗小草想想，又冲出厨房，母亲想拉她，没拉住。果果坐在卧室的床上，正对着公公一边大哭一边发脾气，"我就是要出去玩我不管我就是要出去玩。"罗小草冷笑着说，"出去玩，是吧？好，出去玩。"她扒下他脚上的红袜子，一把把光脚的小孩从床上拽起来，推搡着，"走啊，你出去，你光着脚出去玩，出去了就不要回来。"

母亲在旁边劝着，怎么光脚呢，外面那么冷。父亲很生气，这个小孩太不像话了。罗小草把果果放在外面，走，你走。

"一点都不冷，我就是要在外面玩。"果果放声大哭，一双白脚踩在冰坑里，走来走去，"一点也不冷"。两个人比着赛地升级他们的愤怒，罗小草抬起手就在他头上打了一记。"哎哎，怎么能打头呢？你不好这样。"母亲又拦下来。几个人拉扯着，又把小孩抓回到房间里去了，母亲急急忙忙拿条毛巾给孩子擦脚。

几天前果果在幼儿园的好朋友被他的父母打得鼻青脸肿，他们回家，骇然地说着这件事情，怎么能下这样的狠手？第二天是孩子的爷爷送他去上学的，爷爷大概也觉得说不过去了，跟老师解释说，没想打他的脸，是打手心的时候，打歪了，不小心打到头上去了。这实在牵强，因为孩子的两个眼窝全是紫的，鼻子上也是一大块瘀青。"再怎么打也不能打头啊。"饭桌上大人们说着，果果突然放下饭碗说，"妈妈也打我的头。"

"我打过吗？"她问。

"你打过的。你不是打过的吗？"他很认真地说，当着全家人的面，说得又清脆又响亮。他的态度并不是控诉，只是在陈述一个清晰的事实。

现在她终于当众打了他的头，但依然余怒难消，大人们围成一团争着教训孩子，每个人的声音都很气，互相听不见。钥匙咔哒一响，小峰开门进来了，"怎么了？"他把哭哭啼啼的小孩拉过来，果果本来已经被制服了，现在看见爸爸来了，感觉有了撑腰的人。"我就是要出去玩！"他又开始闹将起来，罗小草感觉又要开口骂人。

终于大家把情绪按捺下来，搁置争端，他们开始吃饭，早点吃完饭，还要去阿姨家。他们就路线到底要怎么走争论了一番，父母记忆中的地址也不太一样，小峰掏出手机导航看地图。果果感到今天的大人们很奇怪，他不停地问，我们要去哪里？

吃完饭，小草把一大堆蔬菜从父母的冰箱里拿出来，分门别类，放在一个纸箱里，父母明天要出趟远门，他们叮嘱她把这些菜带回她家去，吃掉它们。母亲在写吊唁金的信封，找来找去，都是红纸封，好不容易找到一个黄色的牛皮纸封，还是皱巴巴破的。最后只好自己拿白纸糊了一个。

罗小草照了照镜子，她今天出门的时候不知道要去亲戚家见人，所以并没有化妆，头发很久没有理过了，嘴唇白得像一个死人。

然后他们出门了，她搬着一箱菜，扛到小峰的汽车后备箱，小峰给果果带来了一双干鞋子。夜幕降临，地面上全是雪，出门刚拐了个弯，方向盘就开始打滑。"那年在新疆的时候，有一天也是这样的大雪……"父亲坐在副驾驶的位置，开始向女婿讲述他年轻时在大雪天里的惊险故事，母亲在旁边向她附注父亲故事中的人物如今安在，小峰在对果果说暴雪警报，以及两轮驱动车和四轮驱动车在雪天的表现，果果在问罗小草，知道不知道哆啦A梦还有个妹妹，并且一定要让她猜出妹妹的名字，罗小草就哆啦B梦、少啦A梦、哆啦少梦地一通乱猜。车上每一个人都在说话，自从她有了孩子，她就时常生活在一出所有人都在同时说话的戏剧里。

雾气弥漫了整个车厢，开了散雾按钮都无法吹走挡风玻璃上的雾气，车子走得很小心。轮胎把雪挤向两边，在马路上碾出许多冰雪的皱褶。人们小心翼翼地赶路，身体前倾，缩着脖子。

他们一路辨认着，在争论声中，开过隧道、城墙和栈桥，车灯漫长，光线使人恍惚，像在一个没完没了的移动长镜头里。忽然阿姨家到了，母亲很确凿地肯定，就是这里。车子没办法停到路边，因为路边的积雪太厚了，他们必须下车，自己走进小区，脚一探出去才发现不对，这是很松的积雪，冰渣子一样，一脚陷进去，雪底下都是水。他们没有带伞，头上已经落满了雪，深一脚浅一脚的，罗小草怕母亲跌跤，想要去扶母亲，扶了一会儿。母亲松手说，不要扶，越扶越坏事，各人顾自己吧。

按照原定计划，小孩子就不去死者家了，小峰带着果果去找个好停车的地方，等他们完事了，再开车过来接他们。

他们好不容易走到人行道上，母亲突然说，哎呀不对，好像不是这里。小草和父亲一起停下来，看看她，这时候小峰的车子已经开走了。母亲又想了一会儿，哦，对的，就是这里。于是他们就继续走。

几分钟后，他们站在走道里等电梯，走廊已经破旧，贴满了小广告，但是电梯倒有三部之多。电梯开了，母亲不用再费心回忆到底是哪一个门牌了，电梯出来就看见花圈，他们顺着花圈走，就走到一个临时布置的灵堂，门没有关，他们走进去，阿姨的大女儿迎上来，对着小草的爸妈喊了一声，阿姨，姨夫，你们来了。母亲就开始哭，"阿姐啊你难为就走落了啊。"

子女点起火盆，把银元宝扔进火盆里去烧，吊唁的人跪下磕头，阿姨的长女和女婿在一旁陪跪举哀，嘤嘤哭泣。小草对着遗像喊了一声阿姨，阿姨听见了，在照片里咧嘴一笑，小草哭起来。她跪下去磕三个头，她的狐狸毛领子实在是太大了，阿姨的女婿跪在一旁，看见她每次头磕下去的时候，狐狸毛领离火盆里窜动的火苗只有几厘米，很紧张，生怕她的领子一瞬间烧将起来，一直在旁边提醒她，你按着领子你按着领子，不要着火了。

许多脸围了上来，大家阿哥阿姐阿姨姨夫大姑小舅地乱叫了一气，劝母亲莫要再哭。好像是很多老家的亲戚都从乡下赶来，小草不太认得，她跟母亲这边的亲戚一向不熟。死去的茉莉阿姨相对熟悉一些，但是她连生了三个女儿，每次见面，刚把三个女儿区分清楚，接着就是几年不见，再见面时，又搞不清谁是谁。

很多人是第一次看见小草，都上来问长问短，按照初见的礼数，她应该笑脸相迎，和悦一些，但是按照丧事的礼节，似乎又应悲戚，何况她也确实在哭，不停地拿袖子胡乱去擦抹眼睛，又要应付说话，一会哀哭一会挤出微笑，表情相当错乱。

谈话这个时候已经倒向了互相安慰，人们纷纷说着，死者终于解脱了，家里人也解脱了。死在八十岁是多么地好啊，因为按风俗，死在八十岁，大宜子孙，而死在八十一岁，子女就要出去讨饭的，现在他们不用讨饭了。再过一个多月就要过年了，如果是过完年再死，那可就是八十一岁了。何况她死的时候，也并不痛苦。母亲最后一次看见阿姨是半年前，那时候，阿姨脑子已经糊涂，不认识人了。

小草这时候才突然发现，客厅里他们站着的地方，后面就摆了一副床板，上面放着一个人，浑身上下被盖得严严实实，身上覆着红色的锦缎，脸也被红色的大帕子盖了起来，失去了所有的特征，这就是茉莉阿姨，她的身体四周掖着一些小小的金元宝。小草从来没有守过灵，她只在《红楼梦》

里看过"停床"这种说法。

父亲看见桌子里边坐了一个老人,完全不搭理周围人,事不关己似的,正在一个人翻找着什么东西,父亲跨上前一步,紧紧握住他的手,"哎呀这是阿哥吧。"

原来这竟是姨夫么,小草惊讶极了,她记忆里的姨夫根本不是长这个样子的。眼前一个奇瘦无比的老头,脸黑黑的,脸颊眼窝全部陷进去,看上去非常老了。她几年前还见过他,那时候他脸上还有肉。老头抬起眼睛来,那双眼睛还是姨夫的眼睛。他握着父亲的手说,"你终于来了。你从来都不来的,你忙得不得了。"

姨夫在找一张南无阿弥陀佛的CD碟片,正拿了一堆碟片坐在那里翻,小草一家来得不是时候,桌子上摆了六道素菜,许多碗粥,阿姨一大家子正准备开饭,大家让了又让,坚持让他们再吃一点,最后达成协议,饭不吃了,糕总是要吃一点,糖茶也要喝一杯。于是又一阵忙乱,分杯子的分杯子,拿白糖的拿白糖,倒开水的倒开水。他们每人分到一块云片糕,这种小时候常见的吃食,现在似乎只有在婚丧嫁娶的时候才派上用场,客人把糕放在嘴巴里,喝一口热茶,慢慢地报着,主人家也终于消停了,他们坐下来,在离尸体不到一米的地方,开始吃菜,喝粥,说话。死亡并没有停止什么,只是划出分界,互不打扰。

三个女婿里有一个女婿,穿了一件灰色的毛衣,脸微微有点胖,人情练达的样子,一直在旁边候着,陪客人说话,张罗桌上的人吃喝，他告诉小草的母亲，他在这里照顾病人已经照顾了一个月了，小草总是忍不住去看那个床板上躺着的人。

姨夫饭吃得很少，但据说他每天零食不停，瓜子、花生、蚕豆，"这些要买给他吃的，牙还很好，能咬。然后，每天总归要喝一杯咖啡，放牛奶。"

小草问灰毛衣，阿姨的墓地选好了吗？选在哪里？

选好了，他们报出一个地名，"几年前就买好了，当时只要五万块钱，现在大概已经涨到十几万了。"

墓地是阿姨活着的时候自己去挑选的，她听说，活着的时候就买，去认认路，之后走的时候，找起来就比较方便，否则，慌慌张张地，身后临时再买，会迷路的。母亲听了不以为然，她说：我这个人是很想得开的，我将来是不要墓地的。

大家高谈阔论，以至于说笑。关于牙口，疾病，每个人的孩子，孩子的对象，孩子又生的孩子。母亲宣布她的儿子，现在已经是美国人了，以及她的孙子，现在终于会讲几句中国话了。两个从未谋面的亲戚，不停地掉转头来，跟小草说话，问她还要不要继续生孩子，对她表现出极大的兴趣，认为她长得像娘。

小草从小跟母亲那一支的亲戚走动不多，父亲这边的亲戚倒是常来常往。母亲是外婆第三次改嫁生的孩子，生她的时候，外婆已经四十六岁，属于老来得女，母亲跟之前的兄弟姐妹不单是隔父的，姓氏不同，而且年龄悬殊很大，她的大哥比她大二十多岁，完全不像一代人。母亲从小辈分大，兄弟姐妹的孩子年纪比她都大，可是得管她叫姑，还得让着她。这姑从小横着走，饭来张口，导致一辈子都不太会做家务。侄儿们难得来她家一趟，都带着几分心虚地讨好，其实他们并没有任何事情要她帮忙，只是习惯了。小草还在上中学的时候，母亲的一个侄儿来她们家，看见小姑妈家的脱排油烟机竟然这么脏，沾满了黏乎乎的油污，显然从装上那天起就从未清洗过，这个爱干净的乡下人惊呆了，他趁母亲不在家，自己爬上去，帮小姑妈把油烟机擦洗得干干净净，亮得可以当镜子照。擦完了，一想，现在是干净了，以后怎么办？我走了以后谁还能来帮小姑妈洗油烟机呢？他想到一个好主意，跟小草要了许多废报纸，把油烟机左一层右一层严严实实地包了起来，只留下了两个抽风口，鼻孔一样，用来呼吸。

"这样以后就便当了，过一段时间，油烟机脏了，只要把最外面一层报纸撕掉就行，里面还有。你讲我这个办法好不好？"侄儿对小草说，他得意地欣赏着自己的手艺，包得那是相当平整。

母亲下班一回家，看见自己家厨房的脱排油烟机被裹成了一个木乃伊，气得叫了起来：哪个让你包的！你神经啊！

饭吃得差不多了，这时母亲正拉着亲戚在讲，上次她请客吃饭，吃完回家才发现有两道菜饭店根本忘记了上，再去找饭店说理，结果死无对证，亲戚们纷纷保证，当时确实没有吃到那道菜。姨夫精神抖擞地从里面房间走出来，手里拿了很厚很厚的一沓子书稿，那是他自己打印的，几十万字的小说。

姨夫是个聪明人，早年在铁路上班的时候，就经常搞些发明创造，据说铁路现在沿用的调度法里，就有他的贡献。现在八十八岁了，耳朵近乎全聋，自己在家写小说，写完了让女儿帮她印出来。几年前就送给小草一本全部用上海方言写成的小说《拼滚上海滩》，他没有受过任何文字训练，文章里错别字不少，但居然写得不错。没想到几年不见，老爷子又写出两本来。"在家没有事情做，瞎写。你们拿去，随便看着玩玩。"他把小说递给小草的母亲，母亲在他耳朵边放大音量叫道，"你的小说很了不起，应该改编成电视剧！"

姨夫摆摆手，"写的都是丑事，丑得不得了的事。"他对母亲说，"写的是我祖父的小老婆，在上海滩开男妓公馆的事情。"

小草接过两本书稿一翻，厚的一本是《吴门百年》，写的是他祖父当年在上海滩的发家史，他祖父是中国最早的保险洋行总经理，很传奇的一个人物。薄的一本是《小毛豆公馆》，描写男妓营生的应该就是这本《小毛豆公馆》，封面上还写着双语题献："No one likes to talk about is, but it happens. 没有人喜欢谈论这件事，但是已经发生。"小草想，"is"应该是"these"的讹误，两本拍案惊奇式的章回体小说。

他们站起来，向姨夫一家告别。一个星期前，小草帮父母买了去云南丽江旅行的特价机票，订好了酒店，明天是出发的日子。父母本来就爱旅游，几个月前，听见一起锻炼的老头儿说，八十岁之后，旅行社海外游的团就不肯再收他了，他们俩更加抓紧一切机会出去玩。小草有个朋友在开旅行社，专卖特惠尾单，无论哪里的尾单行程发来，问他们去不去，他们俩都一条声地说：去！

小草本来以为，阿姨突然去世了，母亲会却不过情面，取消旅程，参加葬礼，这当然会损失不少钱。但是母亲并没有犹豫，原定计划不变，他们要去旅行。今天晚上的吊唁，就是跟阿姐最后的告别，她向阿姐一家解释着，机票已经买好，火化那天就不能来了。

小峰的车子已经开回来，在路边等他们，他们踩着雪走出来，嘎吱，嘎吱，两脚冰凉。果果坐在车子里，欢天喜地地在喝一杯星巴克的热巧克力。小草抓着两本书，爬进后座。她想，不去追悼会也是对的，父母年纪大了，何必徒增伤心。他们应该抛开一切去旅行，在云南的雪山下面烤太阳。

她微微疑心，姨夫拿出这两本小说，虽然递给了母亲，实际上是想给自己看。在姨夫的眼里，也许她就算是个专业写字儿的了吧。否则，这几年里，母亲自己去过阿姨家好几次，他怎么一次都没有把作品拿出来？

身边的人所拥有的创造力，尤其是那些隐藏着的创造力，总是让她心生妒忌又心下一惊，不光是这个八十八岁的老头。

她在家里憋着，一个字都写不出来的时候，她五岁多的儿子，经常摇摇晃晃地逛进她的书房，央求她用电脑记下他自己编的故事，"你必须帮我记，因为，你知道，我还不会写字"。然后随便一喷就喷上三千来字。

回家的时候，小峰换了另外一条路况更好的路，隧道里一排绿色的指示灯，在泛着水光的路面上拉出长长的绿色倒影，跟汽车红色的尾灯灯影交叉相错，如跳探戈。

从隧道出来，他们开上了高架，大雪纷飞，母亲突然不认识路了，问，"我们现在是在哪儿啊？"

"我们走了另外一条路，马上就要到家了。"她对母亲说，她向下指着不远处的一组房子，教她辨认，"你看，那就是你经常去的大超市嘛。"

小草过去以为，老人对熟人的死讯会格外敏感，那是普遍意义上的丧钟为谁而鸣，很容易联想到的一种唇亡齿寒。她还是不太了解老人，不了解天地不仁，常以残忍作慈悲。跟伤春悲秋的年轻人比起来，老人反而在第一时间就完成了切割。死的已经死了，而我还活着。那是他们的安全阀。她的母亲，今天刚死了姐姐，明天要去云南旅行；她的姨夫，今天刚死了老婆，惦记着要送出自己的小说。这两年，父亲接连走了两个妹妹，她一向知道他们兄妹感情甚笃，父亲又是如此心重的人，可是，事到临头，他跟没事儿一样。

把父母送回家后，他们飞快地开回了自己的家。她捧着满满一箱子蔬菜，把两本小说插在菜里，小峰用脸盆去兜一盆雪，他答应果果，可以让他在家里做雪球，对窗外砸着玩儿。一家人向家走去，雪花无声无息。果果心满意足地叹着气说，"下雪太美了，可是它让我想起伤心的事。"

　　下雪太美了。从车子钻出来的那一瞬间她如入白昼，四周为之一亮。别人家停了一天没挪窝的汽车，车顶上积了厚厚的雪，边缘有一个内切的角度，从后面看去，像戴着白色羊毛假发卷的法官。白雪皑皑的大地折射出寒光，照亮一切，夜晚的天空竟是粉红色的，如同海洋贝壳泛着珠光的内壁。这是一个平安的夜晚，正如这颗星球上每一个幸存的夜晚那么平安。

图书在版编目（CIP）数据

时间的仆人 / 蒯乐昊著 . -- 上海：上海文艺出版社，2020（2021.9 重印）
（单读书系）
ISBN 978-7-5321-7767-7

Ⅰ . ①时… Ⅱ . ①蒯… Ⅲ . ①中篇小说—小说集—中国—当代
②短篇小说—小说集—中国—当代 Ⅳ . ① I247.7

中国版本图书馆 CIP 数据核字 (2020) 第 137698 号

发 行 人：毕　胜
责任编辑：肖海鸥　邱宇同
特约编辑：罗丹妮　刘　婧
书籍设计：halo-pages.com
内文制作：李俊红

书 名：时间的仆人
作 者：蒯乐昊
出 版：上海世纪出版集团 上海文艺出版社
地 址：上海市绍兴路 7 号 200020
发 行：上海文艺出版社发行中心发行
　　　　上海市绍兴路 50 号 200020 www.ewen.co
印 刷：山东临沂新华印刷物流集团有限责任公司
开 本：880×1230mm　1/32
印 张：12.125
字 数：180 千字
印 次：2020 年 9 月第 1 版 2021 年 9 月第 4 次印刷
ISBN：978-7-5321-7767-7 / I.6169
定 价：55.00 元

告读者：如发现印装质量问题，影响阅读，请与出版社发行部门联系调换。